JN216822

僕を…殺してくれませんか
本気で言っているのですか…？
魔族ということは強いんですよね
お願いします
僕をその剣で殺してください

しかし…
ボぅ…
なっ…
…望み通りにしてやれということなのか——
いいでしょう
光栄に思うように
光栄…？
では
ガッ
いきます——

…早くしてくれませんか
もう刺しています
何を言って…
だからもう…
刺さっていると言っています!!
キィ
ドクッ

ドッ
なっ…
君は何者です!?
ドッ
おい!
向こうから叫び声が聞こえるぞ!!
ちっ…追っ手ですか…
生きていたらまた会いましょう
それまで剣は預けておきます

魔王の器

Caliber of the Lord

Presented by Ayato Tsukino
Illustrated by ttl

著 月野文人
画 ttl

I

目次

Caliber of the

序章

―運命の奇跡に導かれた者たち―

1

——目を開けてみると空にはすでに月が昇っていた。

気を失ってからどれくらいの時間がたったのだろうか。まず最初に少年の頭に浮かんだのはこれだった。

ここまで酷《ひど》いのは久しぶりだ。全身に広がる痛みを何とか堪《こら》えて上半身を起こしてみる。

地面に積もった落ち葉がカサカサと音を立てるのみで、静まり返った辺りには人の気配は感じられない。

ふと頭に不快感を覚えた少年が髪を指で払うと周囲に埃《ほこり》が舞った。少年自身には見えないが、本来は夜空に見える月のような銀髪が、今は泥で汚れている。

学校帰り、いきなり同級生に囲まれた。いつも少年を虐《いじ》めてくるメンバーだ。虐めっ子たちは嫌がる少年を無理やり校舎の裏手にある林の中に連れ込むと、いつものように虐めを始めた。どこから汲《く》んできたのか、全身に泥水を浴びせられることから始まり、最後は無理やり押さえつけられて口にまで流し込まれた。

少年が大人しく我慢していれば、それで終わりだったのかもしれない。だが、今日に限っては、どうにもこの理不尽な虐めに我慢がならなくなった。少年は自分を押さえつけていた男子生徒を突き飛ばし、周りの生徒に殴りかかった。

まさかの反撃に怯《ひる》んだ虐めっ子たちであったが、少年の反撃もそこまで。魔法によって身体強化を施した虐めっ子を相手では為《な》す術《すべ》もなく、すぐに一方的にやられる展開になった。多勢に無勢以前に強化魔法が使えない少年には対抗する術はないのだ。

少年が虐めを受けるようになったのは、この魔法が使えないのが理由だ。

一昨年《おととし》から学校で魔法の授業が始まった。授業が進み、周りの生徒たちが魔法を覚え、どんどんと強くなっていく中で、少年だけは生活魔法とも呼ばれる初歩の魔法しか使えなかった。

まさかの事態に焦《あせ》った学院側が、皇国の魔道士に原因を調査してもらった結果、分かったのは絶対的な魔力不足という事実。少年が使えるのは生活魔法が限界で、それを超える魔法を発動できるだけの魔力がなかったのだ。

これが判明した途端に少年の生活は一変した。

腕力には自信があったのだが、相手に魔法を使われては力の差は歴然。下に見ていた同級生にも全く敵《かな》わなくなった。同情の目はやがて蔑《さげす》みのそれに変わり、そして、虐めが始まった。

学院だけではない。貴族の家に生まれたくせに魔法が使えないなんて不名誉な孫を持ったと嘆く祖父。それはやがて少年への怒りに変わり、毎日罵声を浴びせられるようになった。伯父伯母や従兄弟《いとこ》たちも、そんな祖父を見て、少年への態度を変えていく。

完全に厄介者扱い。

今ではもう本宅に入れてもらえることもなく、離れの部屋と学校を行き来する毎日だ。実際は少年にとって、この方がありがたい。学校でも家でも虐めを受けていては、とてもまともな精神ではいられそうもないからだ。

そんな毎日を送っていた少年だったが、どうやら限界が来たようだ。

「いっそのこと殺してくれればいいのに」

夜空を見上げる少年の口から、こんなつぶやきが漏れる。

生きているのが辛《つら》い。成長すれば魔力量も増えて魔法を使えるようになるのではないか。魔法が駄目でも剣で強くなれるのではないか。少年は、こんな風に自分を励まして、人の何倍も努力をしてきたつもりだった。

だが、どうやらそれは無駄な努力だったようだ。

少年の心にどうにもならない強い絶望感が湧き上がってくる。

魔法が使えない自分ではこの先の人生もたかが知れている。いっそのこと家を出て一平民として生きようかとも考えたが、少年の年齢でそんなことができるはずがない。

あと何年こうして我慢し続けなければいけないのか――。

これを思ったとき、自然と涙がこぼれた。

やはり死んでしまおう。そうすれば亡くなってしまった母親にも会えるかもしれない。少年は衝動を抑えきれなくなって、死ぬ方法を考え始めた。

だが、それを思いつく間もなく、空から凄《すご》い勢いで何かが降ってくるのが目に映った。慌てて、体の痛みに耐えながら転がるようにその場を離れる。

地面を打つ激しい衝撃音が響く。

「あっ、何を逃げてるんだ」

自分は死のうとしていたのだ。これに気が付いて少年は少し恥ずかしくなった。結局、自分には死ぬ度胸もないのか、こんな風に思いながら落ちてきた何かに目を向けた。

「えっ？　あっ、大丈夫ですか!?」

空から落ちてきたのは物ではなく、人だった。

「来るな！」

慌てて側《そば》に寄ろうとした少年を制する声。倒れている人は顔だけを向けて、鋭い目で少年を睨《にら》んでいる。夜の闇の中でも、赤く光るその瞳はよく目立つ。

「でも……ひどい怪我《けが》です」

少年に向けられている顔は血まみれになっている。それだけではない、纏《まと》っている暗闇に溶け込む漆黒の衣。それもよく見れば切り裂かれてボロボロだ。

「子供か……」

少年を睨む瞳の厳しさが少し緩んだ。同学年の中でも少年は小柄な方だ。七、八歳くらいに見えているのかもしれない。

「早く手当てをしないと」

「私に手当てを？　どうやら私が何者か分かっていないようですね？」

切れ長の瞳を少年に向けて、その人は冷笑を浮かべている。

月明かりに照らされたその顔は妖しく艶《あで》やかな美しさで、まだ成人前の少年の心まで惑わせてしまう。

「……あっ、えっと、何者なのでしょうか？」

我ながら間抜けな質問だと思いながらも、少年はこれを口にした。目の前の女性がただの人でないのは分かる。だが、何かと聞かれれば、やはり分からないのだ。

「分からないのですか？」

「全く」

「私は魔族です」

「……魔族というとあの魔族ですか？」

また自分の口から間抜けな言葉が飛び出したことを少年は恥じることになる。

「君の言う『あの魔族』の意味が分かりません。人族にとって魔族とは、それほど色々な意味があるものなのですか？」

「……ほかには知りません」

「変な子供ですね？　私が恐ろしくないのですか？」

「……それがあまり」

少年自身も不思議だった。魔族といえば冷酷で残虐な生き物。人族を見れば問答無用で襲い掛かってくる凶悪な存在と教わっている。その魔族を目の前にしているのに、不思議と逃げようという気持ちが浮かんでこなかった。

「はっ！　君、少しおかしいのではないですか？」

少年の様子によほど呆《あき》れたのか魔族の表情にも少し緩みが見られるようになった。

「そうかもしれません」

「……無駄話をしている場合ではありませんね。追っ手が来る前に逃げなくては」

「追っ手ですか？」

「皇都に魔族が現れれば普通は追っ手がかかるでしょう？」

「それはそうですね」

少年が自分の発言を恥じるのは何度目か。魔族も同じように思ったのだろう。苦笑いを浮かべながら、ゆっくりと立ち上がった。

腰まで伸びた黒髪がわずかに風に靡《なび》いている。

「ここは危険です。死にたくなければ、早く家に帰りなさい」

「あっ、あの……」

魔族の言葉を聞いて少年は自分が何をしたかったのかを思い出した。

「何ですか？」

「死にたいのですけど……」

「……何ですって？」

少年の発言に魔族は驚いた顔を見せている。

「どうせだったら僕を殺してから逃げてもらえませんか？」

「君……何を言っているのですか？」

重ねられた言葉にも魔族は少年の気持ちが理解できない様子だ。

「いや、ちょうど死のうと思っていたところで。そこに貴女《あなた》が降ってきて死に損なったんです」

少年は少し嘘《うそ》をついた。死ぬのが怖くて逃げたことを隠した。それを言えば、この魔族は自分を殺してはくれないだろうと、少年にはなぜか分かった。

「……本気で言っているのですか？」

「本気です。もう生きているのが辛いんです」

「ふざけたことを言うものではありません」

魔族の表情には怒気が浮かんでいる。だが、少年は恐れを感じなかった。優しさからの怒りだと分かるからだ。

「ふざけてなんていません」

「ふざけています。死にたいですって？　この世の中には生きたくても生きられない者がどれだけいると思っているのですか？」

魔族の言っていることは正論だ。だが、正論だけで世の中が成り立つのであれば自分は虐めなんて受けていない。そう思った少年は無性に腹が立った。心のどこかでは、こじつけだと分かっていても。

「貴女には僕の気持ちは分からない！　魔族ということは強いんですよね⁉　そんな人に僕みたいな弱者の気持ちなんて分かるわけがないんだ！」

じっと堪えてきた言葉が勢いで口から出た。それと同時にまた涙で視界が滲《にじ》む。

「……確かに私は強いかもしれない。でも、魔族全体で見れば、私たちも君が言う弱者です」

涙を流しながら訴える少年に、魔族は諭すような口調で話しかけた。

「どうしてですか？」

魔族は弱者。こんな話を少年は聞いたことがない。

「子供では知りませんか。魔族は、人族から迫害を受けています。狩られる立場なのです。一人一人は強くても人族とは数が違います。こうしている間にも命を失っている仲間がいるかもしれません」

「そうなのですか？」

自分の知識とは違う魔族の話に少年は驚いている。

「ええ。それでも私たち魔族は、この世界で懸命に生き延びようとしている。全世界を敵に回してもです」

世界を敵に回しても。この言葉は確かに魔族の苦境を表しているかもしれない。だが、今の少年には世界は大きすぎた。自分とは違う。こんな思いの方が強く湧いてきてしまう。

「……それは弱者とは言いませんよ。そういう心の強さも僕は持っていないのです。お願いです。やっぱり僕を殺してください」

「君は……」

「いいじゃないですか。ちょっと、その剣で刺すだけです。貴女にとっては僕を殺すことなんて簡単ですよね？」

魔族は現れたときから一本の剣を握っていた。漆黒の剣身に、血のように赤い稲妻模様が走っている、不気味な雰囲気を漂わせている剣だ。

少年はその剣を指さして自分を殺すように頼んだ。

「いや、この剣は……」

少年の言葉に躊躇《ためら》いを見せる魔族。

「どんな方法でも構いません。お願いします！」

少年としては方法はなんでもよいのだ。死ぬ手助けをしてもらえるなら。

「しかし……」

「貴女がやらなければ自分でやるだけです。もし少しでも僕を可哀想《かわいそう》と思ってくれるなら、どうか貴女の手で苦しまないように殺してください！」

また少年は嘘をついた。自分で死ねる自信はない。だから魔族にこんなに必死に頼んでいるのだ。

「……分かった」

願いが通じたというよりは、ただ面倒だと思っただけかもしれない。とにかく魔族は少年を殺すことを承諾した。

「では、お願いします」

殺してくれと言ったものの少年に恐怖がないわけではない。固く目を瞑《つぶ》って魔族が殺してくれるのを待った。

地に落ちている木の葉を踏みながら魔族が近づいてくる気配を少年は感じる。

「なっ！」

もう少し。こう少年が思ったところで、魔族の驚く声が聞こえた。

何が起こったのかとそっと目を開けると、魔族が手に持つ剣が淡い光を放っているのが見えた。

「これは、どういうことです？」

魔族は酷く驚いた様子を見せているが、少年には全く事情が分からない。

「どうしたのですか？　できればあまり時間をかけずにお願いしたいのですけど」

「……望み通りにしてやれということなのか？　いいでしょう。この剣で殺してあげます。光栄に思うように」

「はあ」

なぜ、光栄に思わなければいけないのか意味が分からなかったが、今更、事情を聞く必要もない。少年は素直に頷《うなず》いておいた。

「では、いきます」

魔族が手に持った剣を胸元に突き出してきた。このまま突き刺すのだろう。こう思って少年は、また目を閉じる――。


「早くしてくれませんか？」

いつまでたっても訪れない痛みに、少年は我慢ができなくなって魔族に催促をした。死を待つというのは思っていたよりも辛かったのだ。

「もう刺しています」

「そんな冗談はいいですから」

「だからもう剣は君に刺さっていると言っています！」

まさかと思いながらも少年が目を開けてみると、目の前に剣を握る魔族の手が見えた。そして、その剣先は魔族の言う通り、確かに少年の胸に深く刺さっている。

「えっ？　何これっ⁉」

「何⁉」

少年が大声で叫ぶのとほぼ同時に魔族も驚きの声を上げた。

少年の胸に刺さっている剣は、その輝きを一層強めたかと思うと、吸い込まれるかのように少年の胸に深く沈み込んでいく。

それは、やがて少年の胸の中に完全に消えていった。

「うがぁぁぁっ‼」

突然、少年の全身にまるで体の中から炎に焼かれているような痛みが走る。耐え切れない痛みに地面を転がって少年はあがき続けている。

「まさか、こんなことが⁉」

信じられない事態にまた驚きの声を魔族が上げる。

「うぐ、がぁぁぁぁっ‼」

少年の叫びは止まらない。手で胸を掻《か》きむしるようにしながら、地面を転げまわっている。

「おい！　君は何者です⁉　おい‼」

「ぐっ、うわぁぁぁぁぁっ‼」

魔族が焦った様子で声を掛けるが、それに答える余裕は少年にはない。ただ叫び声を上げ続けているだけだ。

「おい！　向こうから叫び声が聞こえるぞ！」

少年の叫びが第三者を呼び寄せた。遠くから何者かの声が聞こえてくる。

魔族にはその声に心当たりがあった。その声から逃れて、ここまで来たのだ。

「ちっ、追っ手ですか。……君、生きていたらまた会いましょう。それまで剣は預けておきます」

痛みにのたうち回る少年に最後に声を掛けると、魔族は闇の中へと消えていった。

痛みに苦しみながらも、少年はその気配を感じていた。遠ざかっていく気配。それと入れ替わるように新たな気配が、それも多くの人の気配が感じられる。

だが近づいているはずのその気配が徐々に小さく感じられ、やがて少年の意識は暗い闇に沈んでいった――。

2

次に少年が目を開けたとき、そこには白い天井があった。

少年の全身を襲っていた焼けるような痛みはすっかり消え去り、虚脱感が全身を覆っていた。

目線だけで辺りを見渡すと、傍《かたわ》らで白い服を着た女性が背中を向けて何かをしているのが見えた。

「あの……ここは？」

少年が声を掛けると女性はびくりと肩を動かして、すぐに振り返ってきた。

「気が付いたのですね？」

「はい。ここはどこですか？」

「皇立病院ですよ」

「病院……。そうですか」

とっくに分かっていたことだが、病院という言葉を聞いて、少年は自分が死ななかったのだと実感した。

「ちょっと待っていてください。すぐに先生を呼んできますから」

こう言って女性は足早に部屋を出て行った。

「生きてる……」

間違いなく死んだと思っていたのだが、こうして生きている。あのときの痛みの記憶を思い出すと、死ぬよりも辛い苦しみだと少年には感じられた。

もしかして、あの魔族は死の苦しみを自分に教えようとしたのだろうか。そうだとすれば随分と親切な魔族だ。こんな想《おも》いも少年の頭の中に浮かんだ。

これから自分はどうすればよいのだろう。死ぬという選択肢は少年の心から綺麗に消え去っていた。だが他の選択肢が浮かんでこない。選択肢がないというより、頭が回っていない感じだった。なんだか頭の中に靄《もや》がかかっているように少年は感じている。

やがて廊下を走る足音が聞こえてきた。

看護師であろう、あの女性が医者を呼んできたのだと少年は思って、部屋の入り口に視線を向けていたのだが、真っ先に現れたのは、病院には不似合いの鎧《よろい》を着た騎士だった。

「おお、気が付いているな。話せるか?」

「……はい」

前置きもなくいきなり話しかけてきた騎士に少年は戸惑ってしまう。

「では、早速話を聞かせてくれ。私は近衛《このえ》騎士団のヘンリーという。君の名は?」

騎士は近衛騎士団を名乗った。これでもう騎士が何を話したいのか少年には分かった。近衛騎士は皇族の護衛、城の守りが仕事であることくらいは少年も知っている。

「……カムイ、カムイ・ホンフリートです」

「ホンフリート伯爵家か」

騎士の顔がわずかに歪《ゆが》められた。ホンフリート伯爵家の評判を知っているのだ。この騎士の反応はカムイには不本意だ。カムイも好きでホンフリート伯爵家の一員でいるわけではない。

「看護師さんは？　先生を呼びに行ったはずですけど？」

「こちらを優先してもらった。私の話が終われば呼ぶことになっている」

「……そうですか」

治療よりも優先する話。内容はともかく、カムイの体よりもほかのことをこの騎士が大事に思っているのは分かった。

「さて、君はなぜあそこにいた？」

騎士の口調は最初から詰問《きつもん》調だ。

「学院帰りに寄ったのです」

「あんな時間にか？」

「ええ」

「それはおかしいだろう？　あの時間、生徒はとっくに下校している時間だ」

下校できていたのであれば、下校している。カムイの心の中に騎士への苛立《いらだ》ちが募ってきた。

「でも事実ですから」

「本当のことを話したらどうだ？」

「本当のことですか？」

「君は何かを隠しているのではないかな？」

騎士の目は、カムイを心配している目ではない。どう見ても疑いの目だ。それを見てカムイは、自分をあの魔族の仲間だとでも疑っているのだろうと思った。

心の中でさらに苛立ちが強まるが、それを表に出さないように気を付けて、カムイは騎士の質問に答えた。

「同級生に虐められていたのです」

「はっ？」

カムイの予想外の答えに、騎士はとっさに意味を理解できなかった
「だから虐めです。泥水を浴びせられ、飲まされ、大勢に殴る蹴るの暴行を受けました。これを話すと彼らが罪に問われると思って黙っていたのですけど、ここまで言われては隠しておくわけにはいきませんね」

「いや、そんなことではなくて……」

騎士が知りたい話はこういうことではない。そんなことはカムイも分かっている。

「そんなこと？　虐めなんてどうでもいいってことですか？」

わざと騎士に向ける視線をきつくする。実際に腹が立っているので、演技など必要がなかった。

「いや、そういう意味ではないのだ」

騎士は失言に気付いて慌てて取り繕うが、それも中途半端なものだ。カムイの印象など実際のところは、どうでもよいのだ。

「では何ですか？」

「誰かに会わなかったか？」

表情を引き締めて、騎士はカムイに問いかける。嘘は許さないといった感じの厳しい表情だ。

「僕に暴行を加えた同級生は一緒でしたね。僕が気絶している間に帰ったようですけど」

「ほかには？」

「痛みに苦しんでいる僕を看病してくれる人は誰もいませんでした。ああ、そんなことはないか。僕をここに連れて来てくれた人がいるはずですね？」

厳しい表情を向けられようと、カムイには魔族の話をするつもりはない。

「それは私の同僚だ」

「そうですか。ではその人に僕が感謝していたと伝えてください」

「ああ。あと、何かを見なかったか？」

「何かと言われても……」

「例えば魔族とか」

ぼやかしていては埒《らち》が明かないとでも思ったのか、騎士は直接的な質問に変えてきた。

「魔族……魔族というのは、冷酷で残虐な生き物のことですか？」

「ああ、そうだ」

「そういう生き物は見ていません。そもそもそんな生き物に出会っていたら僕は生きていないですよね？」

自分が出会ったのは死ぬことを懸命に止めてくれるような優しい異種族の人だ。冷酷で残虐な生き物なんかではない。

このカムイの心の声は決して騎士に届くことはない。

「……脅されているのではないのか？　正直に話してくれ。我々が必ず君を守るから」

騎士は口調を改めてきた。だからといってカムイの心が動くはずがない。

「そういわれても……守って欲しいのは虐めっ子からなのですけど」

「……大声で叫んでいたと聞いている」

また騎士の視線が探るようなものに変わった。こういった態度の変化がカムイの気持ちを逆なでしていることが分かっていない。

「痛みに耐えられなくて」

「そうか」

騎士はまだ納得してはいない。あの林の中に魔族が逃げ込んだのは紛れもない事実なのだ。

「彼らは罪に問われるのですか？」

不意にカムイは話を変えた。

「ん？　いや、それは私の管轄ではない」

「そうですか……」

落ち込んだ素振りを見せるカムイ。内心は演技がばれないかドキドキしている。

「その、あれだ、まずは学院に相談するのがよいのではないかな？」

気落ちした顔を見せるカムイに、さすがに気まずさを感じたのか、騎士は助言をしてきたが、こんなことは教わるまでもない。それができないからカムイはこれまで苦しんできたのだ。担任はとっくに気が付いているはずだ。気が付いていて見て見ぬふりをしているのだ。

「……はい、考えてみます」

今度は演技などする必要はなかった。自分の境遇を思って、カムイは本心から落ち込んでいる。

「ああ、やはり虐めの件もこちらで少し調べておこう。相手の名前を教えてくれるか？」

虐めの件を追及したいのではなく、話の裏付けを取るためであることは、カムイにもすぐに分かった。

「僕の口から言わなくても、同級生に聞けば分かりますよ。なんでしたら、先生に聞いてもらってもかまいません」

「そうなのか？　いや、だが……」

「すみませんが自分の口からは言いたくありません。告げ口しているみたいですし。それがばれたときのことを考えると……」

「そうか……。よし、分かった。それはこちらで確認しよう」

「そうしてください」

「こちらの質問は以上だ。すまなかったな。すぐに先生を呼んでくる」

「お願いします」

去っていく騎士の後ろ姿を見ながらカムイは、ふうっと息を吐く。

嘘はついていないはずだ。だが魔族と会ったことは隠してしまった。この事実がばれたら自分はどうなるのかとカムイの心に不安がよぎったが、すぐに、その思いを振り払った。

この国は自分には優しくない。優しくないどころか悪意を向けていると感じるくらいだ。

あの魔族がこの国に禍《わざわい》をもたらそうと、自分には関係ない。

カムイはなぜかこんな風に割り切れた。

やはり自分は一度死んだのかもしれない。カムイの頭にこんな思いが浮かんでくる。

もしそうであれば、死んで生まれ変わったのであれば、これまでとは違う生き方を選ぶべきだ。

カムイはこう決心した。

3

意識を取り戻して二日後に、カムイは退院することになった。

同級生に暴行を受けてできた傷の痛みはすっかりと消えており、倦怠《けんたい》感も一日、大人しくベッドに寝ている間に消えていた。

世話になった医師と看護師に礼を言って、カムイは帰宅の途につく。

何となく気持ちは晴れ晴れとしていた。入院中、医師と看護師に優しくしてもらえたことで、久しぶりに人の好意を感じられたのが理由だ。彼らはそれが仕事であるから当然の態度なのだが、それでもカムイは素直に嬉《うれ》しいと思えた。

自宅に着いて正門を避けて裏口に回る。裏口から離れの部屋まではすぐだ。誰にも見られずに部屋に戻るには、この方がよい。

せっかく高揚している気分を台無しにしたくないと思って、これを選んだカムイだったが、どうやら無駄に終わったようだった。

「お戻りになりましたね。旦那様からお話があるそうです。すぐに本宅に向かってください」

離れの入り口で使用人がカムイを待っていて、祖父の呼び出しを告げてきた。

「退院したばかりだけど？」

「旦那様の命でございます」

言葉づかいは丁寧だが、使用人の態度に、カムイに対する畏敬の念はまったく感じられない。

「何の話かは聞いている？」

「さあ、知りません。私は確かにお伝えしましたからね」

こう言うと使用人は、さっさと本宅の方に戻っていった。

カムイは仕方なく部屋に入って着替えだけを済ますことにした。着ていた服は病院で一応は綺麗にしてもらっていたが、所々に破けた跡がある。

祖父は身だしなみにも厳しいのだ。わざわざ怒らせる原因を作る必要はない。そうでなくても、どうせろくな話ではないとカムイは分かっている。

意識を取り戻すまでに二日、それからさらに二日の入院中、家族が病院を訪れることはなかった。

高揚していた気分はすっかりと冷め切ってしまい、心なしか倦怠感が蘇《よみがえ》った体で、カムイは本宅に向かった。

離れに近い裏口を通って、祖父が待っているであろう応接室に向かう。途中、何人かの使用人に出会ったが話しかけてくる者は誰もいなかった。

「カムイです。お呼びだと聞きました」

応接の扉を軽くノックしてカムイは到着を告げた。

「入れ」

中からいつも通り不機嫌そうな祖父の声が聞こえてきた。

扉を開けて中に入ると、そこには祖父だけでなく、次期当主となるはずの伯父も同席していた。

カムイが伯父と会うのは久しぶりだ。

やはりろくな話ではないのだ。

「座れ」

冷たく厳しい声で祖父がカムイに座るように命じてくる。

それと同時に祖父と向かい合って座っていた伯父が立ち上がって、祖父の隣に移った。

カムイはその空いた場所に腰を下ろした。

「話は聞いた」

体を労《ねぎら》う言葉も何もなく、祖父はいきなりこんな言葉を口にした。

これだけでは何の話か分からないが、聞き返すと次は怒声が飛んでくることをカムイは知っている。

「はい」

「学院で虐められていたそうだな？」

両腕を胸の前で組んで、祖父は不機嫌そうにカムイに問いかけてきた。

「どこから、そのような話が？」

聞かなくても分かっているが、カムイはあえて惚《とぼ》けて尋ねてみた。恐怖の対象である祖父にこんな態度をとれる自分に内心驚きながら。

「どこも何もない！　近衛騎士団が学院で聞き取りをしているではないか！　話は学院だけではなく、皇宮にまで広まっているぞ！」

予想通り、祖父の怒号が飛んでくる。

カムイを心配する気持ちなど少しもない。自家の恥を晒《さら》したと怒っているのだ。

「すみません」

「謝って済む問題か！　いいか、我がホンフリート家は、祖先を辿《たど》れば皇家にも繋《つな》がる名門中の名門だぞ！　そのホンフリート家の者が、こともあろうに学院で虐めを受けていたとはな。儂《わし》は恥ずかしくて宮中に顔を出せんわ！」

カムイの祖父はこう言うが、上級貴族家のほとんどは何らかの形で皇家に繋がっている。だからこそ高い爵位を有しているのだ。わざわざ自慢するようなことではない。

だが間違っても、こんなことは口にはできないので、カムイは大人しく聞いているしかない。

「ただでさえ、お前は貴族でありながらろくに魔法を使えないということで、我が家の恥を晒しているのだ。それがさらに恥の上塗りをするとは……」

「すみません」

この話は今回に限った話ではない。またかという思いを胸の奥に隠して、カムイは謝罪の言葉を口に出す。謝っても無駄だと分かっているが。

「だから謝って済む問題ではないと言っている！　そもそもどこの馬の骨とも分からない父親を持つお前を、ホンフリート家の一員として認めたことが間違いだったのだ！　なんで、こうなった!?　光の聖女の再来とまで呼ばれた我が娘の息子が、なんでこんなに無能なのだ!?　父親の血のせいに決まっている！　お前はホンフリートの血ではなく、無能な父親の血だけを引いて生まれてきたのだ！」

そしてまた、いつもの話が始まる。父親が誰であるかは、カムイにも分かっていない。カムイの母は決してそれを打ち明けようとしなかった。

知っているのは、母が祖父の言うように光の聖女の再来と呼ばれるくらいに優秀な光属性魔法、神聖魔法とも呼ばれる回復系魔法の使い手であったこと。

その力を買われて、勇者とともに魔王討伐に向かったまま行方不明となってしまったこと。

そして、その母がある日突然、実家に戻ってきたときにはカムイを身ごもっていたこと。

どこの馬の骨などと、今でこそ祖父は言っているが、最初のうちは勇者の子供ではないかと考え、大喜びしていたことをカムイは話に聞いている。

それがカムイが魔法をろくに使えないと分かった途端に、掌《てのひら》を返すように父親の批判を始めた。母はまぎれもなく祖父の娘である。ホンフリート家の血が落ちこぼれを生んだとは、決して認めたくないのだ。

「まあまあ、父上、そんな話ばかりでは先に進みません」

延々とカムイとその父親への不満を口にする祖父に伯父が話しかけた。それが好意からくるものではないことを、カムイは分かっている。

言葉通り、話を先に進めたいのだ。

「そうだな。つまりはお前をこれ以上、ホンフリート家の一員として認めるわけにはいかんということだ」

少し落ち着いた口調で祖父はカムイにこう告げてきた。

「つまり？」

「勘当だ！　今後一切、ホンフリートの名を名乗ることは許さん！」

何となく予感はしていた。カムイにとっては、ついにこの日が来たかくらいの感覚だ。

「……当然、家も出て行けということですね？」

「当たり前だ。なぜ、儂が他人の面倒を見なければならんのだ？」

あまりに予想通りの展開に、動揺するどころか呆れてしまった。とにかく冷静でいられるのはカムイにとって良い状態だ。

「母の遺品は私が頂けるのでしょうか？」

「それはホンフリート家の物だ。お前に渡すわけにはいかん」

これもまた予想通り。カムイが考えていた通りの答えだ。

「逆に言えば父の遺品は僕の物なのですね？」

「そんな物があったのか？」

祖父の表情に戸惑いが生まれる。カムイの父の遺品の存在を知らなかったのだ。

「はい。母が亡くなるときに譲り受けました。それは父の物ですから持っていってもいいのですよね？」

「ああ、それくらいはかまわん」

「父上、ちょっと待ってください！」

同意した祖父を慌てて伯父が止めに入る。

「なんだ？」

「確認してからにしましょう。その父親の遺品とやらを。もし、それがアレの持ち物であったとしたら……」

アレ。伯父が勇者の持ち物である可能性を考えていることはカムイにも分かった。

勇者の所持品であったとすれば、相当価値のある物に違いない。祖父に話しかける伯父が、カムイの目には欲に溺れた醜い獣に映る。

「おお、そうじゃな」

そして、欲深さでは祖父も同じかそれ以上だ。

「僕の父親はホンフリートではありません。なぜ、父親の遺品を調べられなければならないのですか？」

大人しく伯父の話を受け入れるのは得策ではない。無一文で放り出されるわけにはいかないのだ。

「それが父親の物であるとは限らないだろ？　お前はそう言って、ホンフリートの財産をかすめ取ろうとしている可能性もある」

「では、そちらが嘘を言わない保証はどこにあるのですか？　本当に父の遺品であるのに、ホンフリートの物だと、そちらが嘘を言う可能性もありますよね？」

「なんだと!?　貴様、儂を侮辱するのか!?」

テーブルを拳でどんどんと叩《たた》きながら、祖父が怒声を上げてきた。これもカムイにはお馴染《なじ》みの行動だ。

「いえ、可能性の話をしているだけです。侮辱されたくないのであれば、それはないと、どう証明してもらえるのかを教えてください」

「なっ!?」

これまでであれば、これで萎縮してしまっていたカムイが普通に反論してきたことに、祖父は驚いている。

「納得のいく説明をください」

カムイとしては、ここは絶対に引けないところだ。染みついている祖父への恐怖心を無理やり奥に押し込んで、強い視線を真っ直《す》ぐ向ける。

「それは……おい」

何の考えも浮かばなかった祖父は、伯父に話をするように促した。

「……いや、ちょっと」

振られた伯父もすぐには何も思いつけなかった。祖父と叔父のこの反応が、カムイにさらに力を与えた。

「ではこうしましょう。ホンフリート家の財産目録がありますよね？　それと突き合わせればいかがですか？　財産目録に記載があればホンフリート家の物、なければ僕の父の物です」

「ふむ、なるほど。いや、しかし……」

カムイの提案に対する祖父の態度は煮え切らない。

カムイの父親の遺品が財産目録に書いてあるはずがない。カムイが嘘をついてホンフリートの財産を持っていくことは防げるかもしれないが、父の遺品を取り上げることもできなくなる。

「……では、そうしよう。出て行くときに確認させてもらう」

少し考えて伯父が同意してきた。だが、その目はとても諦めたようには見えない。カムイとしては気持ちを緩めるわけにはいかない。

「では、すぐに財産目録を持ってきてください」

「はっ？」

「いや、勘当となれば僕はすぐにここを出なければなりませんよね？　すぐに確認を始めましょう」

「いや、そんなに急がなくてもよいのではないか？」

カムイの想像通り、伯父は時間稼ぎにきた。カムイが持っている父親の遺品を探り出し、財産目録に追加しておこうとでも考えていたのだろう。

「いえ、時間がありませんので」

「時間が？」

「ええ、目録と家にある全ての物を突き合わせるには相当の時間がかかりますよね？」

「それはどういう意味だ？」

カムイの言葉の意味を伯父は理解できていない。

「さっき言ったではないですか。目録に書かれている物がホンフリート家の物、それ以外は僕の父の物だと。目録に書かれていない物を全て洗い出さなければいけません」

「そんな無茶苦茶な!?」

財産目録など、こまめに整理しているはずがない。書いてあるのはせいぜい本当に家宝やそれに準じるような価値の高い物だけだ。言っていることが無茶苦茶なのはカムイにも分かっている。単に交渉材料として、揺さぶりをかけているだけだ。

「でも先ほど、そういう約束をしました」

「この馬鹿者が！　なんだ、その詐欺師のような手口は！　貴様それでも……」

ここまでで祖父の怒声が止まった。

「僕はもうホンフリートの者ではありません。貴族でも。批判されるようなことではありません」

生まれて初めて祖父をやり込めた事実に、カムイの表情に自然と笑みが浮かんだ。

それと同時に心の中では、これを喜べる自分はそれだけ祖父を憎んでいたのだと思って、少し胸が痛くなった。

「……やめだ」

「はい？　今何と言いましたか？」

「目録の突き合わせなど必要ない。父親の遺品とやらは勝手に持って行け！」

どうやら自分たちの分が悪いと察して、祖父は欲を収めてきた。

「いえ、突き合わせをしましょう」

だが、カムイの方はそれに乗らなかった。

「何だと……？」

「そう言う約束です。貴族が前言を翻《ひるがえ》すのですか？　それこそ貴族としてどうなのでしょう？　さあ、早く目録を持ってきてください」

「貴様……」

歯軋《はぎし》りしながら、絞り出すように声を出す祖父。ここがカムイにとっては勝負どころ、この先の生活がかかっているのだ。

「……幾らだ？」

「何の話ですか？」

「幾ら欲しいと聞いているのだ！」

全く貴族の誇りなどというものほど、ばかばかしいものはない。そんなものを守るために、代償を払おうとしている祖父が、カムイには愚か者に見える。

「……そちらはそれでいいのですか？」

祖父が認めてもまた伯父が覆《くつがえ》そうとするかもしれない。先に手の内を見せてもらった方がよいと思って、伯父に向かって聞いた。

「……金額次第だ」

「つまり払ってもいいということですね？」

「ああ」

「では。こうしましょう。別にお金が欲しいわけではありません。僕が求めているのは父とそして母の遺品です。離れにある物は僕が自由に持ち出していいということで手を打ちませんか？心配しなくても家具を根こそぎ持っていくなんて真似《まね》はしませんよ」

正直、これからの生活を考えると、金をむしり取りたいという気持ちがないわけではない。だが、ホンフリート家の金で、これからの生活を送ることがどうにもカムイには我慢できなかった。

結局、自分もつまらない誇りに拘《こだわ》っているのかと思って、カムイの顔に苦笑いが浮かぶ。

「それでよいのか？」

「それとは別に、今後一切、お互いに干渉しないと約束しましょう。僕の条件は以上です」

「よいだろう。それはこちらも望むところだ」

「ではこれで。少なくとも寝る場所と食事は提供してもらっていたのですからね。お礼は言っておきます。これまでありがとうございました。そして、これで終わりです」

カムイはソファを立って出口に向かった。

扉を開けた外には、かつての伯母、そして従兄弟たちが立っていた。

その態度は様々だ。憎々しげにカムイを睨んでいる者、やや恐れるように逆に視線を避けている者。だが蔑みの色はそこにはない。

それらの視線を無視して、カムイは離れの自分の部屋に向かう。

あっという間に物事が変転してしまった。いつかは出たいと思っていたこの家を、思いの外、早く離れることになった。カムイの心の中に、この先の生活に対する不安がないわけではない。だが、些細《ささい》なことだ。

生まれ変わったのであれば、別の生き方をしなければいけない。つい先日こう誓ったばかりなのだから。

4

レナトゥス神教会は、多数の信者を抱える、シュッツアルテン皇国で唯一、国に布教を認められた宗教だ。国が認めざるを得ないほどの影響力を持つ組織で、それは皇国のみならず、大陸全土に及んでいる。

皇国の都ミッテルブルクには、そのレナトュス神教会が営む孤児院がある。

神教会の孤児院は、ほかの街にもあることはあるが、何といっても皇都のそれは規模が段違いだ。それは喜ばしいことではない。それだけ皇都には親を亡くし、行き場を失くした子供たちがいるということなのだから。

それに必ずしも神教会が善意だけで、それを行っているわけではないことも、知る人は知っている。

ひとつは人気取り。神教会の慈悲の心を、人々に知らしめるためのパフォーマンスだ。

そして寝る場所と粗末な食事を提供する代償として、孤児院は子供たちから、亡くなった親が残したわずかな財産をほとんど取り上げている。

では、それだけの財産を持たない孤児はというと、孤児院に入れないまま、その辺で野たれ死ぬか、貧民街で残飯を漁《あさ》る生活を送ることになる。

孤児の待遇も金次第ということだ。

そんな孤児院を中年の夫婦が訪れている。決して豪華ではないが、平民には見えないキチンとした身なりをした二人。

夫の方は、かなり白くなった金髪を短く刈り、がっしりとした体格と隙のない身のこなしは、誰でも分かるくらいに明確に、戦いを知る者としての雰囲気を醸《かも》し出している。

隣に立つ妻は、薄い金色の髪を片側にまとめ、軽く薄化粧を施しただけのその顔は美人とはいえないのだが、凛《りん》とした佇《たたず》まいと相まって、清楚《せいそ》な美しさを感じさせている
とにかく何となく目立つ二人だ。

その二人は今、孤児院の中庭で遊んでいる子供たちに目を向けていた。

「そこ！　勝手に魔法を使うな！」

「だって」

子供たちの遊びというには、少々驚きの言葉が中庭に響いていた。

「使えるようになって嬉しいのは分かるけど、魔法は危険なものでもあるんだぞ。それに司教に見つかってみろ。飯抜きどころか、独房入りだからな」

銀髪の男の子が、年下であろう女の子を叱《しか》っている。

「いやぁ」

女の子は首を大きく振って嫌がる素振りを見せている。ツインテールに整えられた黒髪が、首の振りに合わせて左右に揺れている。

銀髪と黒髪の二人。あまり見られない珍しい髪の色をした二人だ。

「だったら俺の許しなく使わないこと。いいな？」

男の子は女の子の前に跪《ひざまず》くと、頭に手を置いて、語りかけた。

「はぁい」

ついさっきまで、嫌々をしていた女の子が途端に嬉しそうに返事をする。何とも微笑《ほほえ》ましい雰囲気だ。

「勝負しようぜ！」

そこに木の棒を持った金髪の男の子が割り込んできた。

「いいぞ。少しは鍛えたのか？」

その声を受けて、銀髪の男の子は立ち上がった。

「ああ、教わった通りに練習したぞ」

「よし、やるか。マリア、またあとでな」

「むう」

不満そうな女の子の頭をもう一度撫《な》でてから、銀髪の男の子はもう一人の男の子の方に歩いて行った。

「ほら」

持ってきた木の棒の一本を金髪の男の子が放り投げてくる。それを受け取って、二人は向かい合った。

先に動いたのは金髪の方だ。木の棒を大きく振りかぶって間合いを詰めると一気に振り下ろした。金髪の男の子のそれは、子供にしてはなかなかに鋭い振りだが、あっさりと銀髪の男の子に躱《かわ》されて、そのまま後ろに回り込まれた。

後ろからポンと頭を叩かれて勝負は呆気《あっけ》なくついた。


「ほう、これは」

その様子を見て、夫の方が感嘆の声を上げた。

「あら、貴方が感心するほどでしたか？」

妻の方は夫が感嘆する様を見て驚いている。

「まあな。子供にしてはなかなかの動きだ。しかし、どこであんな動きを学んだのだろうな？」

「そうですね。あの女の子なんて魔法を使っていましたよ」

貴族の子弟であればまだしも孤児が魔法を使えるなんて普通ではない。

「ああ、見た。許しなく、なんて言っていたところを見ると、恐らくあの男の子が教えたのだろうな」

「そうでしょうね。剣術も教えているようですし」

「そうだな。つまりあの男の子が中心ということか……」

剣も魔法も教えている孤児。ただの孤児であるはずがない。

「気になりますか？」

「気にならないわけがないだろう。無駄と分かっていて来たつもりであったが……。お前はどうだ。？」

「お話を聞いてみてもよいかと思いますわ」

「そうだな。そうしよう」

嬉しそうにその場を離れて奥に進む二人。向かう先は、この孤児院の院長である司教のところだ
司教に面会をお願いすると、すぐに部屋に通された。

部屋の中にはパッと見て高価なものだと分かるほどの調度品が並んでいる。その一つである立派な机に座っていた聖職者は、色とりどりの凝った刺繍《ししゅう》が施された、聖衣というにはあまりに派手な服装に身を包んでいた。

それを見て思わず顔をしかめる二人であったが、ここまで来て何も話さず帰るわけにもいかない。勧められるままに席に座った。

「はじめまして。私はこの孤児院の院長を務めております。カルロ・モディアーニと申します。さて、急なご来訪ですが、どういったご用件でしょうか？」

派手な服装が与える印象とは反対にモディアーニ司教の態度は慇懃《いんぎん》なものだ。

「はい。私は辺境領を任されているクロイツという者です」

「ほう、辺境伯爵様ですか？」

「いや、爵位は子爵です」

「子爵ですか……それで辺境領を任されているのですか？」

辺境領というのは、元々は皇国に併合された国の領地だったところだ。通常、辺境領は滅ぼされた国の王族が、辺境伯爵という爵位を皇国から与えられて統治をしている。子爵が辺境領を統治しているというのはあまり聞く話ではない。

「我が領地は少し特殊でしてね。辺境伯爵を受ける者がいないのです」

「ああ、そういうことですか」

王族が全ていなくなった辺境領、併合するときの抵抗が激しく、とても元の王族には任せておけない辺境領は辺境伯爵ではなく、ほかの爵位の貴族が統治をする場合がある。それでも子爵というのは珍しいのだが、よほど恵まれない土地なのだろうとモディアーニ司教は解釈した。

「それで今日はどのようなご用件ですか？」

「実は養子を探しております」

「はい？」

孤児院に養子を求めに来る者は当たり前にいる。だが、貴族となれば話は別だ。

「私と妻は子供に恵まれませんで、だから養子をと」

「事情は分かりますが、その養子をここで求めるのですか？」

モディアーニ司教が驚くのも当然だ。貴族家への養子は普通は他家から求める。次男、三男などで実家を継げない者であれば、養子になることを望む者はいくらでもいるだろう。実家も自家の繋がりが広がることになるのだから、喜んで養子に出す。

平民出身者がほとんどの孤児院に、子爵家の跡継ぎを求めに来るのは非常識と言える。

「もう少しお話をした方がよいですね。実は私が治めている領地はノルトエンデ、旧魔王領なのです」

「それは……」

旧魔王領であるノルトエンデがどういう土地であるか、司教であれば当然知っている。魔王は神教会にとって許されざる存在なのだ。

「私の領地の特殊性をお分かりいただけましたでしょうか？　我々も初めからここに伺ったわけではありません。何とか他家の子息で養子に来てくれる者はいないか、心当たりを当たってみたのですが、受けてくれる者はおりませんでした」

「やはり、厳しい場所なのですね？」

「ええ。元々貧しい土地であったところに、戦乱でさらに荒れ果てております。それを復興させる領民も少ない。貴族家といっても、暮らしは厳しいものです。そんな厄介な領地を継いでくれとお願いしても、なかなか受けてくれる者はおりません」

「奥方様には失礼ですが、側室を持たれるという選択肢もございますよ？」

家名を残すために、側室を持つのは当たり前のこと。神教会も当然のこととして認めている。

「それは私が受け入れられません」

「そうですか……。しかし、ここにいる子供で子爵家を継げるような者がおりますかどうか」

何となく苦労が予想される養子先だ。モディアーニ司教も乗り気ではない。

「実はここに来るまでに、気になる子供を見かけました」

「おや、そうですか。それはどんな？」

「小柄な銀髪の男の子です。随分、周囲に慕われているようで。彼と話をしたいのですが？」

「カムイですか……」

クロイツ子爵が気になっている子供がカムイだと知って、モディアーニ司教は納得したような、それでいて困惑したような複雑な表情を浮かべた。

「何か問題がありますか？」

「カムイは元々、貴族の出です。ホンフリート伯爵家はご存じですかな？」

「名門ですね。しかし、そういうことだと、彼は孤児ではないのですか？」

ホンフリート伯爵家のことはクロイツ子爵も知っていた。良い評判は聞かないが、取り潰《つぶ》しになったという話は聞いていない。

「勘当になったと聞いています。今のカムイは、ホンフリート伯爵家とは何の関係もない、ただの平民です」

「……なぜ、勘当になど？」

子供の身で勘当などただごとではない。理由によっては、養子の件は考え直さなければならなくなる。

「それがカムイの問題です。彼は魔法が使えないのです」

「そんなばかな？　だって彼はほかの、あっ、いや……」

クロイツ子爵は、子供たちが魔法を内緒にしていることを思い出して、慌てて口ごもる。だが、これは無駄な気遣いだ。

「知っています。こっそりと魔法を教えているのでしょう？　私がどんなに厳しく言っても聞きません」

これを話すモディアーニ司教の顔には苦いものが浮かんでいる。

「子供たちが魔法を使うことに反対なのですか？」

魔法を使えることはよいことだとクロイツ子爵は考えている。モディアーニ司教が嫌がる理由が分からない。

「過ぎたる力は己を滅ぼします。彼らは孤児です。その身一つで、先の人生を歩んでいかなければいけません。こう言った方がよいでしょうか、彼らには頼れる味方はいません」

「力を利用されるとお考えですか？」

「そうです。力を認められて大切にされるのであればよいでしょう。だが孤児の彼らを、そんな引き立て方をする者はそうはいません。いいように利用されて使い捨てにされるのが落ちです。

そんな危険を負うよりは、地味でも堅実な人生を歩んで欲しい。私はそう思います」

「なんとまあ」

豪奢《ごうしゃ》な衣装には不快感を覚えたが、その口から出てくる言葉は至極真っ当だった。その驚きをつい、クロイツ子爵は表に出してしまった。

「私がこんなことを言うのは意外ですか？」

「あっ、いや、そんなことは」

自分の失敗に気付いて、クロイツ子爵は焦っている。

「よいのです。そう思うということは貴方は、きちんとした方だという証《あかし》ですから」

モディアーニ司教の方は、怒った様子は少しもなく、それどころか穏やかな笑みを浮かべている。

「どういう意味でしょう？」

「この衣装はわざとです。孤児院の院長が贅沢《ぜいたく》な格好をしている。それを見て不快に感じたとしたら、その方はまともな人物です」

「それを確認するために？」

「ほかにもあります。私が質素な暮らしをしていると思われると、教会に納める金が増えます」

「逆ではないのですか？」

怪訝《けげん》そうな顔をして、クロイツ子爵はモディアーニ司教に尋ねる。

「嘆かわしいことにそうなのです。私が贅沢をして集めた寄付を懐《ふところ》に入れている。そう思われれば、少々、申告額が少なくても何も言ってこないのですよ」

孤児院で集められた寄付の余剰分は教会に納められる。それ自体がおかしな話なのだ。

本来は教会が孤児院を支援するのが正しいあり方。だが民の信仰心が薄れたことにより、寄付は教会よりも実際に困った民を助けている孤児院などの救護施設に集まるようになっている。いつの間にか金の流れが変わってしまっているのだ。

しかも救護施設から納められた寄付は、いくつかの部署を通して最終的には教皇庁に集められるのだが、その過程で何人もがそれを懐に入れている。

自分がやっていることで他人を非難できない。モディアーニ司教が言っているのは、こういうことだ。

「そんな状況になっているのですか……」

「腐敗は国だけではなく、教会でも進んでいるのです」

「…………」

モディアーニ司教は、何気なく教会だけでなく皇国までも批判している。子爵の立場では、安易にそれに同意するわけにはいかない。

「話が逸《そ》れましたね。カムイですが、彼は魔法を使えないという理由で貴族の身分を奪われました。魔力がないというだけで相当に辛い思いをしていたようです。そのカムイが同じ貴族である貴方たちの養子に果たしてなれるのでしょうか?」

「それは……」

「私は問題ないと思います」

戸惑いを見せるクロイツ子爵に代わって、これまで、じっと黙って話を聞いていた子爵夫人が口を開いた。

「それはなぜでしょうか?」

「彼は魔力がないのではなく、魔力の使われ方が人とちょっと異なるのではないでしょうか? だとすれば私たちは、そんな彼の力になれると思いますわ」

「貴女は魔法が?」

ただの貴族夫人が語るような内容ではないと思って、モディアーニ司教は子爵夫人に魔法が使えるのか尋ねてみた。

「得意な方だと思います。でも私よりも、もっと魔法に詳しい者たちが私たちの領地にはいます。彼らであれば、彼に魔法を教えられると思いますわ」

「そうですか」

その者たちが何者か分かったモディアーニ司教であったが、それについて触れることはやめておいた。

「そうでなくても、私たちは子供に魔法の才能など求めていません。とにかく彼と話させてもら

ない。

「……分かりました。カムイを呼びましょう」

カムイが魔法を使えないことを問題視しないのであれば、モディアーニ司教に拒否する理由はえないでしょうか？」

モディアーニ司教は机の上に置いてあった呼び鈴を鳴らす。

「お呼びですか？」

呼び鈴に応えて、白い服を着た女性が扉を開けて入ってきた。

「カムイをここに呼んでもらえるかな？」

「分かりました。すぐに連れてきます」

モディアーニ司教の指示を受けて、すぐに女性は外に出て行った。

「すぐに参るでしょう。私は席を外します。話が終わったところで、またお呼びください」

こう言って、モディアーニ司教は席を立った。

「よろしいのですか？　私たちだけで話をしても」

「その方がよいと思います。カムイは少々変わった考えを持っています。私の立場ではそれを叱らなければなりません。それではカムイの本当の姿は見えないでしょう」

「……分かりました。ではそうさせていただきます」

部屋を出て行くモディアーニ司教の背中を見送って、クロイツ子爵は少し緊張を覚えた。

モディアーニ司教の話を聞いただけで、カムイという少年が普通ではないことが分かった。その彼と、どう向かい合えばよいのか、クロイツ子爵には考えが浮かばなかった。

結果、夫婦で何かを相談することもなく、クロイツ子爵夫妻は、それぞれで考えに耽《ふけ》ることになった。

5

部屋の沈黙を破ったのは扉を叩く音。返事を待つこともなく扉を開けて中に入ってきたのは、夫妻が中庭で見た銀髪の少年、カムイだった。

「あっ、間違えた。失礼しました」

部屋にモディアーニ司教がいないことに気付き、はっとした表情を見せたカムイは、慌ててそのまま部屋を出ようとする。

「いや、君と話がしたいのは我々だ」

そのカムイをクロイツ子爵は、慌てて引きとめた。

「……司教様は？」

クロイツ子爵の話を聞いて、カムイは怪訝そうな顔をして尋ねてきた。

「三人だけで話すようにと、席を外された」

「そうですか……分かりました」

モディアーニ司教がいないことに、腑《ふ》に落ちないものを感じながらも、カムイはクロイツ子爵夫妻の前の席に座る。

「どこかで会ったことがありましたか？」

「いや、君と会うのは初めてだ。まずは自己紹介をしよう。私はケイオス・クロイツ子爵、辺境領を治めている。隣は私の妻のフロリアだ」

「はじめまして。カムイくん」

「……はじめまして」

目の前にいる二人が貴族であると知った途端にカムイの顔がわずかに歪む。カムイにとって貴族とは、ホンフリート家の者や学院の生徒たちが全てだ。良い感情など持てるはずがない。

「いきなり本題に入らせてもらってよいかな？」

「どうぞ。ほかに話題はありませんから」

そっけない態度を取るカムイに、わずかに苦笑いを浮かべながら、クロイツ子爵は話を切り出した。

「実は我らがここに来たのは、養子を探すためなのだ」

「養子……。貴方たちは貴族ですよね？　ここがどんなところかご存じで？」

「ああ、もちろんだ。君が来る前に司教様とも話をしている」

「そう。貴族の養子ね」

クロイツ子爵の話を聞いたカムイは腕を組むと、下を向いて考える素振りを見せる。

「どうだろう？」

「そうですね。俺が思いつくのは二人です。一人はルッツといいます。剣術が好きで、人を纏《まと》めるのも得意です。もう一人はイグナーツ。こちらは魔法が得意です。といっても本格的に使えるわけではありません。それでも俺が見たところ、きちんと授業で習っていた学院の生徒たちより、覚えはかなり早い方だと思います。人を纏めるのもルッツと同じくらいに得意です」

クロイツ子爵の問いに、一気に答えを返すカムイ。だが当然、クロイツ子爵が聞きたいのは、こういう話ではない。

「いや、そうではなくて」

「養子ということは、跡継ぎの男子を希望しているのですよね？　そうなると今言った二人しか思いつきません。二人を呼んできましょうか？」

クロイツ子爵の戸惑いを、カムイは無視している。わざと違う答えを返しているのだ。

「ちゃんと話を聞いてくれ。私たちは、君に養子に来てもらいたいと思っているのだ」

「お断りします」

クロイツ子爵の誘いにカムイは、わずかな間も空けることもなく拒否を返した。

「理由を聞かせてもらえないか？」

「俺は貴族になんてなる気はありません。もう分かってるでしょう？　俺は貴族が嫌いなんです」

「それは君の態度でなんとなく分かっていた。だがなぜ、そこまで貴族を嫌う？」

カムイが貴族が嫌いであることは名乗った途端に態度を変えたことでクロイツ子爵にも分かっていた。だが、その理由までは思い至らない。

「司教様からは、何も聞いていないのですか？」

「君がホンフリート家の者だったという話は聞いている。魔法を使えないこともだ」

「そう。その魔法が使えないことで俺は酷い目にあった。虐められていたのですよ。毎日毎日、虐めっ子に囲まれて、水を掛けられたり、泥水を飲まされたり。それをやっていたのは学院に通う貴族の子弟です。ホンフリート家でもそうです。ホンフリート家の屋敷にいたときから、俺はその家の一員だなんて認められていませんでした。やっとそんな境遇から抜け出せたのですよ？　なぜわざわざ、そこに戻る必要があるのです？」

死んでしまいたいとまで考えていた時期だ。そんな環境に戻りたいと思えるはずがない。

「我らは君にそんな思いはさせない」

「仮に貴方たちはそうだとしても、周りはどうですか？　まさか、ずっと屋敷に籠《こ》もってろなんて言いませんよね？」

カムイが嫌いなのは魔法が絶対という価値観の貴族社会だ。クロイツ子爵がどう考えるかだけでは、何の解決にもならない。

「つまり魔法が使えないからなのだな?」

「ほかにもありますが、それが一番ですね」

「我らの養子になることで、魔法が使えるようになるとしたら?」

「はあっ!?」

クロイツ子爵の言葉は、カムイを大いに驚かせた。

「妻はその可能性があると言っている。我らの領地には魔法に長《た》けた者たちがいる。その者に教えを請《こ》えば、君は魔法が使えるようになるかもしれない」

「……それは養子にならなくてもできますね?」

クロイツ子爵の提案に、カムイの心はわずかに揺らいだが、それで養子を受け入れるカムイではない。平民となったカムイにとって魔法はそれほど重要ではない。それよりも貴族に近づくことへの拒否感の方が強かった。

「いや、その者たちは我らの願いでなければ、受け入れてくれないだろう」

「ではほかの人を探します。誰に教わっても同じです」

「なぜ、そこまで拒絶する?」

「だからさっきから言っている。貴族が嫌いなんです」

「しかし、平民のままでいたとしても、全く貴族に関わらないでいられるわけではない。この国で生きるということはそういうものではないか?」

この国だけではない。貴族制度がない国など、この大陸にはないのだ。

「でもそれは最小限に抑えることができる。貴族になってしまえば、そういうわけにはいかない。ましてや跡を継がせようというのだろ?」

「それはそうだが……」

カムイの意思は固い。それを覆《くつがえ》す説得材料が、クロイツ子爵には思いつかない。


「そうやってずっと逃げ続けるのですか?」


「何?」

急に口を挟んできたフロリア。挑発的な言葉に、カムイの表情に、わずかに怒気が浮かんだ。

「さっきから話を聞いていると貴方は、ただ貴族から逃げているだけのように聞こえます。そんな生き方で貴方は本当によいのですか?」

「……それと貴族になるのは別だ」

貴族から逃げているというフロリアの指摘をカムイは完全には否定できない。これまでとは違い、反論に勢いがない。

「そうかもしれません。でも貴族になれば、もう一度立ち向かう機会を得られます」

「……立ち向かったとして、何をもって乗り越えたと言えるんだ？　まさか自分を虐めた奴《やつ》らを一人一人叩き潰すわけにはいかないだろ？　そんなことをすれば困るのはそっちの方だ」

「別に相手を倒すことが勝ちではありませんよ。自分らしく生きる、それでも相手に勝つことになります」

「そんなことで？」

「あら、自分らしく生きるということがどれほど難しいか貴方は分かっていないのね？　考えてみなさい。自分を殺さず、人と接することがどんなに大変か。貴方であれば、少し考えれば分かるはずよ」

隣に座るクロイツ子爵が軽く目を見開いている。フロリアが子供に向かって、いきなり難しい話を始めたことに驚いているのだ。

だが、フロリアは、それに大丈夫だと目で応える。

じっと黙って会話を聞いていたが、フロリアは内心でかなり驚いていた。カムイはまだ十歳前後であろう。そのカムイが辺境とはいえ、領主である夫と対等に話をしていたのだ。

「……確かにそうかもしれない」

案の定、カムイは少し考えたあとで、納得の言葉を口にする。

「どうかしら、それに挑戦してみない？　私たちはそんな貴方を助けてあげられるわ」

「それが魔法？」

「剣術もよ。こう見えて私の夫は強いのよ。だから今の領地を任されているの」

「今の領地……。それはどこなんだ？」

フロリアの言葉に、カムイは考える余地を持ったようで、領地に興味を示してきた。

「北にあるノルトエンデというのだけど、地名を言っても恐らく分からないわね。元魔王領、こう言えばどういうところか分かるかしら？」

「魔王領……つまり魔族の国か？」

「そうよ。魔王が倒されたあと、魔族は国を捨てて各地に散ったの。そのあとを私たちは任されているの」

「そうか、魔族の国はなくなったのか……」

魔族は世界から迫害されている。そんな中で一生懸命に生き延びようとしているのだ。半年前に出会った魔族の言葉をカムイは思い出した。

どうやら、それは事実であったようだ。魔族は国を滅ぼされ、行き場を失《な》くして各地に散っている。そんな魔族に安息なんてないのだろう。あのとき、出会った魔族の悲しみが、今になってカムイは少し分かった気がした。

「どう？　もう一度考えてもらえないかしら？」

「……やっぱり断る」

少し考えて、カムイの口から出たのは、拒絶の言葉だった。

「どうして？」

「強いからその領地を任されたということは、今も魔族と戦っているんだよな？」

「それが怖い？」

「いや。俺が養子になれば、魔族を殺さなければいけないいんだろ？　俺は種族が違うというだけで、相手を殺すなんてことはしたくない」

「なっ!?」

カムイの発言に、大きく目を見張るクロイツ子爵夫妻。その反応を見たカムイの心境は、「ああ、またやっちゃった」、こんな感じだ。

以前にもカムイは似たような発言をして、モディアーニ司教にこっぴどく怒られたことがある。それこそ独房入りだった。軽々しくそんな発言をしていては、いつか周りから危害を加えられることになる。モディアーニ司教はそんな思いでカムイに厳しい罰を与えたのだが、そんな機微を、まだ子供のカムイが分かるはずがない。

「私たちは……運命に感謝しなければいけませんね？」

「ああ、そうだな」

「えっと……」

夫妻の言葉がカムイには理解できない。小首を傾《かし》げて不思議そうに見ているカムイにフロリアは、にっこりと微笑みながら、カムイが想像していなかった言葉を口に出した。

「貴方は私たちの養子にならなければいけません」

フロリアの口から出た言葉は「なってください」ではなく「ならなければいけない」だった。

「どうしてそうなる？」

「私たちの領地に来れば、貴方が心配するようなことは決してないと分かりますよ。いいえ、貴方はそうならないために、私たちの養子となるべきなのです」

「意味が分からない」

やや大げさに首を左右に振ってみせる。カムイにはフロリアの言い分が理解できない。

「今は分からなくてもよいです。でもこれだけは信じてください。貴方と私たちの出会いは、きっと運命に導かれたものです」

運命などという大げさな言葉を吐くフロリアに呆気にとられたカムイであったが、自分を見るフロリアの目はどこまでも真剣なものだった。

その目を見た瞬間に、カムイの心が大きく揺らぐ。


同じ視線をカムイは知っていた。

真っ白なベッドに横たわる、そのまま消えてしまうのかと思うくらいに儚《はかな》げで、そして何者よりも美しい母。

その母が、自分に向けていた視線をカムイは思い出した。

『――カムイ、貴方はいつか辛い運命に巻き込まれるかもしれません。でもそれこそが、貴方が持って生まれた宿命なのです。だから決して、そこから逃げないで。これは私が貴方に残せる最後の言葉。お願い、カムイ。強く、強く生きて……』

ずっと忘れていた母の最期の言葉が心の中に広がっていく。

「運命か……」

噛《か》みしめるように、運命という言葉をつぶやくカムイ。いつの間にか、涙がその頬を伝っていた。

「どうしました?」

「……母の言葉を思い出しました。ずっと忘れていた言葉です。母の最期の言葉だったのに、俺はずっとそれを忘れてしまっていたのです」

「そう……」

「一つ条件があります」

「条件……えっ、ということは?」

条件を出す。それは条件が満たされれば、受け入れるということだ。

「はい。養子にさせてもらおうと思います」

「ああ、良かった。その条件というのは？」

「ここの仲間を何人か一緒に連れて行っていいですか？　あくまでも希望する者だけです」

「それは構わないが、全員を養子にというわけにはいかないぞ」

カムイの問いにはクロイツ子爵が答えた。これを許可できるのは、領主であるクロイツ子爵だけだからだ。

「もちろんです。養子は俺一人、他の仲間は、まあ色々と助けてもらえたらありがたいなと」

これは、半ば本気で半ば口実だ。養子先を見つけられる者は限られている。多くの孤児は、ろくな伝手《つて》もなく世間に放り出されることになるのだ。養子でなくても、貴族家で働けるのであれば、こんなに良いことはない。

「臣下ということか？」

「形としてはそうなります。ただ、これで希望者がいないと俺が恥ずかしいですね」

実際に仲間を誘うことを考えてカムイは恥ずかしくなった。友達に向かって、俺の臣下になれなんて、とても言えそうにない。

「それはまあ、誘ってみなければ分からないだろう」

「ええ、早速話しに行っても？」

「ああ、行ってくるがよい」

「あっ、出立はいつですか？」

部屋を出ようと席を立ったカムイだが、ふと思いついた様子で出発の時期を尋ねてきた。

「準備ができたらすぐに発《た》ちたい。あまり領地を空けておくわけにはいかないのでな。そうはいっても養子縁組の手続きに、どれ位かかるかは正直分からん」

カムイとの話がついたからといって、養子縁組が纏まったわけではない。貴族家の養子だ。国へ届け出て、承認を得る必要があった。

「分かりました。俺の準備はないに等しいですから、その手続き次第ですね？」

「それはこちらが進めることだ。まずは司教様との話からだな」

「はい、そうですね」

確認したいことが終わったところで、カムイは背中を向けた。

「……おい」

出口に向かおうとするカムイをクロイツ子爵が引き止める。

「何ですか？」

「さっきまでの口調の方が嬉しいのだが……」

「はあっ？　あの不機嫌な口調がですか？」

クロイツ子爵の言葉に、カムイは驚いた表情を見せる。孤児の面倒を見ているモディアーニ司教でさえ、カムイの言葉遣いを注意するくらいだ。礼儀作法にうるさい貴族が言う台詞ではないとカムイは思っている。

「あれが本来なのだろう?」

「それは微妙です。元々はこっちの口調だったのです。でもあいつらと話しているうちに、どんどん口が悪くなりました。まあ、そうだな。今はこっちの方が楽かな」

モディアーニ司教が怒るのは、元々はちゃんと話せるのに、カムイが悪い言葉遣いに変えるからだ。これがカムイには分かっていない。

「では、それで話してくれ。こっちも他人行儀な口調はやめさせてもらう」

「分かった。あっ、でもいきなり父上と呼べなんて言うなよ? さすがにそれは抵抗があるというか、恥ずかしい」

「……駄目か?」

少し照れた様子で上目遣いにカムイを見ながら、クロイツ子爵は問いかけている。

「呼んで欲しいのか? まあ、呼ぶとしても夫人の方が先かな?」

「あら?」

「おい、どうしてだ?」

カムイの言葉にフロリアは喜び、クロイツ子爵は不満げだ。

「亡くなった母に似ている。初めは全くそう思わなかったんだけどな。話しているうちに、なんだか重なってきた。あっ、だから母上の言葉を思い出したのか」

外見は全く似ていない。それでもカムイはフロリアに母を感じた。母性を感じたが正しいのだろう。

「それは嬉しいわね」

「ああ、喜んでいいと思う。母上は美人だし、それなりに有名人だ。光の聖女の再来なんて呼ばれていたらしいからな」

「「なっ!?」」

今度は、クロイツ子爵夫妻が驚く番だった。ただ、この驚きは、カムイのそれとは比べものにならない。二人とも、大きく目を見開いて固まってしまっていた。

「えっと……これは聞いていなかった?」

「光の聖女の再来とは、母親はソフィア様か?」

「そうだけど」

クロイツ子爵は、カムイの母親の名を知っていた。自分の母親がどれほど有名人であるかを、改めてカムイは思い知った。

「……ホンフリート伯爵家は何を考えているのだ? ソフィア様の息子を追い出すなんて、正気とは思えん」

「もう母上は亡くなっているから」

「いや、そうだとしてもだ。ホンフリート伯爵家がどういう家か……聞くまでもないな。そこにいたのだから」

「ああ。現当主は祖先の功績を誇るだけのどうしようもない男だ。そして次代も欲の皮の突っ張ったボンクラだな。その子供たちは……記憶にも残ってない」

「随分な言いようだな。まあ、実際周りの評価もそんなものだ」

ホンフリート伯爵家は名門となっているが、ここ何十年は功績らしい功績を残していない。歴史が古いだけで何の役にも立たない家。下手に名門に位置する分、周りの評価は厳しかった。

「やっぱりな」

つまりカムイを罵倒していた祖父も、何の功績も挙げていないということだ。そのくせ、偉そうなことを言っていた祖父を思い出して、カムイは少し気分が悪くなった。

「そんなホンフリートを一時的にとはいえ救ったのがソフィア様だ。光の聖女の再来とまで言われた実力と名声、そして極めつけは、勇者の同行者に選定された。まあ、その結果は残念なものであったのだが……。それでもソフィア様を世に出したホンフリート家は一時、大いに称《たた》えられていたのだ。その功労者であるソフィア様の息子を勘当？　愚かとしか言いようがない」

「別に俺がホンフリートの名をあげたわけじゃないからな」

ホンフリート伯爵家を勘当されたことに関してはカムイは何の恨みもない。感謝しているくらいだ。

「それはそうだが……」

「そんなことはどうでもいい。今は追い出してくれたことに感謝してるからな。それに、そのせいでホンフリートが愚か者と呼ばれるなら、ささやかな復讐《ふくしゅう》が果たせたわけだ。だからって別に嬉しくもないけど」

「まあ、そうだな」

「じゃあ、仲間のところに行ってくる」

「ああ、我らは司教様の元に向かうとしよう」

6

クロイツ子爵夫妻との話を終えて、カムイは仲間たちがいる中庭に戻った。

早速、仲の良い孤児の一人がカムイに近づいてきた。カムイと剣術遊びをしていた金髪の、カムイと同じくらいに小柄な男の子だ。

「今度は何をやらかしたんだ？」

モディアーニ司教に呼ばれた理由は説教だと思っている。いつものことなので、こう思うのも当然だ。

「今回は違う。養子の話だった」

「えっ⁉　養子⁉」

驚いた声を上げる男の子。その声を聞いて、周囲がざわめき始めた。孤児たちは皆、養子に行くことを望んでいる。他人のことでも気にならないはずがない。

「クロイツって子爵家に養子に来ないかって誘われた」

「貴族か……」

カムイの貴族嫌いは孤児院では有名だ。カムイが断ったのだと思っている。では自分がとは、この男の子も周囲も思わない。

貴族の家に養子に行けるはずがない。元貴族であったカムイだからこそと皆考えている。

「行こうと思っている」

「えっ？　だってカムイ、貴族嫌いじゃないか」

「そうだけど、それを我慢しても行きたくなった」

「……どうして？」

「上手《うま》く説明できないけど、運命みたいなものを感じた」

「意味分かんない」

少し怒った様子で相手の男の子は言った。

羨《うらや》ましいというのではない。カムイがいなくなるのが寂しいのだ。

「それで相談がある」

「相談？　何の？」

「ルッツも一緒に来ないか？」

「はへっ？」

まさかの誘いにルッツと呼ばれた男の子は素っ頓狂な声を上げている。

「ちょっと待った。どうしてルッツだけ？」

ここで別の孤児が割り込んできた。

細身の体と長く伸びた赤みがかった髪を後ろで束ねている姿は、パッと見は男か女か分からない。だが、やや吊《つ》り上がった意思の強そうな茶色い目がその孤児が男の子であると分からせてくれる。

「あっ、ルッツだけでなく、イグナーツも良ければ」

男の子はイグナーツという名のルッツと同様にカムイが仲良くしている孤児の一人だ。

「……どういうことかな？」

こんなに何人も養子を求めるはずがないということくらいはイグナーツにだって分かる。

「養子としてじゃなくて、俺に仕えるって形で。もちろん、今まで通りの関係でいいから」

「……貴族の使用人になるってこと？」

「そういうこと」

「本気で言っている？」

「あっ、やっぱり俺の部下なんて嫌だよな」

真剣な目つきで問いかけてくるイグナーツに、カムイはやや臆した様子で答えた。友人に部下になれということに引け目を感じている面もあるのだ。

「ばか。嫌なわけないよね？　孤児の俺が貴族の使用人になれるって、そんないいことある？」

養子になれる可能性は低く、待っているのは食べるにも困る貧乏生活か、犯罪者への道だ。

貴族の使用人はかなり上級の仕事だ。仮に養子になれたとしても、それより良い暮らしができる保証なんてない。

「あっ、貴族といっても貧しい家みたいだ。贅沢はできないからな」

「そうか……。さすがにそこまで旨《うま》い話はないよね」

さすがに贅沢は無理。これを知ってイグナーツは、やや残念がっている。

「俺は付いて行くから」

その横からルッツがカムイへの答えを返してきた。

「いいのか？」

「当たり前だ。カムイに付いて行けば、きっと面白い人生が待ってる。俺はそう思う」

カムイを真っ直ぐに見つめているルッツの青い瞳からは強い決意が感じられる。

「あっ、ありがとう」

暮らしがどうかではなく、ルッツはただカムイに付いて行きたいと言ってくれた。それがカムイには嬉しかった。

「マリアも行くうっ！」

「えっ？」

思いがけない希望者が現れた。カムイが魔法を教えていたマリアだ。確かにカムイはマリアを妹のように可愛《かわい》がっていたが、まだ幼いマリアを連れて行くつもりはなかった。

「マリアもカムイ兄と行くの」

綺麗な青紫の瞳を、さらにキラキラと輝かせてマリアはカムイを見ている。

「いや、マリア。気持ちは嬉しいけど、マリアはまだ小さいし、女の子で」

その可愛さに心が揺れながらも、カムイはマリアの同行を断った。

「嫌っ！　行くの！」

「……困ったな」

マリアがこんな風に言い出すと決して折れないことをカムイは知っている。どうすればよいのか分からなくなった。

「同行できる孤児の条件ってあるのかい？」

イグナーツが同行者の条件を尋ねてきた。イグナーツはマリアの願いを叶《かな》えてあげたいのだ。

「特にない。ただ人数は聞いてみないと分からない」

「じゃあ、マリアはダメってわけじゃないね？」

「まあ。でも危険な場所なんだ。元は魔王が治めていた場所だから」

「えっ？」

カムイの説明だけではどんな場所か詳しくは分からないが、魔王領というだけで物騒な感じがする。

周囲で聞き耳を立てていた孤児の何人かは一気に興味を失くした様子を見せている。

「……あんまり良い条件じゃないだろ？」

「いや。やっぱりカムイは面白いよね？　決めた。僕も付いて行くから」

元魔王領であることがイグナーツを惹《ひ》きつけたわけではない。そんな場所に行くカムイを助けたいという思いからだ。

「マリアも。魔王なんてマリアの魔法でコテンパンなの」

「いや、戦いに行くわけじゃないから」

ルッツとイグナーツ、マリアは予定外だったが、仲の良い三人が同行を希望してくれた。カムイの残る心当たりは一人なのだが。

「なあ。ちょっと聞いていいか？」

「……アルト？」

声を掛けてきたのは仲が良いとは決して言えない相手だった。

「それは俺でも行けんのか？」

「はあ？」

まさかの同行希望にカムイは驚いた。アルトは常にカムイに批判的な態度をとっていた。そのアルトが同行を希望する理由が分からない。

「だから、俺が行きてえって言ったら、連れてってくれるのかって聞いてる」

「……付いて来たいのか？」

「だから聞いてんだ」

アルトは眼鏡をかけている。度も合っていない安物の眼鏡だ。その眼鏡の奥の瞳に初めて見る必死さを見て取ってカムイはアルトの想いを知った。

「……何人まで連れて行っていいと言ってくれるかは確認してない。でも俺から断る理由はないな」

「じゃあ、俺も連れて行ってくれ」

「分かった」

これがきっかけになった。ルッツもイグナーツも、そしてマリアもカムイと一番仲が良い。その三人をカムイが連れて行こうとするのは当然で、逆に仲の良い孤児だけを連れて行くのだと周囲は思っていた。

だが、ここでまさかのアルトまで同行を認められた。そうであれば自分もと多くが考えたのだ。

カムイの養子先は貴族にしては貧しくて、危険な場所だとしても、孤児院を出たあとに待っているであろう悲惨な暮らしよりは遥《はる》かにマシなはず。ほとんどがこう思ったのだ。

多くの孤児が自分も連れて行ってくれとカムイに申し出てくる。だが、さすがにこれだけの人数は無理だ。どうしたらよいのか分からなくてカムイが途方に暮れていたとき、その声は響いた。

「うるさい！　静かにせんか！」

聞きなれた怒声に孤児たちが声のした方を見てみれば、そこにはモディアーニ司教が、眉間に皺《しわ》を寄せた厳しい表情をして立っていた。

「カムイに同行を希望している者は、あとで部屋に来なさい。一人ずつ儂が話を聞く」

ただ話を聞くだけで終わるはずがない。モディアーニ司教のいつも以上に厳しい表情を見ただけで、何人かが同行を諦めることになった。

7

結局、皇都を発つまでには二週間を必要とした。

子爵家の養子縁組。領地を任されている貴族家の後継者となる人物であるからには、それなりの手続きが必要になるのだ。

もっともクロイツ子爵にしてみれば、かなりスムーズに進んだ方だった。

養子にするのは孤児院にいたカムイ。それを貴族家に入れるのは、相当な労力が必要になると予想していたのだが、カムイの素性がそれを容易にした。

なんといってもカムイはソフィア・ホンフリートの息子である。

ソフィアを知る者たちは、それなりにカムイに期待の目を向けており、名を知っていた。

それが期待外れであったことは、そんな彼らを大いに失望させたものだが、だからといって自家からカムイを追い出したというホンフリート伯爵家の所業は許されるものではない。

一方で、そのカムイを貴族に戻そうとするクロイツ子爵の行動は、好意の目で見られることとなり、孤児院にいた事実など全く問題視されることはなかった。

幸いなのはホンフリート伯爵家の者たちが、他家との接触をほとんど絶っていたことであろう。

カムイが受けていた虐めのことで、他家から侮《あなど》りの目で見られるのを嫌がったホンフリート伯爵家は、公の場に出ることをしばらく控えていた。そのせいで、カムイを勘当にした自分たちの行動こそが、侮りどころか軽蔑の目で見られていることに気が付いていなかったのだ。

それ故に確かに除名となっているのかという役人からの問い合わせが来たときも、何も考えずに一切関係ないと答えてしまった。養子縁組については触れずに、そんな問い合わせの仕方をした役人の行動には、ホンフリート伯爵家への悪意とクロイツ子爵家への好意が含まれている。

こうなればカムイとクロイツ子爵家の養子縁組を阻《はば》むものはない。二週間の期間の半分は書類の回付と承認に必要な期間だった。

どちらかというと困難だったのは孤児院の方だった。

クロイツ子爵家の養子になるから一緒に来てくれないかというカムイの誘いに、多くの孤児たちが同行を希望した。それにモディアーニ司教が待ったをかけたのだ。

同行を希望した孤児の一人一人と話し合い、ときに怒鳴り、ときに優しく、同行を取りやめるように説得を始めた。そのモディアーニ司教の説得にかなりの孤児が折れ、同行を取りやめた。

それを一週間続けたところで、まだ説得に折れなかった孤児たちに、ようやくモディアーニ司教は同行を認めたのだ。

孤児たちにとっては嫌がらせにしか思えないが、半端な気持ちで辺境の、しかも旧魔王領などという危険な場所に、子供たちが向かうことを止めようとするモディアーニ司教の親心だ。

そして、いよいよ今日がカムイたちが皇都を発つ日。

だからといって、特別な何かがあるわけではない。養子に行く孤児の見送りは常にモディアーニ司教一人が行うことになっていた。孤児全員が心から祝福できるわけではないのだ。どちらかといえば、羨み妬《ねた》んでいる子の方が多い。

養子になれるかなれないかは、その後の人生を大きく変える。嬉しそうに出ていく仲間を見るのは残される孤児たちには辛いことだ。

「では、達者でな」

「ああ……司教様も」

モディアーニ司教の言葉に答えながらもカムイはどこか上の空だ。出発する今日になってもカムイには一つだけ心残りがあった。

「……カムイ」

そんなカムイに後ろからイグナーツが声を掛けてきた。イグナーツが指さす先には、カムイの心残りの原因がいた。

孤児院の扉に隠れてカムイたちを覗《のぞ》いている影。わずかに見えるくらいだが、茶色の髪と自分と同じくらいの小柄な体格で、カムイはそれが誰だか分かった。

「ダーク！」

その名を呼んでカムイは駆け寄っていった。

「……カムイ、僕は」

目の前に来たカムイに向かって、何かを言いかけたダークだが、先が続かなかった。

目に涙を溜《た》めて、じっとカムイを見つめている。

「……元気で。また、いつか会おう」

それを見て、自分も泣きそうになったカムイだが、何とか堪えて笑みを作ってみせる。

「……そうだね。また会えるといいね」

ダークはルッツやイグナーツと同じくらいに仲が良かった友人だ。カムイが一緒に来て欲しいと思っていた残りの一人だった。だが、ダークはカムイとの同行を希望してくれなかった。しかも今日までカムイを避けるようにして話す機会も与えてくれなかった。

その理由を聞きたかったのだが、ダークの辛そうな顔を見て、カムイは思いとどまった。

ダークは一緒に行けないことを悲しんでくれている。それで充分で、このことを悔やむようなことになって欲しくないと思ったからだ。

「必ず会えるさ。今日別れることになっても、俺たちはずっと友達だ」

「うん。僕もそう思ってる。離れていても僕たちはずっと友達だって」

「……じゃあな」

「じゃあね」

名残惜しそうにしながらもカムイは出発を待つ仲間たちのもとに戻っていく。その背中をダークは寂しそうに見つめていた。

結局、カムイと同行するのは四人だった。

ルッツ――孤児院の前に捨てられていたところを、モディアーニ司教によって拾われた男の子。実際の年齢は本人もよく分かっていないが、カムイと同い年くらい。

イグナーツ――両親が強盗に殺されて孤児となった男の子。親戚は誰も引き取ろうとせず、そのまま孤児院に送られた。カムイより一つ年上になる。

この二人に関してはモディアーニ司教の説得もそれほど熱を帯びたものではなかった。二人とも付いて行くのが当然と、モディアーニ司教の話など聞く耳を持たない。モディアーニ司教も最初から二人が決して折れないことは分かっていたのだ。

最後まで揉《も》めていたのは残りの二人だ。

マリア――売春婦を母に持つ女の子。父親が誰かは母親も知らない。育てることができないという理由で、わずかな金と共に孤児院に預けられた。それ以降、母親が姿を見せたことはない。カムイより三つ年下の七歳。年齢もあってモディアーニ司教は最も熱心に同行をやめさせようとしたのだが、その説得にも頑として首を縦に振らず、なんとモディアーニ司教が根負けする形で同行を認めることになった。

そしてアルト――父親の暴力から守るために母親によって孤児院に預けられた男の子。いつも冷めた目でカムイたちを見ていたアルトが同行を希望したときは全員が驚いた。モディアーニ司教の説得にも、泣き叫んで同行を望んだマリアとは対照的に、じっと黙って話を聞いているだけ。最後に一言、何を言われようと俺はカムイに付いて行く、これを告げたときのアルトの目に、普段決して見せない熱いものを感じてモディアーニ司教は説得を諦めた。

彼ら四人はこの先、悪名、勇名を馳《は》せながら、その生涯にわたって忠臣としてカムイを支えることになる。カムイが孤児院にいたのは、わずか半年。そのわずかな期間に、四人の天才が同時に孤児院に存在していたという事実は、のちにカムイ・クロイツの運命の奇跡の一つにあげられることとなる。

カムイ・クロイツと四柱臣と呼ばれた五人の運命は、このときから動きだす。

第一章

―同級生は黄金の世代―

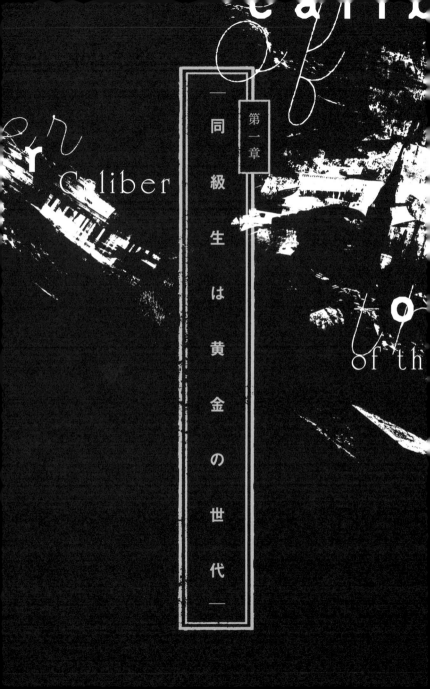

1

シュッツアルテン皇国の皇都にある帝立シュッツレーレン皇国学院は、初等部から中等部までの一貫校であり、皇国最大の学校である。

学院の卒業生の多くは、上級学校である皇立騎士学校、皇立政治学校へ進むことになり、将来の皇国の軍事・政治を担う人材を育成するための、皇国内でも選《え》りすぐられた生徒たちが学ぶ学校……というのは過去の話。

卒業生が皇国の重要な地位に就くことは確かだが、別にそれは優れた人材だからではない。生徒のほとんどは貴族の子弟であり、その身分によって学院への入学を許されているにすぎない。

当然その中にも優秀な生徒はいるが、皇国の始祖であり、学院の創立者でもある初代シュッツアルテン皇帝が求めた、身分にかかわらず優秀な人材を育成する場としての学院の姿は、見る影もなく歪《ゆが》んでいる。

学院に平民出身者の姿を見ることはあまりない。稀《まれ》に本当に優秀な人材が他校から編入してくることはあっても、やがてそれらの生徒は自身の将来が望むような形で実現しない事実を知って、また別の学校へと去っていくことになる。

平民出身者が皇立騎士学校や皇立政治学校へ進める可能性などないに等しいのだ。

この大陸で最大の版図を誇るシュッツアルテン皇国は、その強さ、豊かさ故に、かつての闊達《かったつ》さを失っていた。長い年月をかけて、この歪みは徐々に皇国を蝕《むしば》んでいるのだが、これに気付く者はほとんどいなかった。


また今年も春が来て、新しい生徒の入学時期になっている。初々《ういうい》しい生徒たちの姿を見る教師たちにとっては嬉《うれ》しい季節のはずだが、今年に限っては少し様子が違っていた。

特に中等部を見る教師たちの顔は憂鬱《ゆううつ》さを隠せないでいる。

「黄金の世代ですか……」

「何ですか、それは?」

「今年の中等部の一年はこう呼ばれているらしいですよ」

「黄金ね。まあ、確かにそう言えなくもないが、それの面倒を見る我々にとっては、頭の痛いことだ」

黄金の世代。今年の中等部一年生が、こう呼ばれるのには理由がある。中等部からの編入組に、そうそうたる面子《めんつ》が揃《そろ》っているのだ。

皇国学院は一貫校ではあるが、実際には初等部から学ぶ者は少ない。貴族家の子弟は領地に住んでおり、初等部に通うのは領地を持たない皇都に住む貴族家の子弟くらいなのだ。

　ではほかの貴族家の子弟は学院に入学するまで勉強をしないのかというと、そんなはずはない。地方にも学校はあるし、それ以上に、富裕な貴族家では優秀な家庭教師を雇って子弟を学ばせることの方が当たり前だ。マンツーマンで授業を受けてきたそういった子弟の方が、もちろん本人の資質によって差はあるが、全体的には優秀であることが多い。

　今年の一年生は、その優秀な中等部からの入学生徒の中でもとびっきりが揃っていた。


　一人目は、東方伯家の長女であるヒルデガンド・イーゼンベルク。女性でありながら優れた剣術の腕を持ち、同世代では最強と噂《うわさ》されている生徒。

　その対抗としては、皇国騎士団長の長男であるオスカー・フルハイム。騎士団長を父に持つだけあって、その腕前はヒルデガンド・イーゼンベルクと同列に位置すると言われている。

　さらに西方伯家の次男、ディーフリート・オッペンハイム。剣の腕は先の二人に一歩劣るとはいえ、その差はわずかと言われている。一方で、魔法の実力は、二人よりは一歩上と言われている実力者。

　そして皇国魔道士団長の長女であるマリー・コストル。言うまでもない。魔法の実力は、最も優れているとされている。

　さらにもう一人、重要人物がいるのだが、これは公にされていない。

いずれも剣や魔法だけでなく学問も優秀。そして、それらに従う生徒たちにも優秀な人材が多い。まさに皇国の将来を担う黄金世代と呼ばれるに相応《ふさわ》しい面子なのだが、問題はその実家が皇国内で激しく勢力を争う有力家であるということ。

その実家の争いが、学院に持ち込まれる可能性は高い。教師も憂鬱になるというものだ。

「クラス分けに、間違いはないのですよね？」

職員室では、学年主任がクラス編成を担当した教師に念を押している。このところ、ずっと繰り返されている光景だ。

「ええ。何度も確認しました」

「従属貴族も、ちゃんと確認してますか？」

従属貴族というのは、有力貴族に従う貴族家のこと。皇国は、貴族の最上位に四人の方伯が置かれており、それぞれが東西南北に広い領地を有している。あまりに広すぎる領地は、一つの方伯家だけでは、とても治めきれないために、領地をさらに幾つかに分割し、それぞれを下位の貴族が統治を任されているのだ。

それら貴族への命令権は方伯が有しているため、従属貴族の多くは皇帝の臣下というよりも、方伯の臣下といってよい状態だ。勲功に報いるために、多くの貴族を作り出した皇国の歪《ひず》みが、ここに現れている。

当然、それらの従属貴族の子弟も学院に入学している。しかも、あえて上位貴族の子弟の入学に合わせるように。

本来は十二歳で入学するはずの中等部には、年齢を誤魔化して入学している生徒たちが多くいるのだ。従属貴族にとっては、上位貴族家の子弟との繋《つな》がりを深めるため。一方の上位貴族にとっては、自家の子弟の学院生活を支援させると共に、この時点で上下関係を明確にさせておくため。

お互いの利害が一致した結果であり、こういった貴族の意向には、学院も異議を唱えることはできない。

それは騎士団、魔道士団も同じ。つまり、皇国の地位は、ほとんど世襲と化しているのだ。

「大丈夫ですよ。ちゃんと同じクラスに振り分けています」

「そのほかの生徒たちは？」

「さすがにそこまでは気を配れないですよ。クラスの人数が足りないところに適当に振り分けました」

「大丈夫ですか？」

何か問題が起これば、担任だけでなく、学年主任にも責任が及ぶのは間違いない。これを考えてしつこく確認しているが、いくら確認しても不安が完全に消えることなどない。

「辺境領家の者だけは確認しています。問題となりそうな領地を持つ者はいませんが、念のために別のクラスにしています」

「そうですか、それでもう一人は？」

「その辺境領家の者たちのクラスです。その方がよいとのご指示でしたので」

「ええっ？　そうなのですか？」

学年主任が驚きの声を上げた。辺境領は皇国の悩みの種だ。その辺境領の子弟と同クラスになることを望む意味が分からない。

「特定の有力家と下手に繋がりを持つよりはという配慮のようです」

「本当に問題となる辺境領家はいないのですよね？」

学年主任の不安は募るばかり。今更と分かっていても、念を押してしまう。

「絶対とは言いませんよ。私に皇国に叛意《はんい》を持っている辺境領家なんて分かるわけがないじゃないですか」

聞かれる方は、ややウンザリといった感じだ。

「それもそうですね。ちなみに誰が見るのですか？」

「それがミリア先生でして……」

「もっと優秀な先生がいるでしょう？」

「優秀な教師は、ほかのクラスに持っていかれました。まさか、そのクラスが一番大切だなんて言えないでしょう？」

これも先の四人の実家の意向を反映した形だ。自家の子弟を、優秀な教師のもとで学ばせたい。

単純な親心とも言えるものだが、それを有力家が考えてしまうと、それはそのまま学院の教師の選任に反映されてしまう。

「それはそうですが……」

「ミリア先生はちょっと堅物ですけど、それは真面目さの裏返しです」

「そうですね。ちょっとヒステリーな点を除けば良い教師です」

「それが問題なのですけどね？　問題児がいなければいいな」

「それはもう運ですね。分かりました。今更悩んでも仕方がありません。そろそろ入学式の時間です。会場に向かいましょう」

「ええ。そうですね」

その運は、結果としてなかったということになるのだが、それで教師たちを責めるのは可哀想《かわいそう》だろう。

教師の机に置かれたままの中等部のクラス分け表。

一年E組、出席番号四番、カムイ・クロイツの名がそこにあった。

2

講堂で入学式が行われている頃。そこから少し離れたところにある校舎の裏側。その奥の林の中を歩く生徒の姿があった。

真新しい中等部の黒の制服を着たその生徒はカムイだ。

まだ固い詰め襟がわずらわしいのか、盛んに首周りを指でいじりながら歩いている。

カムイにとっては、勝手知ったるこの場所。迷うことなく奥に進んでいく。決して良い思い出がある場所ではない。それどころか同級生に何度も苛《いじ》めを受けた場所だ。

それでも学院に再入学するにあたって、カムイは真っ先にここを訪れたかった。苦い思い出の場所であり、始まりの場所でもあるこの場所に。

養子に行ってから、二年の月日がたつ。つまり、カムイが学院の初等部を退学してから二年半が経過したことになる。

カムイ・ホンフリートで学院を退学したカムイは、カムイ・クロイツと名を変えて、学院に戻ってきた。

この選択には正直少し迷いがあったが、この先、領地を継ぐ上で、きちんと勉強をやり直すことは大切だ。こう両親に説得されて中等部から学院に再入学することになった。

もっともカムイの目的はそれではない。将来のために、色々としておきたいことがあったためだ。実際、勉強などは領地で学ぶ方が、遥《はる》かに有意義だとカムイは思っている。

そして両親もそれは分かっている。とてつもなく厳しくも優秀な家庭教師の面々を揃《そろ》えたのは、ほかならぬその両親なのだから。

両親の一番の望みはカムイの貴族嫌いが少しでも直ること。そのために同世代の貴族の中から、一人でも二人でも友人といえる存在を作って欲しいのだ。

そんな両親の気持ちは痛いほど分かっているのだが、カムイ自身にはまだ、その気持ちはない。同世代に比べれば、かなり大人びたところのあるカムイだが、貴族のことになると感情の方が優先してしまう。

やがて目的の場所に着いたカムイは、地面に腰を下ろして空を見上げた。青々とした葉が生い茂った木々の隙間からでは、わずかに青空が見えるだけ。

そうでなくても、この時間では、あのときの漆黒の闇に浮かんだ月は見えるはずもない。

「……懐《なつ》かしい。どうやらそう思えるみたいだ」

「そうですか。それは良かった。私も懐かしいと思えます。三年にも満たないわずかな時間であるのに」

　空に向かって話すカムイ。それに答える声があった。

「三年だぞ？」

「主《あるじ》と私では年月の感覚が違うのです。それはお分かりでしょう？」

　話し相手はカムイを主と呼んでいる。主従の関係にあるのだ。

「まあな。……ここから始まったわけだ。俺の人生は」

「大げさですね？」

「死んだと思ったからな」

　あの日の苦しみをカムイは今も鮮明に覚えている。

「正直、私も無理だと思っていました。でも主は生きていた。しかもノルトエンデで再会できるとは」

「運命を感じたか？」

　以前はばかにしていた運命という言葉。今は当たり前に使うようになった。

「感じざるを得ないでしょう。いえ、ここでの出会いが、すでに運命だったのです。あんな偶然がありますか？　命がけで手に入れたものの器が、目の前に現れたのですよ」

「まあな。おかげで俺は力を手に入れた」

「それと同時に苦難もですね」

「……それは仕方がない。それが俺の宿命。そう母上は言った。……母上は、もしかして予言までできたのか？」

母が残した言葉は、カムイの未来を見事に言い当てていた。それが今は分かる。

「それはないでしょう？　予言の力がなくても予測はできます。割と容易にね」

「それもそうか……。といっても道が定まっているわけじゃない」

「それでよいのです。主と出会えた運命には感謝しますが、その運命に何事も決められたくはありません」

二人の会話を聞く者がいたとしても、何を話しているのか、さっぱり分からないだろう。

「俺もだ。ちょっと我《わ》が儘《まま》な要求だけどな。神さまに怒られるかもしれない」

「信じてもいないのに？」

「信じてはいるさ。神はいる。ただ見守るためだけに。だよな？」

ノルトエンデで知った様々なこと。この言葉もその一つだ。

「そうです。神に頼るなんて間違っています。地の世界は地に生きる者のためにある。その生き方もまた地に生きる者の自由です」

「いい言葉だ。司教様には悪いが教会の教えよりもずっと胸に響く」

教会関係者には、絶対に聞かせられない内容だ。異端と呼ばれるか、背教者と呼ばれるかは分からないが、かなり問題視されることは間違いない。

「そうですか。それは少し照れくさいですね」

「そうなのか？　アウルが照れるなんて珍しい」

「私を何だと思っているのです？」

「今は猫。そして恩人であり、師匠であり、大切な仲間だ」

「やはり照れますね。さて、そろそろ行きましょうか？　入学式も終わる頃です。それに、あの二人、絶対に怒っていますよ？」

皇国学院で学ぶのはカムイ一人ではない。ルッツとアルトも同行していた。

その二人を入学式の会場に残して、カムイはここに来ていた。

「一応、ここに来るとは伝えてある」

「入学式が始まる直前にでしょう？　二人にとっては、置いてきぼりを食らったようなものです」

「……それもそうか。じゃあ、行こう。不安も消えたし、もうここには用はない」

すっと立ち上がって、校舎に向かって歩き出すカムイ。その足元をまとわりつくように駆けているのは、一匹の黒猫だった。

3

――校舎裏から戻って教室に向かうカムイ。学院は初めてではないとはいえ、中等部の校舎に入るのは初めてだ。同じような造りだと高をくくっていたカムイは、多いに焦《あせ》ることになった。

一年生のフロアは一階だと決めつけてE組に入ってみれば、どうにも様子が違う。とても新入生とは思えない生徒ばかりが、怪訝《けげん》そうな顔をしてカムイを見つめていた。

慌てて教室を出て吊《つる》されている表示を見てみると、二年E組と書いてあった。二年生のクラスに間違えて入ってしまったのだ。

廊下を歩いていた生徒をつかまえて、一年生の教室はどこかと聞いてみると、なんと三階がそれだと言う。

中等部にはクラス替えがない。そのため、学年が変わるたびに生徒が教室を移動する面倒を省くために、毎年、教室の表示の方を移動させていたのだ。

階段を駆け上り、教室の扉を開けたときには、既に教壇には担任のミリア先生が立っていた。

「えっと……」

女性だというのに、無造作に髪を後ろで束ねているだけで、顔も化粧っけがない。見るからに堅物という感じで、カムイは内心でハズレを引いたと思っている。

「名前を名乗りなさい」

教壇に立つミリア先生は、厳しい目つきでカムイを睨《にら》んでいる。

「カムイ・クロイツです」

「ええ、知っています。初日に遅刻する生徒なんて貴方《あなた》だけですからね」

担任のミリア先生は当然、生徒の名簿を持っている。

「だったら聞くなよ」

「なんですって!?」

小さくつぶやいたつもりだったのだが、静まり返った教室では、その声は教壇にまでしっかり届いていた。

「なんでもありません」

惚《とぼ》けたカムイだが、これは無理というものだ。

「……罰として教室の後ろに立っていなさい」

「……はい」

カムイは教室の扉を閉めて、窓際《まどぎわ》まで進むと、そこで前を向いて立った。

「なぜそこに立つのですか？」

わざわざ窓際まで移動したカムイにミリア先生は理由を尋ねる。

「三階ですからね。眺めがいいかなと思いまして」

「はあ!?　貴方、全然反省していないのですね!?」

「いえ、そんなことはありません。ノルトエンデの深淵穴よりも深く反省しております」

「ぶっ！」

「くすくす」

静まり返っていた教室のあちこちから生徒たちの噴き出す声や忍び笑いが聞こえてきた。

「あっ、うけた」

「静かにしなさい！」

ミリア先生の怒声が教室に響く。慌てて居住まいを正して、口をつぐむ生徒たち。

「カムイ・クロイツ」

「……はい」

「もういいから席に座りなさい」

「えっ？　いいのですか？」

酷《ひど》く怒られることを覚悟していたカムイ。思いがけない言葉にその表情がパッと明るくなったのだが。

「その代わり、反省文の提出です。原稿用紙二枚。分かりましたね？」

「いや、さすがにそこまでの反省は……」

「三枚です」

「……はい」

説教以上に面倒くさい罰を受けることになってしまった。

「早く席につきなさい」

「えっと席は？」

「空いている席は一つしかないでしょう？」

教室を見渡すと、確かに廊下側の前の方に、誰も座っていない席が一つ空いていた。

「ああ、ありました」

カムイは、生徒たちが座る机の間をすり抜けて、空いている席に座る。それを見届けたところで、ミリア先生は、一つ咳《せき》払いをしてから口を開いた。

「ではホームルームを始めます。出席を取ります。アレクシスくん」

「はい」

「アルトくん」

「はい」

「イワンくん」

「はい」

「カムイくん」

「…………」

いないはずのないカムイから返事がない。

「カムイくん？」

出欠簿から顔をあげて、ミリア先生はもう一度、カムイの名を呼んだ。

「先生、今から出席を取るということは、俺は遅刻ではないのではないですか？」

「……四枚です」

カムイの問いへの答えは、非情なものだった。

「いや、そうじゃなくて、遅刻でないのであれば、そもそも反省文は」

それに納得できないカムイが抗議をするが。

「五枚」

「嘘《うそ》？」

それは事態を悪化させるだけに終わる。

「教師が教室に入ったあとは、全て遅刻です。これが、このクラスのルールです。いいですね？」

「……はい」

明らかなあと出しも、ここまで堂々と言われると文句を言えない。言わないのは、言うと枚数が増えるだけだから、でもあるが。

「では。カムイくん」

「しつこいですね」

「ろ――」

「はい！　カムイ・クロイツいます！」

ミリア先生の言葉を遮って、慌ててカムイは返事をした。

「よろしい。カルロスくん」

「はい」

「クラウディアさ……ん」

「はい」

あとは何事もなく、出欠確認が進んでいく。


出席を取り終わると次はグループ分け。

中等部では集団行動の授業が多くなる。課外授業はもちろん、普段の授業でもグループごとで課題に取り組むことになるのだ。

これも学院の創立者である初代皇帝が定めたルール。集団行動を行うことで、身分の垣根を取り払うことが本来の目的だが、それも今は全く意味を成していない。実家の繋がりや爵位がそのままグループ分けに反映されるのだ。それは垣根を取り払うどころか、かえって閉鎖的な集団を作る結果になる。

もっとも今年のE組に限っては、ちょっと事情が異なる。クラス分けの段階で、実家の繋がりを重視した結果、有力家のいないE組の生徒は系列を持たない子弟ばかりになっていた。

「まずは、確認しておきます。同じグループになりたい集団はありますか？」

それでもミリア先生は、グループ分けに入るにあたって、確認を行った。

「はい」

真っ先に手を挙げたのはカムイだ。

「えっ？　貴方ですか？」

「別にありません。えっと誰ですか？」

「何か問題が？」

「アルトとルッツは同じグループにしてください」

「……あら、本当ね」

出欠簿を見て、ミリア先生が納得している。出欠簿はただ出欠を取るためのものではなく、生徒のことが細かく記してあるのだ。アルトとルッツの経歴には、確かにクロイツ子爵家と書かれてあった。二人には姓が書かれていないために、平民と思って、繋がりなどないとミリア先生は思い込んでいた。

「でも、カムイくんの実家は、辺境領ですよね？」

「それが何か？」

「辺境領の生徒は実家の繋がりは……」

「他家の事情は知りません。俺たちは一緒でお願いします」

辺境領主の子弟は、有力貴族家の子弟と似たような形で、臣下の子弟と同時に入学してくる。これは辺境領の事情が影響している。辺境領は皇国に滅ぼされた国。そこの子弟が元王族であれば、臣下には元貴族がいる。そういった元貴族の子弟は、特別に無条件での入学が許されているのだ。

魔法の才を持つであろう、元貴族家の子弟を見逃さないためのものであったのだが、それも今では変質してしまっている。

皇国に反抗的な辺境領がないか見極めるために、その臣下の子弟を含めて皇都に引き出しているのだ。それが分かっている辺境領関係者は、実家の関係をできるだけ公にしないように、学院では互いに素知らぬ顔で過ごすことが多い。そういった慣習が、いつの間にか出来上がっているのだ。

「分かりました。ではカムイくんとアルトくん、ルッツくんは同じグループですね」

本人たちが希望するのであれば、ミリア先生には何も言うことはない。希望通り、三人は同じグループになることが決まった。

「あとはいますか？　……いますか？」

「はい」

別の生徒の手が挙がった。赤い髪の、吊り目のせいで性格がきつそうに見える女生徒だ。

「テレーザさん」

ミリア先生は出欠簿を確かめるまでもなく、その女生徒の名を呼んだ。

「わたしはクラウディア様と同じグループでお願いします」

「はい。クラウディア様、いえ、クラウディアさんとテレーザさんが同じグループですね。あとは？」

カムイとテレーザの二人以外は、誰も手を挙げる者はいない。それを確認して、ミリア先生は先に進めることにした。

「では、あとの人たちはくじ引きで決めます」

「「おおっ！」」

生徒たちから、どよめきの声があがる。生徒たちにとっては、これから先の学院生活を左右するくじ引きだ。盛り上がるのは当然だ。

「箱から一枚引いてください。紙に番号が書いてあります。それが自分のグループの番号です。準備をしますから、少し待ってください」

誰と同じグループになるのか、期待と不安が入り交じりながらも、くじ引きを待つ生徒たちは楽しそうだ。

「まずはカムイくんとクラウディアさん。前に来てください」

「「はい」」

カムイと共に女生徒が立ち上がって前に進み出る。

小柄なカムイよりもさらに背の低い女生徒。背丈だけでなく、ふわふわとした金髪とこぼれ落ちそうな青い大きな瞳が、その女生徒をかなり子供っぽく見せている。

「最初に二人のグループ番号を決めます。グループは五人で一グループですから、それぞれ足りない人数分はクジになりますからね？」

「はい？」

ミリア先生の説明を聞いたカムイが口を開く。

「だったら、ちょうどですね？」

ミリア先生はすぐにはカムイの言葉の意味を理解できなかった。

「俺たちが三人、彼女たちが二人。ちょうど五人です」

その反応を見て、カムイはミリア先生に分かるように言い直したが。

「それは駄目です！」

カムイの提案を、ミリア先生は即座に否定した。

「でも、その方がクジを引く手間が省けますよ？　俺たちのグループを決めて、それから人数分のクジを抜くなんて手間ですよね？」

「いえ、手間ではありません」

カムイの提案を受け入れる気持ちはミリア先生には全くないようだ。

「あの私も、それでいいと思います」

「クラウディアさん！」

「クラウディア様！」

クラウディアと呼ばれる女生徒がカムイの意見を肯定したことで、先生とテレーザ、二人が同時に驚きの声を上げた。

「……何だか、凄《すご》く複雑な感じ。そんなに俺と一緒になるのが嫌か？」

不満げに軽く口を尖《とが》らせてカムイは隣に立つ女生徒、クラウディアに問いかけた。

「ううん。私も同じグループでいいと言ったよ」

「そっか。嫌がっているのは連れと先生だな。さてどうするか……まあどうでもいいか」

「どうでもって……」

どうでもいいと言うカムイの言葉にクラウディアは少し落ち込んだ様子を見せている。

「こっちは別にどうしても同じグループになりたいってわけじゃないからな。連れの人が嫌ならやめればいいいさ」

「では、その話はなしだ！」

クラウディアが口を開く前に、すかさずテレーザが同じグループになることを拒否する。

憎々しげにカムイを睨《にら》んでいるテレーザ。こんな視線を向けられる覚えも、それを我慢するつもりも、カムイにはない。

「あっそっ。じゃあ先生、クジ引くから」

クラウディアたちと同じグループになることはこれで完全になくなった。

「ええ、いえ。二人のグループを決めるのに、わざわざクジを引くまでもないですね。クラウディアさんのグループがA、カムイくんのグループをDとしましょう」

「……AとBではなく、AとD？」

不自然なグループ決めにカムイはミリア先生を疑わしげな目つきで見ている。

「何か問題が？」

「……別にありません」

だが、カムイの視線を跳ね返すミリア先生の厳しい視線に口をつぐむことになった。

カムイ・クロイツを評する言葉は色々生まれたが、その中に対象的な二つがある。『信義誠実の人』と『悪逆非道の人』の二つだ。

これはカムイを見る立場の違いから生まれたものだ。味方から見たカムイは、時に自分の身を危険に晒《さら》しても仲間のために行動する人。

一方で敵からすれば、常に策を弄して、悪辣《あくらつ》な手を平気で使う卑怯《ひきょう》者であり、たとえ女子供であろうとも一切の容赦のない非情の人となる。

のちの時代に、このカムイの性状を持ち出してきて、この中等部一年のグループ分けという小さな出来事を、歴史の転換点などと言い出す者がいた。

もしこの時、教師とテレーザが邪魔をせず、カムイとクラウディアが同じグループになっていたら。もし、もっと二人が親しくなっていたら。その後のカムイの行動は異なるものになっていたに違いない。

これは皇国の歴史が、異なる結果になるのと同じというのが彼らの言い分だ。

だがこの推測は、カムイとその仲間たちの本質を見ていないとして評価されていない。

カムイらにとって、仲間と味方は異なる対象を指していた。彼らは目的のために味方を選んでいるのであって、目的にそぐわなくなった味方は味方ではなくなる。彼らの信義の対象は味方ではなく仲間に対するものなのだ。

そして、クラウディアは味方になれる可能性はあっても仲間になれる可能性は皆無に等しい。

だが、こう評価する人々にも完全に否定し切れない事情がある。中等部時代にカムイは仲間を増やしている。味方ではなく仲間だ。そのきっかけが、このグループ分けになかったとは言い切れないものがあるのだ。

結局、この日の出来事が歴史にどう影響を与えたかなど、誰にも評することはできない。分かっているのは、この中等部での三年間がカムイ・クロイツに、この先進むべき方向を選ぶ上で大きな影響を与えたという事実だ。

4

二年ぶりに訪れた孤児院は変わらず三人を温かく迎えてくれた。

新顔も少し増えたようだが、多くはかつて同じ釜の飯を食べた仲間たちだ。必ずしも全員と仲が良かったわけではなかったが、久しぶりの再会とあっては、当時の悪感情を持ち出す者はいない。全員が嬉《うれ》しそうに三人に近づいてきて、あれやこれやと質問を始めた。

孤児院を出る機会がほとんどない孤児たちにとっては、辺境に住むカムイたちの話は、まるで冒険譚のように興味を引かれるものだった。

一人一人とゆっくり旧交を温めたいカムイではあったが、生憎《あいにく》とそういうわけにはいかない。モディアーニ司教に会わなければいけないと皆に告げて、ルッツとアルトを残して、その場を離れた。

勝手知ったる孤児院の廊下を迷うことなく進み、モディアーニ司教の部屋の前に立つ。

「おや、カムイくんではないですか？」

扉の横で控えていた準司祭が声を掛けてきた。以前から、秘書のような役割でモディアーニ司教に仕えている人だ。

「どうも、お久しぶりです。司教様はいますか？」

「いらっしゃいます。ちょっと待って」

こう言って控えの席を離れて、部屋に入っていく準司祭。すぐに顔を出して、カムイを招き入れた。

カムイが部屋に入ると、かつてと変わらず不機嫌そうな顔をしてモディアーニ司教が椅子に座っていた。

「お久しぶりです。司教様」

「戻ったか。クロイツ子爵様から連絡は頂いている。学院に通うそうだな？　ルッツとアルトも一緒だとか」

「はい。今日、入学式を終えました」

「うむ。それで何の用だ？」

久しぶりの再会だというのに、挨拶もそこそこにモディアーニ司教は用件を尋ねてくる。

「あっさりしてますね？　二年ぶりですよ？」

モディアーニ司教のその態度にカムイは苦笑いだ。

「儂《わし》の役目は孤児たちの面倒を見ることだ。卒業していった者たちのことまで考える余裕はない」

「相変わらずですね。用件は二つです。一つ目は両親から司教様に届けるように言われた物を持ってきました」

「届け物?」

「はい。これです」

おもむろにポケットに手を突っ込むと、そこから取り出したコインを一つ、カムイはモディアーニ司教の机の上に置いた。黄金色に輝く金貨だ。

「これは?」

「孤児院への寄付です。皮袋を取り出して、どさりとでも置けば、もっと格好がいいのですけどね。うちには、そんな余裕はなくて」

「一枚でも金貨となれば相当な大金だ。ご両親には感謝の気持ちを手紙で伝えておこう」

「ちなみに今更、神様に名前を覚えてもらう必要はないから、記帳は不要だって」

「……心遣いに感謝する」

寄付金は寄付した者が自分の名前と金額を台帳に記入する決まりになっている。建前は寄付した者の信仰の厚さを神に知ってもらうためとなっているが、そうではない。

単にいくら寄付金が集まったか、教会が管理するためのものだ。その台帳を見て、教会は孤児院から徴収する寄付金の額を決める。台帳に記載されていない寄付金を教会が把握する術《すべ》はないため、これは孤児院で自由に使える金となる。

「そして、もう一つ」

「何だろう？」

「ここで寝泊まりしていいか？」

一気に砕けた口調でお願い事を言い出すカムイ。両親の使いの役目は終わりといったところだ。

「何だと？」

「いや、うち皇都に屋敷なんて持っていないから。宿代ってばかにならないだろ？　さっきも言った通り、うちは金に余裕はないからな。節約しないと」

「ここは宿屋ではない！」

カムイの説明は、モディアーニ司教を怒らせるだけだった。

「いや分かってるって。ここで生活してたのだから」

「では儂が認めないのも、分かっておるだろう？」

「そこを何とか。稼ぐ手段を見つけたら出て行くからそれまでだ」

「……無理だな」

少し考えたモディアーニ司教だったが、口から出た答えは、やはり拒否だった。

「相変わらず堅いな」

「そういう問題ではない。お前は自分の立場というものをもう少し考えろ。お前はもう孤児ではなく、クロイツ子爵家の者だ。そして孤児院といっても、教会の一部であることに変わりはない。教会が、特定の貴族に便宜を図っていると思われれば、立場が悪くなるのはクロイツ子爵家だぞ？」

特定の貴族と教会が結びつくのを好ましく思わないのは、皇国そのものだ。教会の権威を背景に貴族が力を付ければ、その分、皇族の力は弱くなる。黙って見ているはずがない。

「……なるほど。さすがは年の功ってやつだな。俺はそこまで考えが回っていなかった。教会から貴族への便宜か……。あっ、じゃあ逆はどうだ？」

「逆だと？」

「貴族側から教会に協力している形を取ればいいんだよな？　俺たち三人は孤児に勉強を教えるために、孤児院に住み込みで働いているというのはどうだ？　元々孤児だった俺たちが恩返しをするのは不自然ではないよな？」

カムイのこの言葉を受けて、改めて考える素振りを見せたモディアーニ司教。やがて顔をあげて褒めているのか、貶《けな》しているのか分からないような言葉を口にした。

「……よくそんな悪知恵が働くものだ」

「ということは問題ないな？」

「うむ。それであれば大丈夫であろう」

「おっ、やった」

「但《ただ》し！」

「なんだ？」

「教えるのは勉強だけにしろ。それ以外は認めん」

剣や魔法を教えることをモディアーニ司教は禁止してきた。カムイが孤児院にいるときから、禁止されていたのだが、改めて釘《くぎ》を刺す形だ。

「なんで？」

「中途半端な力を持っては勘違いする者が出てくる。それは不幸な結果を招くだけだ。全員が全員、素質があるわけではないのだからな。ましてずっと教え続けられるわけでもない。お前たちは、いずれ領地に帰るのだろ？」

孤児には平穏な人生を歩んでほしい。これがモディアーニ司教の望みだ。

「それもそうか……。分かった。基本は文字と算術、頭のいい奴《やつ》にはそれ以上を教えるということで」

孤児院にいた当時は分からなかったモディアーニ司教の考えが、カムイも少しは分かるようになっている。何かを背負うことの辛《つら》さを知ったおかげだ。

「ああ、そうしてくれ。しかし、お前たちで教えられるのか？」

「俺、勉強はできる方だったぞ」

「それは分かっている。だがほかの二人は、孤児たちと大差ないであろう？」

「いや、相当に厳しく詰め込まれているからな。ここにいたときとは全然違うぞ。特にアルトは、悪知恵にかけては俺の一歩も二歩も先を行く」

かなりの謙遜ではあるのだが、この時点ではモディアーニ司教には分からない。

「悪知恵を教えろとは言っていないだろうが……。まあ、でもそうか。あの二人がな」

顰《しか》め面をしながらもモディアーニ司教はどこか嬉しそうだ。以前であれば気付けなかった、こういったモディアーニ司教の心が、今のカムイには分かる。

「マリアとイグナーツの二人はどうしている？」

話しているうちに、気持ちが緩んできたのか、モディアーニ司教もようやく素直に個人的に気になっていることを尋ねてきた。

「領地で特訓中。あの二人は魔法が得意だから特に鍛錬が厳しいんだ。学院で学ぶ魔法は、あいつらには物足りないだろうから連れてこなかった」

「そこまでにか？」

カムイの説明にモディアーニ司教は驚いている。学院は皇国で最高峰の学校だ。そこが物足りないといえるレベルは、モディアーニ司教には、もう想像もつかない。

「先生がいいからな」

「クロイツ子爵夫人は、そこまでの実力を持たれているのか？　いや、そうか。別にいるのだったな」

「そう。母上も魔法は得意だけど、先生は別の人たちだ」

「おや？」

カムイの言葉を聞いたモディアーニ司教は、いつもは無愛想な顔に珍しく笑みを浮かべている。

「……なんだ？」

モディアーニ司教の笑みなど初めて見たカムイは、どうにもそれが不気味で、おそるおそるといった感じで笑っている理由を尋ねた。

「母上。そう呼べるようになったか」

「あっ……うるさいな、母上は母上だろ？」

「だが養子に行った子供は、なかなかそう呼べるようにならないことを儂は知っている。他人の前で、さらっとそう呼べるということは、関係はうまくいっているのだな？」

特にカムイくらいの年齢にまでなって、しっかりと自我が出来上がってからでは、遠慮を消すのは難しい。

「まあな。二人ともいい親だ」

「そうか、そうか」

「そこまで喜ぶか？」

「儂の望みは、ここを出て行く全ての孤児たちが幸せな家庭を持つことだ。お前がどうやらそれに恵まれたようだと思えば、喜びを押さえることなどできん」

本当に嬉しいのだろう。珍しくモディアーニ司教が本音を語っている。

「その言葉を孤児たちにも伝えてやれば、もっと慕われるだろうに」

「儂が慕われてどうする？　慕われるのは新しい両親か、家族を持つ本人だ。儂の役目は、世間の厳しさに負けないように、それに耐えられる気持ちを孤児たちに持たせることだ。そのためには、儂との生活の方が遥《はる》かに厳しく辛《つら》かった。そう思われるようでなくてはならん」

「…………」

モディアーニ司教の言葉に、軽く目を見開いたまま、カムイは黙ってしまった。

「どうした？」

「……いや、涙が出そうになったから堪《こら》えてた。ほんと不器用な人だ」

冗談めかして言っているが、本当にカムイは涙を我慢していた。世間の悪意に囲まれていると思っていた自分の周りに今、多くの尊敬できる人たちがいる。この事実を改めてカムイは実感できた。

「余計なお世話だな」

「さてと、用件は済んだし、皆のところに戻るかな？」

「そうか。……儂からも一つ願いがあるのだがよいかな？」

「珍しい、何だ？」

「ダークと話してもらえんか？」

ダークも孤児で、カムイが孤児院にいた当時、ルッツやイグナーツと同様に、仲が良いと断言できた仲間の一人だ。

「何かあったのか？」

そのダークと、わざわざ話せというからには、よほどの事情があるのだとカムイは考えた。

「良からぬ輩《やから》と付き合っているようだ。悪い道に引き込まれるのではないかと心配している」

「あのダークが？　俺が知る限りは、かなり思慮深い奴だと思うけど？」

悪い道に進む孤児など珍しくない。だが、カムイが知る限り、ダークはそういうタイプではなかった。

「だから心配なのだ。実際に貧民街に出入りしていることが分かっている」

「……話すだけでいいか？　きっと何か理由があるのだと思う。その理由が納得いくものであれば、俺はダークの行動を止めることはできない」

道を踏み外したとはカムイは思っていない。こう思えるくらいダークは、しっかりした性格だったのだ。

「理由が、いい加減なものであった場合は止めてくれるのだな？」

「ああ、俺ができる限りは」

「では、それでよい」

「そのダークは？　ちゃんと帰ってきているのか？」

「ああ、出かけることは多いが、ちゃんと遅くなる前に帰ってきてはいる」

これを聞いた瞬間に、カムイはダークを止めることはできないと分かった。やはり、自堕落な生き方をしようとしているわけではなく、何か特別な事情があっての行動なのだ。

それでも約束したからには、話だけはしなければいけない。こう考えて、今は思ったことを口にするのはやめておいた。

「……分かった。帰ってきたら話してみる」

「よろしく頼む」

5

その日に早速、ダークと話すことにしたカムイであったが、モディアーニ司教の話とは異なり、なかなかダークは帰ってこなかった。

ダークが帰ってきたのは、すっかり夜も更《ふ》け、孤児たちが眠りについた頃だった。

「遅かったな」

「カムイ!?」

いるはずのないカムイが、突然目の前に現れたことにダークは驚いている。伸ばした前髪から覗《のぞ》く茶色の瞳が瞬《まばた》いている。童顔、小柄な体つきは依然と変わらない。背が伸びていないのはカムイも人のことは言えないが。

「門限過ぎてるぞ。今日と明日は飯抜きだな」

「ああ、分かってるさ。それよりもカムイはどうしてここに？」

「春から皇国学院に通うことになった。しばらくは、ここで寝泊まりさせてもらう」

「そうか。……元気そうだ」

「ああ、俺も皆も元気だ。それに比べてお前は、どう見ても元気じゃないな？」

「……ああ」

モディアーニ司教の話を聞いていなくても分かったであろうくらいに、ダークの表情には暗い影がある。

その顔を見て、カムイはわずかに躊躇《ちゅうちょ》したのだが、問題が大きいのであればなおさら、放っておくわけにはいかないと踏み込むことにした。

「何かあったのか？」

「まあ」

「話してみろよ。少しは役に立てるかもしれない」

「無理さ。もうどうにもできない」

「それでも話せば何かあるかもしれないだろ？　何もなくても一人で抱えているよりは少しは気持ちが楽になるかもしれない」

少し考えたダークであったが結局、話すことに決めた。カムイの言う通り、一人で抱えているのが辛かったのだ。

「……僕さ、カムイに付いて行くと言わなかっただろ？」

「ああ」

「本当は、かなり悩んだんだ。カムイたちと一緒に行きたい、そういう気持ちは持っていたんだ」

カムイも、ダークは付いて来てくれるものだと思っていた。それが来ないと分かったときは、少しショックを受けたものだ。

「でも残ることを選んだ。何か理由があったんだな？」

「そう。離れたくない人がいた」

「親じゃないよな？」

「親なんてどこにいるかも知らないさ」

親の居場所を知っている者など、この孤児院にはいない。本人の意志がどうであろうと、孤児院にいる時点で、過去との決別が義務付けられているのだ。

「だよな。じゃあ誰だ？」

「貧民街の女の子」

「なるほど。お前、彼女がいたのを俺たちに隠していたな?」

「違うよ。ただの友達さ」

ただの友達であれば、カムイたちもそうだ。ダークには、その女の子を選ぶ理由があった。

「つまり片思いだな?」

「……まあね」

「だらしないな。今も片思いなのか?　あれから二年だぞ?」

「永遠の片思いさ」

吐き捨てる様にダークがつぶやく。恋愛事と知って、ダークをからかおうとしたカムイだったが、そう簡単な話ではなかったようだ。

「……振られたってわけじゃあ、なさそうだな?」

「そう。もう振られることもできないんだ」

「どこかに行ったのか?」

「……死んだ。分かったのは今日さ。約束した場所に、いつまでたっても現れないから、心当たりを探しまくった。やっと事情を知っている人に教えてもらったんだ」

今日に限って、ダークの帰りが遅くなったのはこれが理由だ。

「病気か?」

「自殺」

「……自殺。自殺の理由、聞いても構わないか？」

事は、さらに深刻さを増した。ただカムイも、ここまで来たら最後まで話を聞きたかった。

「彼女はハーフだったんだ。ハーフっていうのはね」

「人族とエルフ、もしくは人族と魔族の間にできた子供だな」

「知っているんだ？」

「まあな。どっちだったんだ？」

「エルフ。彼女はハーフエルフだった」

「なんだか話が嫌な感じになってきた。その子の母親ってもしかして？」

「貧民街の売春婦さ。奴隷と言った方が正しいね」

貧民街の入り口近くの大通りは歓楽街でもある。売春宿、賭博《とばく》場、表裏を問わず、そういった店が立ち並んでいるのだ。売春宿、特に高級売春宿には多くの異種族が働かされている。そのほとんどは非合法に奴隷にされている者たちだ。

「ちっ、やっぱり。彼女も美人だったんだな？」

「ハーフエルフだからね」

エルフ族は容姿に優れた者が多い。優れた者しかいないと言ってもよいくらいだ。あくまでも、人族の美醜感覚での評価だが。

「つまり自殺の原因は……いや、やめておこう」

「カムイの想像通りさ。十五になって彼女も客を取らされることになった。それを苦にして彼女は……死を選んだんだ」

「そっか」

確かにこれでは何もできない。殺されたのであれば、まだ敵討ちという話も残るが、自殺ではそれもない。やることがあるとすれば、カムイに思いつくのは一つだが、それをダークがやるかどうか。

「貧民街に通ってたのは彼女に会うためなんだな？」

「そうさ。それが一番の理由だね」

「一番ってことはほかにもあるわけだ。司教様は良からぬ輩と付き合っていると言っていた。恐らく、その彼女のことではないだろうからほかにもいるってことだな」

「そこまで知られてたのか」

「まあ、あの司教様だからな。案外、あとを付けられていたりして」

孤児のためであれば、モディアーニ司教はなんでもする。カムイはこう思えるようになっている。

「司教が貧民街に？　しかも僕が行っているのは、歓楽街だよ？」

ダークの方は、モディアーニ司教に対して、孤児院にいた当時のカムイと同じ感情しか持っていない。

「司教様はそんなことは気にしないさ。孤児のためなら火の中水の中って感じだな」

「……意外だ。カムイは司教を認めているんだね？」

カムイの言葉にダークは驚いている。誰よりも司教に反発していたのがカムイだったのだ。

「まあな。俺たちに見せていた顔が、本当の姿じゃないと知ったからな」

「……そうなんだ」

カムイがここまで言うからには、事実なのだろうとダークは思った。

「そんなことより、ほかの仲間って何者だ？」

「貧民街の奴らだよ。僕たちと同じ孤児がほとんどだね」

「友達？」

「仲間かな」

「へえ、仲間が必要になるようなことをしようとしてたわけだ」

友達ではなく、あえて仲間と言い直したことに、カムイはダークの決意を感じた。

「勘が鋭すぎるだろ？」

「俺がその彼女のために何かするとしたら、やっぱり仲間を集めるからな」

「それで？」

カムイも自分と同じことを考えた。こう思って、ダークは先を促した。

「仲間を増やして貧民街を牛耳る」

「ええっ!?」

ダークの口から驚きの声があがる。カムイの発想は、ダークの遥か上を行っていたのだ。

「あれ？　やろうとしていたことってこれじゃなかったのか？」

「そんな大それたことは考えてないさ。仲間を集めて彼女、実際にはほかの女の子もだけど、なんとか売春宿から逃がせないかと思っていた」

「そんなことできるのか？」

「貧民街を牛耳るよりも現実的さ」

「そうかな？」

ダークの考えは極めて常識的なものだが、カムイの考え方は他人とは違う。ダークの言葉に本気で首を傾《かし》げている。

「何が疑問なんだよ？」

「逃げたあとどうするんだ？」

「皇都にはいられないね」

「皇都だけじゃない。どこの街に行っても同じだ。今、奴隷にしている奴らから逃げ出しても、また別の奴に捕まる。絶対に大丈夫だっていう隠れ場所を確保しないと。しかも皇都の近くに。エルフを連れて長旅なんてできるはずがない」

カムイの話をダークは否定できない。ダークも、ダークの仲間たちもこれは分かっているのだ。何も考えずに逃げ出せば、もっと酷い目に合う可能性が高い。だから力を合わせて何とか解決策を見つけようと行動していた。

カムイが、ただ勢いで貧民街を制圧しろと言っているわけではないと、ダークは分かった。

「……だから貧民街を押さえると？」

「そう。逃げる必要がなくなるだろ？」

「いや、それはそうだけどさ。僕たちはまだ子供だ」

「だから時間はある」

一朝一夕でできる話ではないことは、カムイにだって分かっている。それどころか、カムイは十年、二十年先を考えている。

「貧民街のボスは数百人の手下を抱えるような奴だ。それ以外にも幾つもの勢力がいるんだよ？」

「相手の勢力が大きいのであれば、まずはそれを分裂させることだな。その上で、お互いに争わせればいい。消耗したところで各個撃破。基本だな」

「そう簡単に言うなよ」

「でも、やらなければ何の解決にもならない。ダークの彼女は、もう救えない。でも集まった仲間には、まだ救わなければいけない相手がいるんだろ？」

「ああ」

ダークの仲間は、同じ想いを抱く者たちの集まりだ。それぞれ守りたい大切な人がいる。

「それだけじゃない。貧民街を変えていかなければ、この先、ダークと同じような想いをする奴がまた出てくるかもしれない。ダークはそれを放っておくのか？」

「同じ想いをさせたくはないね」

ダークが今、抱えているのは、決して忘れることなどできないと思えるほどの心の痛み。胸が張り裂けそうになる想いだ。

「じゃあ、やれ」

モディアーニ司教の頼みをすっかり忘れているどころか、カムイはさらに上の行動をダークに要求している。怪しげな輩との付き合いをやめるどころか、その輩たちの頂点に立てと、カムイはダークに言っているのだ。

「やれと言われても。何をやればいいのさ？」

「まずは信頼できる仲間を増やすこと。これはいいよな？」

「ああ」

「絶対に裏切らない仲間を見つけろ。それがダークたちの中核となる」

「そうだね」

ダークの周りにはすでにそういった仲間が集まっている。

「但し、すぐには纏《まと》まらないこと。小さな勢力が纏まったって、かえって警戒されて、早々に潰《つぶ》されるだけだ」

「じゃあ、どうすればいいのさ？」

「理想は各勢力に満遍なく仲間を増やすことだな。それぞれ自分が属する勢力の中で、少しずつ力を蓄えていく」

「それで？」

「そして行動を起こすときに一気に纏まる。相手には行動を起こす最後の最後まで、自分たちの力を知られないようにするんだ」

「なるほどね」

カムイの言葉にダークは真剣に耳を傾けている。既に気持ちは、カムイの提案に大きく傾いていた。

「次が情報収集。敵の情報を知ることだな。各勢力のトップ、それとナンバー2、ナンバー3を洗い出せ。それからは、そいつらの人柄、性格、好み、趣味、誰と仲が良くて誰と仲が悪いか、弱みを握れれば最高だな。とにかく調べられるだけのことを調べろ」

「それができたら？」

「戦略を練る。トップが強い敵は、そのトップをどうやって消すか。部下の仲が悪ければ、どうやってそれに拍車をかけるか。下から潰していってトップを丸裸にするってのもある。そして各勢力の力が弱まった段階で、勢力同士をどうぶつけるかを考える。大切なのは順番にではなく、並行して進めることだ」

「どうして？」

カムイの口から、やるべきことが次々と語られていく。それに、やや圧倒されながらも、ダークも問いを重ねていく。

「一つずつ潰してたら、ほかにどんどん吸収されてしまうだろ？　敵が大きく纏まるだけだ。敵対勢力の力を分散させて同時に弱めて、相対的に味方の力を強める。そこからは一気に勝負だ。詳しい話はアルトを入れて考えた方がいいな。あいつはこういう策略を考えるのが得意だから」

「アルト？　あいつの考えなんかで大丈夫？」

孤児院時代、アルトはカムイたちに皮肉ばかりを言っていた。カムイとつるんでいたダークのアルトへの印象は当然悪い。

「俺は信用している。アルトは悪知恵にかけては天才だな。悪辣さ、えげつなさでは、俺は到底アルトには及ばない」

「そうでもないような……」

ダークはモディアーニ司教とは違い、カムイの無自覚の謙遜を聞き流さなかった。

「なんだ？」

「だってさ、今、カムイが言った話。よくすらすらと思いつくよね？」

「今考えたことじゃないから」

「えっ？」

意外な答えに、ダークは軽く驚きを示す。

「俺たちも同じことをしようとしている。学院に来た目的の半分は信頼できる仲間を見つけるためだ。それと敵になるかもしれない奴らを見極めるため」

「ねえ、同じことって、貴族相手にやろうとしているの？」

皇国学院にいるのは、皇国の貴族ばかりだ。敵になるかもしれない相手は、当然、貴族家の子弟ということになる。

「そう。辺境は皇国では弱小勢力であり、搾取《さくしゅ》される対象だ。自分たちの領地を守るためには、力を持たなければいけない。色々と考えることが必要だ」

「凄いな」

カムイの考えていることに比べてしまうと、貧民街の制圧など些細《ささい》な目標のように、ダークは思えてきた。錯覚である。

「ここにいる間は、できるだけ協力する。顔を知られるわけにはいかないから、表立っては動けないけどな」

「いいの？」

「ダークには悪いけど、いい予行演習だ。自分たちの策が上手《うま》くいくか試させてもらう」

「おい!?」

「失敗するつもりはない。ちゃんと上手くいくように頑張る」

「それならいいけど」

この二人の会話が、この時期に貧民街を仕切っていた悪党たちにとっての不幸になる。

「もっともせいぜい三年だぞ。中等部を卒業したら、多分俺たちは領地に帰る」

「たった三年か……」

「下準備までだろうな。仲間集めと情報収集。俺たちも三年でそれをやろうとしているからスタート地点は同じだな。そのあとは競争だ」

「僕が貧民街を纏めるのと、カムイが皇国を纏めるの。どちらが早いかの競争だね」

「いや。皇国を纏めるつもりはないし」

「えっ、そうなの？」

皇国を纏めてしまっては、新たな皇帝になってしまう。

「さすがにそれは無理だろ？　せいぜい辺境の待遇を改善させるだけの力を手に入れるくらいだ」

「カムイならできそうだけどね」

何か根拠があるわけではない。ただ何となく、このとき、ダークはこう感じた。

「俺は何者だ？」

「カムイ・クロイツ。僕たち、孤児の希望の星だね」

「……おおげさ」

「まっ、これは冗談として、分かったよ。僕は貧民街を変えてみせる。だからカムイも、纏めろとは言わない、でも皇国をもっといい国にしてくれるかな？」

「……ああ、分かった。……なんて返事をしたものの、すごく重いものを背負わされた感じだな。皇国を変える？　そんなことできるか？」

「できるさ。カムイなら」


ダーク――その穏やかな外見からは想像できないような苛烈な手段で、若くして皇都貧民街の裏社会を纏め上げ、やがて、その影響力を皇国全土の裏社会に広げることになる。

のちに、闇社会の皇帝とまで呼ばれる男の第一歩。

それにカムイ・クロイツが関わっていた事実を知る者は、わずか数人にすぎなかった。

6

周囲の視線を一身に集めながらも、それになんら意識を払うことなくヒルデガンド・イーゼンベルクは、陽《ひ》の光に輝く金髪を風に靡《なび》かせながら、颯爽《さっそう》と校庭を進んでいく。

ヒルデガンドが身に纏っているのは学院の制服ではあっても男子生徒が着るもの。だが、すらりとしたスタイルのヒルデガンドにはそれがよく似合い、見惚《みと》れているのは男子生徒ばかりではない。

その後ろを歩くのは東方伯家、従属貴族の子弟たち。それ以外にも学院の同級生でヒルデガンドと親しくなった無所属の貴族家の子弟が数人、あとに続いている。

誰もが、この列に並べるわけではない。ヒルデガンドによって、その器量を認められた者だけの特権だ。

入学後、わずか二か月で出来上がったヒルデガンドの派閥。通称ヒルダ派だ。

ヒルダ派の規模は、中等部一年の中では最大規模を誇る。もっと言えば中等部最大だ。ほかの学年には、そもそも派閥と呼べるようなものはないのだから。

ヒルデガンド自らが数を求めたわけではない。ヒルデガンドの美貌に魅せられた自称ヒルダ派が、学院内に山ほどいるため、周りからはそう見えるだけだ。

結果として、中等部一年には大方の予想通り、四つの派閥が出来上がった。

ヒルダ派、ディー派、オスカー派、マリー派、A組からD組まで、各クラスに一つずつ。その中でマリー派に限っては、実際には派閥と言えるようなものではない。魔道研究会という名称の同好会なのだが、派閥と呼ぶ方が関係ない第三者には何となく面白いので、そう呼ばれている。

一年生の派閥形成は、徐々に中等部全体への広がりを見せるようになっており、有力家の勢力争いが、そのまま学院に持ち込まれるのではないかという教師の懸念は見事に当たったわけだ。

もっともまだ子供である本人たちの意思は、大人たちが行っている勢力争いといった大げさなものではなく、相手には負けたくないという、ただのライバル意識に毛が生えたようなものにすぎない。


列の先頭を歩くヒルデガンドの青い瞳に、校舎の脇から姿を現した生徒の姿が映った。

銀色の髪を持つその生徒は、時折、校舎の壁に手をつきながら、どうにかこうにか歩を進めている状態だ。その様子がヒルデガンドには気になった。

「彼は怪我《けが》をしているのではないですか？」

「はっ、どの生徒でしょうか？」

ヒルデガンドの声に、後ろを歩いていた生徒の一人が足を速めて前に出てきた。ヒルデガンドが最も信頼している側近と言えるマティアス・シュナイダーだ。

ヒルデガンドと同じ金髪碧眼《へきがん》。整った顔、女性としては背の高いヒルデガンドと並んでも見劣りしない背格好。並んで立つと恋人同士といわれても納得してしまう二人だ。

「あそこの彼です」

その場に立ち止まり、壁に沿ってゆっくりと歩いている男子生徒を、ヒルデガンドは指さした。

「……ああ、彼ですか」

マティアスの反応は、生徒の素性を知っていることを示している。

「知っているのですか？」

「はい。あの髪の色は間違いないと思います。学院で銀髪の生徒は彼一人しかいません」

「有名なのですね？」

ヒルデガンドは、優秀な人材を求めている。側近中の側近と考えるマティアスが、その生徒を知っていることで、強く興味を引かれた。

「はい。ただ悪い意味ですが」

すぐにヒルデガンドの期待は、マティアスによって打ち消されることになった。

「どういうことですか？」

「彼の名はカムイ・ホンフリート」

「ああ、ホンフリート家ですか」

ホンフリート家の惰弱さは皇国では有名だ。カムイがホンフリート家の者と知って、一気にヒルデガンドの熱は冷めた。

「元ですが」

「……あまり、遠回しな物言いは、好きではありません」

ヒルデガンドの整った眉がひそめられる。会話を楽しむという余裕はヒルデガンドにはない。

「申し訳ありません。彼は初等部にいたときに虐めにあって一度退学しました。ホンフリート家からも、そのときに勘当されております。その後、別の家に養子として引き取られて、中等部から再入学したそうです」

学院の情報を集めること。これも側近としてのマティアスの役目だ。

「虐め……それはまた情けない話ですね」

可哀想とはヒルデガンドは考えられない。貴族は強者であらねばならないという思いが強いのだ。

「ええ、あの様子では再入学しても変わらないようです。そうであれば戻ってなど来なければいいのにと私などは思います」

マティアスも同じ考えだ。カムイがよろけているのは虐めを受けたあとだから。こう考えてヒルデガンドに話している。

「そうですね……。行きましょう」

同級生に虐められるような軟弱な生徒に用はない。カムイから視線を外して、またヒルデガンドは歩き始めた。


そのカムイがなぜ、そんなよろよろと歩いているかというと。

「ああ、痛て。アウルめ。全く手加減なしかよ」

林の奥で鍛錬をした帰りだからだ。カムイが以前よく連れ込まれていた林だったが、今は虐めなどは存在していない様子で、ほとんど誰も訪れない場所となっていた。

それに気が付いたカムイは、鍛錬の場所として使うようになったのだ。

鍛錬の様子を、あまり人に見られたくないカムイにとっては、誰も来ない林の中は鍛錬場所として好都合だった。

「しかし、猫に俺は負けるのか。弱すぎるだろ」

カムイのぼやきは止まらない。命の危険を感じない鍛錬などは鍛錬ではない。領地でカムイたちを鍛えていた師匠たちの共通の意見だ。

それこそ何度死んだと思ったことか。回復魔法でかろうじて助かったこともあるくらいだ。

それを師匠たちは、きちんと計算してやっていると言うのだが、実際に死ぬような目にあうカムイたちには、とてもそうは思えない。

そして、そんな厳しい鍛錬を行っていても、全く強くなった気がしないのが、カムイたちを悩ませている。実際には、カムイたちの実力は同世代では飛び抜けたものなのだが、いかんせん鍛錬の相手をする師匠たちが強すぎて測れないのだ。1が10になっていても、1000相手では誤差にすぎないということだ。

こうして鍛錬のたびに、カムイは落ち込むことになる。

「ルッツは生きてるかな?」

カムイの鍛錬が終われば次はルッツの番、その後はアルトだ。

カムイが、その場を離れて戻ってきたのは勉強をするため。カムイたちに他人の鍛錬を、ただ見ているだけの時間は許されていなかった。

学院にいる間に、手を抜いて成長の色が見えないとなれば、それこそ領地に帰ったあとで殺されてしまう。それに領地に残って鍛錬を続けているイグナーツとマリアに申し訳ないという気持ちもある。

今この瞬間にも二人はスパルタ教育の渦中にいるはずだ。

「よし、行くか」

気合を入れ直して、歩みを続けようとするカムイ。そんなカムイに声が掛かった。

「あの、大丈夫ですか?」

陽の光に輝くふわふわとした金髪、青い大きな瞳を、さらに大きく見開いてカムイを見つめる女生徒。同級生のクラウディアなのだが。

「えっと?」

「……クラウディアです」

カムイに名前を覚えてもらえていなかったことに、少し落ち込むクラウディアだった。

「あっ、そうそう。クラウディアさん。こんなところで、どうしたんだ?」

「カムイくんの方こそどうしたの? 怪我をしていますよね?」

「ああ、これは気にしないで。全然平気だから」

「でも……」

気にしないでいられるなら、クラウディアも初めから声なんて掛けない。

「大丈夫」

「……良かったら、治しましょうか？」

カムイの態度があまりにそっけないので、クラウディアも少し意地になっている。どうしても相手にされたくて、言ってはならない言葉を口にしてしまった。

「クラウディア様！」

クラウディアの失言を咎《とが》める声が響く。後ろに控えていたテレーザの声だ。慌てて、カムイとクラウディアの間に割って入るテレーザ。まるでカムイからクラウディアを守るかのようだ。実際にテレーザはそのつもりだ。

「俺、何か変なことしたか？」

そんな行動と、自分を睨《にら》みつけているテレーザの視線にカムイは戸惑っている。こんな態度を向けられる心当たりは、カムイにはない。

「ちょっと、テレーザ」

「しかし……」

「いいから下がっていて」

「……はい」

二度もクラウディアに諫《いさ》められて、それでも、かなり渋々という様子でテレーザは後ろに下がる。

「ごめんなさい」

「別にいい」

「じゃあ、治しますね？」

「それもいい」

クラウディアの申し出をあっさりとカムイは拒否した。

「えっ？」

「回復魔法だろ？　別にいらない」

「テレーザの態度は……その、私を心配して……ごめんなさい」

カムイが治療を拒否したのは、テレーザの態度に腹を立てたからだと思って、もう一度、クラウディアは謝罪の言葉を口にした。

「だから別に気にしてない。治すつもりなら自分で治すからいいって言っただけだ」

「えっ？」

「これはあえて痛いままにしてる。本当はこれくらいの痛みで動きを鈍らせたら駄目なんだけどな。俺はまだまだ修行が足りない」

「もしかして回復魔法を使えるの？」

痛いままにしているという説明にも疑問を感じたクラウディアであったが、それよりも自分で治すと言ったカムイの言葉の方が重要だった。

「まあ」

「本当に⁉」

回復魔法は、ごく限られた者にしか使えないということになっている。

「あっ。えっと、初級の初級だけ」

クラウディアの反応で、カムイもそれを思い出した。

「でも使えるのね？」

「何を驚いているんだ？　クラウディアさんも使えるんだろ？」

「はい」

「じゃあ、別に俺が使えてもおかしくないだろ？」

自分の失敗を、開き直りで誤魔化そうとしているカムイだった。

「……そうですね」

しかしその強引なやり方は、クラウディアには有効だったようだ。ただカムイには、ほかにも失念していたことがある。

「……あっ。もしかして俺の昔の話、知ってる？」

「昔ですか？」

「知らないのか。じゃあいいや。もう行ったら？　気にしてないとは言ったけど、ずっと睨まれているのは、あまり気分がいいものじゃない」

後ろに下がったあとも、テレーザはずっとカムイを睨んでいた。前にいたクラウディアはそれに気が付いていなかったのだ。

「テレーザ！」

「はい！　すみません！」

クラウディアに怒られて、謝罪の言葉を口にするテレーザ。だが、その謝罪はカムイに向けてのものではない。

「……いいや、俺が行くよ。こんなところで無駄な時間を過ごしている場合じゃないからな」

「……ごめんなさい」

無駄な時間と言われたことに、また落ち込むクラウディアだった。

「それとそんなに謝らなくていいから。俺、あんまり物事に拘《こだわ》らない質《たち》だから、大抵のことは気にしない」

「はい」

「じゃあ。よし行くか」

軽く気合を入れると、無理やり姿勢を正して、カムイは歩き出す。それでも痛みを我慢しきれないようで、すぐに歩き方がぎこちなくなった。それを無理やり堪えて歩き続けるカムイ。

「あれはなんなのでしょうか？」

そのカムイの様子を見て、不思議そうにテレーザは、クラウディアに尋ねた。

「さあ？　修行と言っていたね？」

「痛みを我慢する修行ですか。なんだか変な趣味ですね？」

「趣味って？」

「いえ、変な修行ですね」

「そうね」

「それよりもあんな男には関わらない方がいいですよ」

「どうして？」

「あの男について調べました。以前、初等部に在籍していたのですが、虐めを受けて退学したそうです。そんな軟弱な男は、クラウディア様の友人には相応しくありません」

ヒルデガンドにとってのマティアスのような役目をテレーザは務めている。収集している情報量は比較にならないにしても。

「虐め。どうして虐めなんて？」

「なんでも、あの男は魔法が使えないそうです。貴族のくせに魔法が使えないなんて、あり得ませんからね。虐められても仕方がないと思います」

「……でも彼、回復魔法は使えるって言っていたよね？」

テレーザの説明を聞いて、クラウディアはカムイの話の矛盾に気付いた。

「あれ？　いや、でも虐めの原因は、確かに魔法が使えないせいだと」

「おかしいね？」

「嘘をついているのではないですか？　魔法が使えないのに使える振りをしている。そう言えば、昔の話を知っているかと焦って聞いていたではないですか。きっと嘘がばれたかと思って焦ったのですよ」

カムイが焦っていたのは事実だが、それは嘘がばれたからではなく、本当のことを話してしまったからだ。

「そうなのかな？　じゃあ、あの怪我は」

「また虐められたのではないですか？」

「でも虐めを受けて退学したのに、わざわざ戻ってきたんだよ？　また同じ学院に戻るなんて……」

「中等部になれば大丈夫だとでも思ったのではないですか？　浅はかな考えですね」

カムイに対するテレーザの態度は、かなり厳しいものだ。客観性を持たない評価など、なんの役にも立たないことが分かっていない。

「……テレーザは彼のことが嫌いなの？」

「クラウディア様に無礼を働く者は全員嫌いです」

「別に無礼じゃないよ」

「無礼です。なんですかあの口の利き方は。あれが皇国の」

「テレーザ！」

テレーザが失言しかけたのを、慌ててクラウディアが遮った。

「……すみません」

「もう、カムイさんの言う通り。私たち謝ってばかりだね？」

「そうですね」

「でも、もし本当に使えたら。どうやって身に付けたんだろうね？」

クラウディアはカムイが嘘をついているように思えなかった。そうとなれば魔法を使えなかった者が、どうやって使えるようになったのか。これがどうしても気になる。

「ですから嘘に決まっています。それもよりにもよって回復魔法が使えるなんて、あり得ませんね。神聖魔法が使えるのは、ごくごくわずか。それこそ持って生まれた才能が必要です」

「彼、そのことを知らないみたいだったね？」

「それは助かりました。気を付けてください。回復魔法が使えるなんて知れたら、すぐに騒ぎになりますよ。クラウディア様の年齢で使えると言われている人は数えるほどしかいないのですから」

回復魔法は神聖魔法に属する。火水風土の属性魔法が得手不得手はあるにしろ、魔法が使える者は誰もが使えるのに比べて、神聖魔法の使い手は少ない。

それは神の恩寵《おんちょう》の深い、選ばれた者の為《な》せる技、それ故に神聖魔法と呼ばれているのだ。というのは教会の主張である。

クラウディアは、その数少ない神聖魔法の使い手である。神聖魔法の使い手は、その稀少《きしょう》さ故に、注目を浴びることが多い。使えるとされている者の名は広く知れ渡っているのだ。

「そうね。気を付けるわ」

「しかし、うちのクラスはろくな者がいませんね？　あれでは、クラウディア様の味方を見つけるなど、とても無理ではないでしょうか？」

「そんな言い方は駄目だよ」

「でも事実です。この二か月、クラスの授業の様子を見てきましたが、目に止まるような者は誰もいませんでした。驕《おご》っているとは思いません。私程度の力ではクラウディア様をお守りするには力不足だと分かっているからこそ、この私にも及ばない者たちを見て、失望しているのです」

テレーザは知らない。カムイたちが授業中、常に手を抜いているという事実を。カムイたちにとっては授業での実技訓練など命の危険のキの字も感じない、お遊びのようなものだ。そんな場面で本気を出しても意味はない。それくらいなら手の内を隠しておいた方がよい。こんな風にカムイたちは考えていた。

そしてそれはカムイたちだけではなかった。クラウディアのクラスの生徒の多くは、平民か辺境領の子弟だ。平民はこの先の就職のことを考えて、手抜きなどしないのだが、もとより剣術や魔法において、初めて学ぶ彼らがテレーザよりも優れているはずがない。そんな者がいるとすれば、それこそ天賦《てんぶ》の才を持った者だが、クラスにはそういった平民の生徒はいない。

実力を隠しているのは辺境領の子弟たちだ。

彼らは義務であるから学院に入学しているだけで、ここで力を認められようなんて考えを持っている者は一人もいない。

特に、心の中に皇国への複雑な思いを抱えている生徒は、徹底的に実力を隠している。

いつ反乱を起こすか分からない辺境領に優れた者がいると分かれば、皇国はそれを称《たた》えるどころか潰しにかかるだろう。そう彼らが思うくらいに、辺境領と皇国の関係は信頼とは程遠い位置にある。

そういった生徒たちの偽装を見破れないという点で、テレーザは自身が言う通りに、確かに力不足だ。

「そうかもしれないけど、剣や魔法が全てではないよ？　人として信頼できる。それが何よりも大切なことだと私は思っているの」

それはクラウディアも同じだ。魔法に関して特別な才能を持つといっても、他人の力量を見極めるほどの力はない。

「確かにそうですが……どうしても私は焦ってしまいます。先ほどのあれをクラウディア様も見られたでしょう？　東方伯家は、この短期間の間に、確実に味方を増やしています。それは他家も同じ。それに比べて私たちは……」

仲間を見つける。この目的で学院に来たクラウディアたちだが、ヒルデガンドたちが派閥を作り、それを拡大している状況に比べれば、何もしていないのと同じだ。

「まだ二か月しかたっていないよ？　それに、短期間で加わった人材が果たして本当に信頼できる人かな？　わたしはそうは思わない」

「それでも……いっそのこと、身分を明かしてしまうのはいかがですか？」

「それをしてなんになるの？」

「人が集まってくるでしょう」

クラウディアの身分には、そうなるだけの価値がある。

「……どうかな？　継承順位も低い、後ろ盾も何もない私に近づく人なんて誰もいないよ。仮にいたとしても、その人の実家に迷惑をかけるだけだよ」

「それではクラウディア様は、なんのために学院に来たのです？」

「私が誰であるかに関係なく、友人になってくれる人を探すためだよ」

「でも、それだけでは……」

同じ人を集めることにでも、クラウディアとテレーザの考えには違いがある。

「テレーザ、私は別に自分自身が継承争いに勝とうと思っているわけではないの。私は、皇国の将来が、一部の特権貴族のものだけにならないように、それを防ぐ力を手に入れたいだけ。これは何度も説明したよね？」

「はい……」

「本当は別に味方なんて増えなくてもいいの。皇国の将来を担うであろう、有力家の人たちが良識のある人であると分かれば、私は何もせずに、その人たちに任せるわ」

「それは……」

「そのためには、彼らの為人《ひととなり》を知らなくてはいけないの。彼らの素の為人をね」

「はい」

仲間を見つけ、競い合うかもしれない相手の情報を探る。これはカムイたちが行おうとしていることと同じだ。

「私の身分を知った彼らが本当の姿を見せてくれるとは思えない。だから、私はただのクラウディアとして学院で学ばなければいけないの」

「……分かりました。以後、余計な考えは捨てるように致します」

「そうして。そろそろ戻りましょう。遅くなっては、皆を心配させてしまうもの」

「はっ」

会話を切り上げて、帰っていく二人。

二人が去った校舎の影に、ずっと前に歩き去ったはずのカムイの姿があった。その隣にいるのはアルトだ。

「ばか」

二人がいなくなったあと、アルトの第一声がこれだ。

「悪い。つい口走った。それよりも、さすがはアルト。予想通りだったな」

「当然。身分を隠すにはお粗末過ぎんだよ。偽名くらい使うのが普通だろ？　あれで誰にも気付かれないと思っているとしたら、とんだ間抜けなお姫様だな」

ヒルデガンドにマティアスが、クラウディアにテレーザがいるとすれば、カムイにはアルトがいる。

「目的は？　今の話で何となく予想はできたけどな」

「それについては、他に調べたことと一緒に説明した方がいいだろうな。今はルッツもいねえし、孤児院に帰ってから話をしよう」

「そうだな。アルトはまだ鍛錬はこれからだしな」

「はあ……憂鬱だわ。俺、剣は苦手なんだよな」

鍛錬と聞いて、一気にアルトの表情が暗くなる。

カムイやルッツと違ってアルトは知能派だ、なんて言い訳を許してくれる師匠たちではない。

「それでも、ある程度身を守れるようにならなきゃだろ？」

「それは分かっているさ。でも、あれって身を守るとかいうレベルの鍛錬かね？」

「猫に勝てないようでは、身を守るも何もないな」

「その猫が実際は、そんじょそこらの魔獣よりも、遥かに強いとしてもか？」

猫、猫と言っているが、それは皇都で目立たないためにその姿をしているだけで、中身はカムイたちの師匠だ。正確にはその分身にすぎないが、それでも学院全体を探しても勝てる者はまずいない。

「それを言ったらお終《しま》いだろ？　それにアルトのときは手を抜いてくれてるだろ？　俺たちよりも少しはマシなはずだ」

アルトは剣や魔法の才能においては、他の三人に劣っている。その分、鍛錬は緩くなっていた。そうはいっても限界まで追い込まれるのは同じだが。

「分かっている。それがどうにも情けねえ。見た目は普通の黒猫なのに、それに全く歯が立たないって、へこむぜ」

「俺も、さっきまでへこんでた。まあ、いつものことだけどな」

「さて、覚悟を決めて行ってくるか」

いくら文句を言っていても鍛錬がなくなるわけではない。アルトは気合を入れ直して、鍛錬に向かうことにした。

「頑張れよ。俺はこのまま孤児院に戻るからな」

「ああ、俺も終わったら真っ直ぐ帰る。ルッツにもそう言っておくからな」

カムイと離れて、校舎の裏手に向かって歩いて行くアルト。

「皇女様が、身分を隠して何をしたいんだか。全く、面倒くせえな。下手に動けねえじゃねえか。周りにも、それとなく伝えた方がいいかな？　でも俺たちが気付くくらいだから、とっくに知っている奴らはいるだろうけど……こう考えると、うちのクラスって案外食えねえ奴が多いな」

皇国を陰で敵視している辺境領は多い。今は皇国の一部とはいえ、その多くは、かつて皇国に滅ぼされた国なのだ。辺境領から来た生徒の中には、それこそ亡国の王子、王女がいる。

皇国の皇女が同じクラスとなれば、腹の中で何を思っていようとも、不審を抱かれるような言動は避けなければいけない。それがカムイにも、そして恐らく、他の辺境領の子弟にとっても面倒なことだ。

結局、入学三か月目にして、本人の望みとは正反対に、クラウディアは本音を話すクラスメートを多く失う羽目になった。

7

　アルトが孤児院に帰ってくるのを待って、カムイたちはモディアーニ司教に与えられた部屋に集まっていた。この場にはダークも同席している。

「ダークも話を聞くのかよ？」

　戻ってきたアルトは、予定外の参加者に少し驚いている。

「ああ、直接の役には立たないだろうけど、情報を集めて、それに基づいて何を考えるかなんて経験は積んでおいた方がいいと思う」

「それもそうだな」

　カムイたちがいなくなったあと、ダークは自分の仲間と同じようなことをしなければならないのだ。

「それに、俺たちだって一人前ってわけじゃあないからな。考える頭は多い方がいい。いい案が浮かばなくても、一緒に考えることは無駄にならないだろうしな」

　カムイたちにとっても演習のようなものだ。まだ彼らは学生。本番は領地の政治に関わるようになってからだ。

「じゃあ、さっそくこれまで調べた結果を説明するぞ。分かっちゃいたけど、俺たちの同級生は人材の宝庫だな。それも優秀とかいうことだけじゃねえ」

早速、アルトが調べてきた内容の報告を始めた。

「どういうことだ？」

「まずは皇国、というより、皇家の現状を説明した方がいいだろうな。特に世継ぎの問題についてだ」

「そこまでの話になるのか？」

アルトが始めようとしている話は、カムイの想定以上の内容のようだ。

「同級生が、人材豊富と言ったのはそういう意味だ。まず皇帝、これはまあ、そこそこ高齢だ。かつての武を誇ることはねえだろう。政務のほとんどは既に皇太子に渡している。もっともその威が衰えたわけじゃねえ。皇国を統《す》べる皇帝であることに何ら変わりはねえな」

「だろうな」

今代の皇帝は、その武によって、皇国の威勢を大いに高めた人物だ。その実績に基づく権威が簡単に薄れるはずがない。

「そして次代の皇帝である皇太子。この地位も盤石だ。そもそも皇太子は立太子以前から競争相手がいなかった。幼い頃から帝王教育を受けていて、武の面では実績はねえものの、問題なく次代の皇帝の座に就くだろうな」

「……全く問題ないじゃないか」

世継ぎの問題についての話のはずが、アルトの説明には、全く問題となるような点がない。

「問題はその次にあんだよ。皇太子には競争相手がいなかった。それは皇帝に子供が少なかったことを意味する。継承問題が起こらねえって点ではいいんだが、それに不安を持つ廷臣が多かったみてえだな。皇太子に万一があった場合ってことでな」

「多くても困る、少なすぎても不安だってか？」

「そんなところだ。ところが、皇帝の時の反発からか、皇太子の次代の備えが行き過ぎてんだよ」

「そんなに子供が大勢いるのか？」

皇帝とは逆。それを子沢山だと、カムイは受け取った。

「多いのは子供ではなく、かみさんの方だ。正妃のほかに側室が大勢いる」

「……皇太子って好色なのか？」

カムイの表情が、苦いものに変わった。

貴族の生まれでありながら一夫多妻を嫌う母親の影響で、カムイには側室に抵抗感があった。しかも、それが一人二人ではないと聞けば、皇太子への悪印象に繫がってしまう。

だが、続くアルトの説明で、カムイの皇太子への悪感情はすぐに消えることになる。

「そういう噂は聞かねえな。どちらかといえば真面目な性格だって話だ。真面目だからこそ、義務感で側室を言われるがままに受け入れたってことじゃねえかな？」

「それはまた……ちょっと同情するな。皇太子を種馬扱いか」

「言葉を選ばなきゃそういうことだ。そして最大の問題は、肝心の正妃に女の子しかいねえこと」

「おっと。ようやく世継ぎ問題らしくなってきたな」

正室と側室の争い。吟遊詩人の唄や、昔話などで聞く話だ。あくまでもフィクションとなっているが。

「さらにそれらしくなるぜ。長男の母親の身分が低い。それもあってか、皇太子は次代の皇太子を明言してねえと言われてる。形式的な継承権はあるけど、本当に形式だ。今後、いくらでもそれは変わる可能性があるな」

「今の順位は？」

「当然、長子が一位。その次が正妃の娘。その次が、これまた別の側室の息子。皇太子から見れば次男だな。そのあとは……説明するのも面倒くせえ」

「皇子より皇女が上なのか？」

女性が皇位を継げるなどは、カムイの知識にないことだった。

「なんだかんだで、正妃を重んじているんじゃねえかな？　それに何事もなきゃあ長子が跡を継ぐのだから、第二位といっても形だけだ」

「それはそうだ。でも、それで済まないわけだろ？」

アルトの言葉通りであれば、継承問題になどならない。

「そう。有力家が介入しようとしている。ここで、ようやく同級生が出てくるわけだ」

「なるほどね。ちょっと話が見えてきた」

アルトが最初に言った能力とは別の人材の意味。それがカムイにも分かってきた。

「まず長兄。これに肩入れしようとしているのは東方伯家。後ろ盾のねえ長兄に力を貸すことで、影響力を高めようってとこだな。当然、それだけのわけがねえ。正妃の座を狙っているようだ」

「今更？　これまで何度も輿入《こしい》れしてるだろうが」

四方伯の一つである東方伯家。皇族との婚姻関係など、とっくの昔に存在している。

「そんなのは他家も一緒だ。そして今、皇族にもっとも近いのは西方伯家。皇后は西方伯家の人だからな」

「王妃になれば、その影響力が一気に塗り替えられる。不毛だな。今回、正妃になっても、いずれ、ひっくり返されるだけだろ？」

皇家からすれば、四方伯家とは均等に付き合いたいと思うはずだ。次代の皇妃に、東方伯家の関係者がなるようなことになれば、恐らくその次は、北方伯家か南方伯家となる。

「でも、そのときには現東方伯はいない。自分の代で栄華を得たいってとこだろ。充分、繁栄しているのに、欲深い話だ」

「ほんと。そうなると正妃の娘。皇女の相手は……」

「そう。西方伯家にちょうど良い男がいる。またまた同級生の登場だ」

「……血が近すぎないか？」

「それを貴族のお前が言うか？」

貴族間でも婚姻は盛んに行われているのだ。いとこ同士の結婚なんて、当たり前。もっと近い間で婚姻が為されることだって過去にないわけではない。血は魔力の才能を受け継ぐものとされている貴族家では血の近さは問題とはならない。

「それもそうか。でも、その場合、そいつが皇帝になるのか？」

「実態はそうなるだろな。でも形式上は、あくまでも皇太子の子供が皇帝。つまり女帝だ」

「そんなの認められるんだ？」

「さあな？　その辺までは調べてねえ」

「仮になれるとすれば……きな臭くなってきた」

カムイの表情に不敵な笑みが浮かぶ。

次の皇太子争いが激しくなる可能性は高い。それはカムイたちにとって望むところだ。

「だろう？　長く続く皇帝家。血生臭い後継争いなんてのは、これまでもあったんじゃねえか？もっとも、今回がそこまでに発展するかは、さすがに分からねえ」

「……他の二人は？　また別の皇子か皇女につくのか？」

東西方伯家の思惑は分かった。だが、同学年には他に二人、有力家の子弟がいる。

「騎士団長はよく分からねえ。勝ちそうな方に肩入れしてってとこじゃねえかな？　いくら騎士団長とはいえ、騎士の爵位は最低だからな。皇家に血を入れるなんて、よっぽどの理由がない限り無理だろ？」

騎士は士爵。カムイの実家であるクロイツ子爵よりも爵位は下、というより、士爵の下は、準男爵や準士爵など一代貴族しかいない。

「そのよっぽどを待っている可能性もあるわけだ」

「東と西が潰し合えば目もある。そんな考えだろうな。もっとも他に南北がいるんだから、儚《はかな》い夢だろうけどな。まあ軍の影響力を強められるだけで、充分だと考えてるんじゃねえか？」

「もう一人は？」

魔道士団長の娘も、カムイたちと同学年だ。

「これは相手からのラブコールだ」

「次男か？」

「そう。意外にも次男も後ろ盾を持たねえ。男子としては二番目なのにだ。それだけ二位の皇女に力があるってことなのか、これについては、今のところは分かってねえ。東西方伯に逆らう貴族などいないので、皇国魔道士団に目を付けたんだろうな」

「いや、見事。この年でもう全員結婚相手が決まっているわけだ」

「全員じゃねえ。騎士団長の息子はフリーだ」

「そうだった。ちなみにクラスメート殿は？」

男が余っているのであれば、女の方で余っている者が気になる。そういうつもりでカムイは聞いたのだが、アルトの答えは、ちょっと違っていた。

「クラウディア・ヴァイルブルク皇女は、継承権で言えば五番目だ」

「……思ってたよりも高いな」

実際には五番目ともなれば、継承の目は全くない。ただ、クラウディアから受けた印象と、継承権五位という事実が、カムイの中で噛《か》み合わないだけだ。

「正妃の次女だからな」

「おっと、本当か？」

「というのは関係ない。正妃の長女を第二位にした以上は、あとも生まれた順番にしなければならないだろ？　クラスメート殿は皇太子の五番目の子供ってわけだ」

「ちなみに皇子、皇女は全部で何人だ？」

「八人」

「……それって多いのか？」

過去には二桁の皇子、皇女を持った皇帝も存在した。八人というのは微妙な数だ。

「最初に言っただろ？　多いのはかみさんの方。正妃の姉妹を除けば、あとは全員、異母兄弟姉妹だ」

「六人の側室ってことか……。なるほど皇太子様は真面目で、やはり正妃が大事なんだな」

「なんでそう思った？」

六人も側室を持って、なぜ正妃が大事なのか、アルトには分からなかった。

「こういうことじゃないか？　側室が来たらきちんと義務を果たす。でも子供が生まれたら、そこまで。また正妃に戻る」

カムイの推測通りであれば、側室の方はかなり可哀想だ。真面目と言えるかは微妙なところだが、カムイもそれほど深く考えているわけではない。

「それにしちゃあ正妃の子供が少ない」

「……そっか。さすがにこの年で男女の関係を推測するのは無理があったな」

「それはそうだ。俺たちはまだ十二だ」

十二歳で貧民街をどうにかしようとか、有力貴族家相手に悪巧みを考えている方が異常だ。

「しかし、継承権第五位で、何をしたいんだろうな？」

「継承争いで勝つには遠いな。始末しなければいけない数が多すぎる。それに姉がいるからな。あのお姫様がそこまで考えると思うか？」

「姉どころか、それ以外も無理そうだ。そうなると、やはり敵は皇族ではなく貴族か」

個人の皇位継承が目的ではないとなれば、皇族としての行動になる。ただ、これもカムイの中では、今一つピンときていないのだが。

「そんなことを言っていたからな。継承権が上位の三人は、有力家の紐《ひも》付きになる。そうなれば、皇族の力はかなり弱まるだろう。それを予測した上で対抗する力をということだと思うな」

「その予測は見事だが……間違ってるな」

「ああ、彼女は学院に来ている場合じゃねえ。まずは皇族の力を結集するべきだ。だれが次代の皇太子に、その先の皇帝になるにしても、皇族はバラバラになることなく、その皇帝を支えていく。それができれば、皇族の発言力を維持するのは難しいことじゃねえ。そもそも、有力家が付け入る隙がねえからな。今の長男に後ろ盾がないのであれば、自分たち皇族が後ろ盾になるくらいのつもりでやればいいんだ」

「それがもうできない事態なのかな?」

「当人たちにその気がなくても母親、そしてその実家がって話はあるかもな。それにしてもだ。学院に来て、少々味方を増やしたところで、なんの意味もねえ」

「まあ、それは勝手にやってろだな。俺たちにとって重要なのは誰が勝つか。その人物の為人か」

それが将来の皇国のあり方を示すことになる。カムイたちが知りたいのは、優秀かそうでないかではない。辺境領についての考え方だ。

「誰が勝つかについては今の段階では読めねえな」

「予想もつかないか?」

「俺はやはり、皇太子の意向っていうのが色濃く反映されるんじゃねえかと思っている。南北が出て来てねえだろ。子息がいねえというのもあるけど、この二家は皇帝に、そして跡継ぎである皇太子に真面目に忠節を誓ってるんじゃねえかな？　まあ、臣下としては当たり前なんだけどな。調べた限りでは二家の当主は、皇帝との付き合いが深い。皇家大事で動く、それはつまり、皇太子の意向を受けて動くと俺は思うね」

北方伯家、南方伯家は、現皇帝とそれこそ轡《くつわ》を並べた仲。戦友と言ってもよい関係だ。皇帝自らが、両家のいずれかから妃《きさき》を娶《めと》ろうとしたくらいの関係を持っている。

しかも、それに対して両方伯は婚姻での繋がりではなく、あくまでも個人の友誼《ゆうぎ》そのままを大切にしたいと断っているくらいだ。お互いに主従を超えた想いがあると考えられる。

「でもそうなると……そうか、皇太子は長男を跡継ぎだって公言していないのだったな」

長幼の序を重んじれば、そのまま長男が跡を継ぐことになる。そう思ったカムイであったが、皇太子が公言していないという点が気になった。

「そう。後ろ盾云々を別にすれば長男が跡を継ぐのが順当だ。それなのに公言していねえ。まだ早いと思っているのか、それとも別に思惑があるのかは、それは分からねえな」

「……東と西しか確かめようがないか」

「そう。特に西。こっちは称号が何になるか知らねえけど皇帝代理として実権を振るう可能性がある人物だ。その為人は確かめておいた方がいいだろうな」

「東は無視して平気か？」

「それは皇太子の長男次第。皇妃の言うことを大人しく聞くような人物であれば、確かめておくに越したことはねえな。女は政治に関わるな。そんな男だったら無視」

アルトは口ではこう言っているが、皇妃が国政に口出すなど、よほどの事態だ。まず、無視で問題ないと思っている。

「その長男の為人を調べる方法は？」

「さすがにそれは無理だ。本人どころか周りの奴らにだって接触できねえよ。今、周りにいるってことは、将来の皇国の重臣候補だぜ。近づけるもんじゃねえよ」

無位無官、しかもまだ未成年のカムイたちが手を伸ばせるのは学院の中しかない。

「そうなると、やはり同級生を当たるしかないか。でもどうする？　このままじゃあ、なかなか調べられないだろ？」

クラスが違うこともあって、なかなか情報が入ってこない。まして彼らの周りは、常に取り巻きが囲んでいる。接触する機会などないのだ。

であればと思って、周りを探ろうと思っても、当人たちに近い生徒はさすがによく教育されている。余計なことは一切話そうとしない。

「一つ提案がある」

この事態を悩んでいたアルトは、一つの考えを思いついていた。

「なんだ、提案って？」

「さて、ここでやっとルッツの出番だ」

「おっ、俺？　俺に策謀なんて無理だって」

ルッツも同席してはいるが、それはあくまでも話を頭に入れておく程度の目的だ。自身で考えることをルッツは初めから放棄している。そんな自分に出番だと言われて、ルッツは少し焦っている。

「策を練ろっていう話じゃねえ。ルッツには餌になってもらおうと思っている」

「餌ってなんだよ？」

「実力を、もう少し見せたらどうだろう？」

「……ああ、そういう策か」

アルトの言葉を聞いて、カムイは納得したようだった。

「俺は何のことか分からないぞ？」

当人であるルッツは、未《いま》だに理解できていない。

「東も西もどうやら人材好きだ。優秀な人材を自分の派閥に入れようとしている。ルッツが自分の部下に相応しい力を持っていると分かれば、向こうから接触してくるはずだ」

「だから餌……。それ、俺である必要ないだろ？」

優秀な人材ということであれば、カムイもアルトもそうだ。

「カムイにそれをさせるわけにはいかねえだろ？」

ルッツの考えを見透かしたように、アルトはカムイでは駄目だと言ってきた。

「どうして？」

「あのな、カムイを派閥に引き込むということは、将来のクロイツ子爵を引き込むってえ話だ。実家に目が行く可能性があるだろ？　それでなくても親父さんのところに圧力がかかったらどうすんだよ？」

「俺の場合は？」

方伯家からの圧力だ。本気でやられたら、かなり厳しい内容になるのは間違いない。

「カムイには圧力がかかるだろうな。でもルッツは、あくまでもカムイの臣下。クロイツ子爵家の意向は関係ねえと言い張れる」

家同士ではなく、あくまでも個人の問題で収めようというのがアルトの考えだ。

「何となく分かった。でもアルトは？」

「俺じゃあ、無理。剣も魔法も奴らのお眼鏡にはかなわねえだろうな」

「でも策略は？」

「そんなの見せられっかよ」

「……それもそうか。じゃあ、仕方がないな」

ほかにいないのであれば、自分がやるしかない。ただ嫌だというだけで、ごね続けるほどルッツも子供ではない。

「ただリスクはある。主にカムイにだけどな」

アルトの視線がルッツからカムイに移る。

「分かってる。圧力のかけ方だろ。ルッツを手に入れるために手段を選ばないとなれば、俺の身に危険が及ぶわけだ」

「そうだ」

「……でも、それはないいな」

少し考えて、カムイはアルトの懸念を否定した。

「そうかな?」

「二人とも真面目そうだ。大貴族様の誇りってやつかな? 汚い手を選ぶとは思えない」

「絶対とは言えねえな。本人たちがやらなくても周りがそれをする可能性もある」

大抵はこうだ。汚い仕事は、主に気付かれないうちに済ませるのが、優秀な部下というものだ。

「まあな。でも、この件は、相手の為人を確かめるには良い方法だ。平気で汚い手を使う性格か、それとも不正を許さない潔癖な性格か。どっちにしろ仲良くはできそうもないけどな」

アルトの心配をよそに、カムイは相手の出方を調べる良い機会くらいに思っている。相手が何をしてこようと、大抵のことであれば躱《かわ》せる自信があるのだ。

「もし仲良くなれそうな人物だったら?」

「……味方にはできるかもな」

「味方。仲間じゃねえんだな？」

「それはそうだ。相手は方伯家だぞ？　家を捨てて一個人になれば可能性はなくはないけど、それはないだろ？」

「まあねえな」

辺境を苦しめているのは皇国だが、方伯家も無関係ではない。方伯家には自領以外にも、影響を与える力がある。それは方伯家以外の有力貴族も同じだ。

「だから仲間になることはない。ルッツもそのつもりでな。何だかんだで、ルッツは人に甘いからな。変に情が移るとあとで苦労するぞ」

「ああ、気を付ける」

「それはカムイもだよね？」

ここで、じっと黙って話を聞いているだけだったダークが割り込んできた。

「なんだよ、ダーク？　急に口を開いたと思ったら」

「だって、カムイも人に甘いだろ？　特に困っている人にはめっぽう甘い」

「だから俺がいる。カムイが甘いところを見せたら俺が止めるさ」

これを言うアルトも、カムイには甘いところがあると思っているということだ。

「どうかな？」

アルトの発言に対して、ダークは疑わしげな視線を向けている。

「なんだよ？　俺は他人なんて信用してねえぞ。甘いところなんて絶対に見せねえな」

「でもアルトは、きっとカムイには甘い」

「おっと」

人を信じないアルトにも例外がある。それがカムイだ。

「カムイがどうしてもと言ったときに、アルトは止められるかな？」

「……うるせえ。そのときは、ちゃんとそれにあった策を考えればいいんだろ？」

という言葉を吐くということは、止められないと認めたのと同じだ。

「それがカムイに甘いっていうのさ。でも、聞いていいか？」

「なんだ？」

「いや、アルトがカムイに付いて行くって聞いたときは驚いたけど、結局、理由を聞く機会がなかった。アルトはどうしてカムイに付いて行こうと思ったのさ？」

アルトはカムイと仲が良かったとは言えない。どちらかといえば、カムイの行動には批判的な態度だった。アルトがカムイに付いて行くと言ったときには、ダークだけでなく孤児全員が驚いていた。

「……説明しづらい」

「でも、何かあったんだよね？」

「教科書をもらったな」

「はあっ？　それだけ？」

あまりに意外な答えにダークは驚きの声を上げた。他の二人も、声には出さなかったが、驚きに目を見張っている。

「俺にとっては重要なことなんだよ。俺はこういっちゃあなんだけど、人よりも頭はいい方だと思っている」

「それは認める」

一緒に暮らしていたダークたちだから分かることだ。勉強とかではなく、アルトの地頭の良さは、暮らしの中で感じられていた。

「でも孤児院にいたとき、それは苦痛でしかなかった。頭がいいからといって勉強する機会が与えられるわけじゃねえ。勉強をしたからといって、それが役に立つような仕事に就けるわけじゃねえ。そう思ってたんだよ」

孤児に将来を夢見ることはできない。どうせ叶《かな》うことのない夢だ。最初から見ない方がよいとほとんどの孤児が考えている。

「……そうか」

「ところがカムイが来て、全てが変わった。勉強をしたいと思っていたら、目の前に教科書が現れた。勉強したことを活《い》かしたいと思ったら、貴族に仕える道が現れた。俺にとってカムイは光だ。俺が進むべき道を切り開いてくれる光なんだ。その光を生かすためなら、俺は影であることを厭《いと》わないね。俺の影が濃ければ濃いほど、カムイの光が強いってことだからな」

これがアルトの決意。アルトはこの年でもう、汚れ仕事は自分の役目だと割り切っている。光であるカムイを輝かせるためには、自分のような代わりに手を汚す者が必要だと知っているのだ。

「聞いている僕が照れるね」

「照れくさいのは俺の方だ。もう二度とこんなこと言わねえからな」

アルトは眼鏡を外して神経質そうにレンズを拭きはじめる。普段はまず見せることのない、動揺したときのアルトの癖だ。

「じゃあ、次は俺だな」

アルトの思いを聞いて、今度はルッツが自分の理由を話そうとしてきた。

「いや、ルッツは分かるよ」

ただルッツの理由には、ダークは興味がない。ルッツが、カムイに付いて行くのは当たり前のことだったのだ。

「何だよ。いいだろ？　聞いてくれよ」

「はいはい、じゃあ、どうぞ」

ダークの態度に不満そうな表情を見せながら、ルッツは口を開いた。

「カムイは俺にとっての目標だ。カムイの背中を追っていれば、俺はどこまでも行けそうな気がするんだ。孤児に生まれたこの俺が。先なんて何も見えていなかった俺に、カムイは目印を示してくれた。だから、俺はカムイにどこまでも付いて行く。俺が俺らしく生きるために」

「……思ったよりもまともだった」

「なんだよ、それ？」

照れ隠しでこんな言い方をしたが、ルッツの決意を聞いてダークは少し感動してしまっている。

これに感化されて、自分もと思って、口を開いた。

「じゃあ、僕も。僕はカムイに付いて行けなかったけど、二人と同じようにカムイは生きる目標を示してくれた。届くかどうか分からない目標だけどね。皆と一緒にいられる時間は、その中でわずかな期間かもしれないけど、僕は皆を同じ道を歩む仲間だと思っている。そう思っているから、僕はこの先も頑張れると思う」

「そうだな。ダークも俺たちの仲間だ」

アルトが。

「ああ、そうだな」

そして、ルッツも、ダークを仲間と認める言葉を口にした。これまでも仲間だったが、目的を共有する仲間として、改めて言葉にしたのだ。

「なんだ？　お前たちどうした？」

一人、取り残され気味なのはカムイだ。

恥かしい言葉を平気で口に出す仲間たち。こんな様子を見るのは、カムイは初めてだった。

「今度はカムイの番だね」

そんなカムイにダークが発言を求める。

「俺？」

「そう。カムイは僕たちをどう思ってる？」

「……仲間だな。……ちゃんと話そうか。皆がそうしてくれたわけだから」

照れて誤魔化す場面ではない。こう思って、カムイは表情を改め、話し始める。

「俺は、自分が魔法を使えないと分かったときに、人生のすべてが閉ざされたように感じた。周りの態度が一変し、家でも学院でも常に白い目で見られて、この世界の全ては俺に対する悪意に変わった」

世界の全てが自分の敵だと、カムイは考えていた。

「でも、家に捨てられ、学院を去って、何もかも失《な》くしたと思った瞬間から、俺の周りの悪意は消え去った。正直、孤児院に来たときは不思議だった。皆、俺が魔法を使えないことなんて何とも思わない。じゃあ、俺が悩んでいたことはなんだったんだろうってな」

カムイの張りつめていた心は、孤児院に来たことで一気に解けた。自分の価値観が変わった瞬間だった。

「今の俺の周りは俺への好意でいっぱいだ。だからこそ強くなりたい。自分を、俺を支えてくれる仲間を守るために。皆、俺のおかげだって言うけど、俺がこうして頑張れるのは皆のおかげだ。

仲間がいる、これが俺にとって何よりの救い。俺はそれに感謝してる」

自分の気持ちをここまで赤裸々に人に話したのは初めてだ。だが、恥ずかしいという気持ちよりも、清々《すがすが》しさがカムイの胸を満たしていた。

「……俺たちはお前を裏切らねえよ。一生な」

「俺も」

「当然、僕もだ」

全員がもっとも信頼できるはずの親に裏切られた孤児だ。裏切らないという言葉の重みは、ほかの人たちとは異なっている。

「ありがとう」

それを知るカムイは、三人の想いに心を震わせている。

「そう言えば始祖と四英雄の誓いって知ってるか？」

シュッツアルテン初代皇帝と四英雄の誓い。まだ皇国が皇国と呼ばれる前の小さな国であった頃、この世界の荒廃を憂いて集った五人の仲間たち。

この五人が、世の中に平穏をもたらすために立ち上がった際に誓ったといわれる言葉だ。おとぎ話に出てくる話を、突然アルトが持ち出してきた。

「なんだよ、急に？」

「同じように誓わねえか？　俺たちで」

「それってどういう誓いだ」

英雄譚は男の子にとって憧れだ。それはカムイたちも例外ではない。

「確か……我らここに集いて誓わん。この先の人生の全てを苦しむ民のために費やし、必ずやこの世界に平穏をもたらすことを。生まれ育ちは違っても、願わくば死ぬときは同じ場所、同じ時間で。こんな感じだな」

誓いの言葉をアルトは空で口にした。この場に持ち出してくるだけあって好きな話なのだ。

「いいけど、四英雄って、四方伯の祖先だろ？　それと同じ誓いをするのか？」

方伯の地位は、四英雄に対する皇国建国時の貢献への報償なのだ。方伯家を敵視するカムイには真似《まね》るのは少し抵抗がある。

「それもそうか。じゃあ、どうする？」

「こんなのはどうだ？　生まれ育ちは違っても目指す先は同じ。たとえ、誰かが道半ばで倒れたとしても、必ずやその想いを受け継ぎ、先に進もう。俺たちの一生は同じ志の下《もと》にある」

「……いいねえ、それ」

カムイの考えた言葉に、ダークが感心した様子でつぶやいた。

「ああ、その方がいい。死に場所なんていつどこでもいい。やるべきことがあれば、そのために命を懸ける覚悟はできている」

「ああ、その通り」

それにアルトとルッツも同意する。カムイを支えると心に誓っている二人にとっては、こちらの方が自分の想いにピッタリ合っている。カムイのために必要であれば命を捨てる。既にそういう覚悟を定めているのだ。

「じゃあ、これで。最後だけ合わせる形でいいな」

「ああ」

「それで」

「おお」

一旦、間を空けて、カムイがゆっくりと誓いの言葉を口にする。

「生まれ育ちは違っても目指す先は同じ！　たとえ、誰かが道半ばで倒れたとしても、必ずやその想いを受け継ぎ、先に進もう！」

「「「俺たちの一生は同じ志の下にある！」」」

「そして」

終わりのはずの誓いの先の言葉をアルトがつむぐ。

「「我が忠誠の全てをカムイ・クロイツに捧げる！」」

何の前打ち合わせもないはずが、三人の言葉は見事に重なった。

「えっ？」

「後ろは臣下としての誓いだ。これからもよろしくな。カムイ・クロイツ様」

「よろしく、カムイ様」

「僕も離れていても、忠誠はカムイ様に預けるよ」

「お前ら……」

「言っておくが、俺たちの忠誠はクロイツ子爵家のカムイじゃなくて、カムイ個人にだからな。またお前が家を捨てることになっても、俺たちの忠誠は変わらねえ。それは忘れないでくれよ」

「……ありがとう」

この時の彼らには思いもよらないだろう。のちの世で、この日の彼らの誓いが、始祖と四英雄の誓いと同様に、人々の間で語り継がれるようになるなんてことは。

第二章

―巡り合いの季節―

1

実技の授業には月に一回、学年全体の合同演習がある。集団行動の演習を行うことが本来の目的ではあるが、今はまだ上期も半ば。生徒たちは個人の技能訓練を行っている段階だ。

では、この時期に合同演習で何をするかというと、クラスの枠を外したトーナメント方式での立ち合い訓練だ。

授業も後半に差し掛かり、勝ち残った者たちも実力者だけに絞られてきた。

そして、いよいよ周囲も注目の一戦が始まる。

鍛錬用の模擬剣を持って中央に進み出てきたのはヒルデガンド。それに向かい合う男子生徒は、皇国騎士団長の息子であるオスカーだ。

金髪を短く刈り、きりりとした眉の男っぽい顔つきをしたオスカー。鍛えられた、がっしりとした体つきは、まだ中等部一年生でありながら、すでに一人前の騎士のような風格を醸《かも》し出している。

剣の実力では一、二を争っている二人の戦いが始まろうとしていた。

「始め！」

教師の号令で始まった立ち合い。両者ともに剣を構えたまま動こうとしない。

金色の髪を後ろに束ねたヒルデガンド。剣を上段に構えた攻撃的な体勢だ。

一方のオスカーは中断の構え。鋭い目つきをヒルデガンドに向けて、出方を窺《うかが》っている様子だ。

いつまで続くのかと思われた緊張のときは、一瞬で破られた。瞬《まばた》き一つの間で、ヒルデガンドはオスカーとの間合いを詰めると一気に剣を振り下ろす。常人では追い切れない素早さだ。

だがさすがにオスカーはヒルデガンドと並び称されるだけのことはあり、その剣をあっさりと受け止めてみせると、これもまた一瞬の動きで横に回り込んで剣を振るう。

ヒルデガンドは、大きく横に跳ぶことでそれを避け、足を突いた途端にまた一気に間合いを詰める。オスカーはその動きを嫌がったのか、これもまた大きく後ろに跳ぶことで間合いを外した。

それを見て、改めて構えを取り直すヒルデガンド。

周囲の緊張もわずかに解けて、大きく息を吐く音がそこかしこから聞こえてきた。

「立ち合いで逃げるとは卑怯《ひきょう》ではないですか？」

わずかに笑みを浮かべてヒルデガンドはオスカーを責める。本気で責めているわけではない。

上手《うま》く攻め気を外されたことに逆に感心しているのだ。

「君とは何度も戦っているからな。お互いに手の内は知りつくしている」

オスカーはヒルデガンドの真意を正確に捉えて、返事をしている。手の内を知り尽くしているのは言い合いも同じだ。

「ええ。だから貴方《あなた》との立ち合いは私を退屈させない。まだまだ付き合ってもらうわ」

「いや、こちらの勝ちで、早々に終わらせてもらう」

言い合いは終わり。今度はオスカーの方から動いた。間合いを詰めての突き。素早く引いて、剣を袈裟《けさ》懸けに振る。ヒルデガンドに受けられてもオスカーの攻撃は止まらない。怒濤《どとう》の攻撃という言葉がぴったりの勢いで攻め続けている。

その怒濤の攻撃を全て受け切るヒルデガンド。

見学している生徒たちも息を呑《の》んで見守る激しい攻防がいつまでも続いていく——。

「どうよ?」

息を呑む雰囲気など全くなく、それとは逆の軽い口調でアルトはカムイに問いかける。

「思っていたよりも、かなりマシだな」

カムイの答えも軽いものだ。周囲が息を呑んで見守る攻防を、かなりマシなどと評している。

「へえ、予想を超えたか」

だが、それを聞いたアルトは驚きを見せている。アルトにとっては、カムイがマシと評するのは驚くべきことなのだ。

「片方だけな」

「……最強の称号は伊達《だて》じゃなかったか。ちなみにどの辺が？」

「欠点が多い」

「はあ？」

褒めているのに、その理由が欠点が多いでは意味が分からない。

「まだ伸びしろがあるってこと」

「先にそう言え。分かりづれえな」

「まっ、少なくとも今はあっちの勝者が上だな」

「だろうな」

カムイとアルトの二人が視線を向けた先では、今まさに決着がつこうとしている別の立ち合いが行われていた。

「勝者、E組、ルッツ！」

実力を隠すことをやめたルッツは、順調にトーナメントを勝ち上がっていた。

「おお、勝った勝った。凄《すご》いな」

ルッツの勝利を喜ぶカムイ。本心では勝ったことを褒めているのではなく、ほどほどの実力を見せる程度でとどめているルッツの演技力を褒めているのだ。

何事にも不器用なルッツだが、剣に限ってはそうではなかった。

「ねえ、彼はどうしたの？」

そのカムイに話しかけてきたのは、同じグループで唯一の女生徒であるセレネだ。

「どうって？」

「だって、今まではあんなに強くなかったわよね？」

同じグループである彼女は当然、これまでのルッツの戦いぶりを知っている。

「それはきっと弛《たゆ》まぬ努力の成果が、ここに来てようやく実を結んだんだな」

「……本気で言ってるの？」

本気のはずがない。努力の成果はこんな急には出ない。

「本気じゃなければなんだ？」

それでもカムイは白々しいお惚《とぼ》けを続けようとしている。

「嘘《うそ》をついている」

カムイの戯《たわ》けた態度にも、セレネは誤魔化されずに真剣な目をカムイに向けている。

「なぜ、俺が嘘をつかなければならない？」

「ああ、嘘をついていたのは彼ね。それとも貴方も嘘をついているのかしら？」

セレネの目が意味ありげに細められた。貴方たちが実力を隠していることはお見通しよ、こう彼女の目は訴えている。

「どんな嘘をついているのかな？」

その鋭い視線に全く動じることなく問いを返すカムイ。

「それは……」

カムイの問いに答えようとしたセレネの言葉が止まった。これを説明すれば、自分も実力を誤魔化していることを認めることになる。そうセレネは気付いたのだ。

「何かしらね？」

今度は、セレネが惚ける番だ。

「それでは話が続けられないな」

「そうね。困ったわ」

「俺も困った」

「狸《たぬき》」

「女狐《めぎつね》」

二人の悪口が重なる。

「「今なんて？」」

会話らしい会話など初めてのくせに、妙に気が合う二人だった。

「……そちらからどうぞ」

「いえいえ、貴方からどうぞ」

「はっはっはっ」

「ほほほ」

「お前ら怖いよ！　オットーくんが引いてるだろ！」

そんな二人にアルトが突っ込みを入れてきた。オットーくんというのは、もう一人の同じグループの生徒のことだ。アルトが言う通り、オットーは何ともいえない表情で、カムイとセレネを見ていた。

「セレネさん、同級生を怖がらせちゃいけないな」

「貴方こそ」

「……話が先に進まない。まずはそちらから白状したらどうだ？」

「そっちが先に話したら、私も話すわ」

「そうか。じゃあ、同時というのはどうだ？」

「同時？　いいわよ」

「じゃあ行くぞ、俺たちが隠していることは、せえのっ！」

「何もない！」

見事に二人の声が重なった。

「嘘をつくな！」

「そっちこそ！」

そしてまた、不毛な言い合いが始まることになる。

「ねえ、二人はさっきから何を話しているのかな？　僕にはさっぱり分からないよ」

二人のやり取りに呆気《あっけ》に取られていたオットーだったが、ようやく気持ちが落ち着いたようで、二人に尋ねてきた。

「オットーくん、この女狐、いや、失礼、セレネさんが言い掛かりをつけてきているのだよ」

「いいえ、違うのよ、オットーくん。この狸、いいえ、カムイくんが人を騙《だま》そうとするのよ」

「狸は失礼じゃないかな？　セレネさん」

「そっちこそ、うら若き乙女に向かって女狐はないと思うわ」

「ちょっと二人とも。それじゃあ、喧嘩《けんか》になるだけじゃないか」

また不穏な雰囲気になる二人を見て、慌ててオットーが仲裁に入る。

「確かに。セレネさん、女狐と呼んだことは謝ろう。でも、そんなふうに人の腹を探るのは、同級生としてどうだろう？」

「そうね。狸は酷《ひど》かったわね。でも、同じグループの人にそうやって探られるような隠し事をするのはどうかと思うわ」

オットーが仲裁に入っても事態は全く変わらない。お互いに譲る気がないのだ。

「……駄目だ。ああ言えばこう言う。セレネさん、そんなことじゃあ、良い旦那さんは見つけられないぞ」

「お生憎《あいにく》様。これでも言い寄ってくる男はいるのよ」

「いやいや、それはないだろう」

「まあ、セレネさんは美人だからね」

カムイの否定の言葉に続いて、オットーが正反対のことを言いだした。

「……オットーくん、大丈夫か？　いくらグループに女性は一人しかいないとはいえ、それはいくらなんでも」

本気で心配しているような顔をしてカムイは話している。この惚けた態度がセレネを刺激してしまうのだ。

「ちょっと、どういう意味!?　別に自慢するわけじゃないけど、外見はそこそこだと思うわよ」

「それを人は自慢と言うのだろ？　しかし、そうなのか？」

こう言いながら、まじまじとセレネを見つめるカムイ。切れ長の目、青い瞳は澄んだ湖のよう。透き通るような白い肌に小さなピンク色の唇。実際のところ、セレネはかなりの美人だ。

「ちょっと、そんなに見つめないでよ」

カムイに見つめられて恥ずかしそうに頬を染める姿は、男子の心を惹《ひ》きつけるのに充分な魅力を持っている。

ただ残念ながら相手はカムイなのだ。

「まあまあ、かな？」

「……何か、そういう言われ方をされると傷つくわ」

セレネは不機嫌そうにその唇を尖《とが》らせた。その表情もまた、男心をそそるものなのだが、やはりカムイには全く心を動かされた様子はない。

「まあ、カムイは特殊だからな」

明らかに落ち込んでいるセレネを見かねたアルトが口を挟んできた。

「どういうことかしら？　もしかして趣味が悪いの？」

「セレネさんには悪いけどそれはないね。どちらかというと逆だ。綺麗《きれい》な人を見過ぎてるんだよ。おかげで、ちょっとやそっとの美形では全く心を動かされねえ。まあ、実際、俺も大分免疫ができたな」

「免疫って……」

美形に免疫ができる環境というものがセレネには全く想像がつかない。

「うちの師匠たちは異常だからな」

「ねえ、それってどういう人たち？」

どうやら、アルトの言う師匠たちが美形なのだとは分かったが、それでも免疫ができるほどというのが分からない。

「そうだな。十歳の子供でさえ、欲情させてしまうような恐ろしい女たちだ」

セレネの問いに答えたのはカムイだった。

「余計なことは言わなくていい」

アルトがカムイに文句を言ってくる。つまり欲情してしまったのはアルトということだ。

「事実だろ？　アルトもルッツも最初の頃は大変だったじゃないか」

「それはそうだけど、ここで言うことじゃねえだろ？」

「面白がって見ていた罰だ」

「酷えな」

実際に、カムイとセレネのやり取りを楽しそうにアルトは見ていた。カムイが女生徒と話す姿は、これまであまり見たことがなかったので興味津々だったのだ。

「へえ、カムイくんもそうなのね」

話が逸《そ》れたせいで、結局、セレネには詳しいことは分からずじまいだが、とにかく凄く綺麗な女性が側《そば》にいるせいだとは分かった。

「いや、カムイは俺とルッツとは違うね」

だがようやく分かったと思ったことをアルトに否定される。

「じゃあ、どうしてよ？」

わずかに口を尖らせてアルトに尋ねるセレネ。なかなか事情が分からなくて、少し苛立《いらだ》っている様子だ。

「カムイの場合は、この世界で一番の美人は母親だからな」

「何、カムイくんは母親大好きなの？」

カムイをからかうネタができたと喜色を浮かべているセレネ。感情が素直に顔に出る質《たち》のようだ。

「そうだけど、何か問題が？」

「別に、悪くないけど……子供ね」

セレネにとって残念なことにカムイはあっさりとマザコンを認めてしまった。からかい甲斐《がい》がない結果にがっかりのセレネだった。

「それを言えるのは俺の母親を見てないからだ。幼い頃から母親を見ている俺にとっては、女性の美醜なんて、大した問題じゃない」

「そこまで言う？　へえ、会ってみたいわね」

「残念、それは無理」

「皇都にはいないのね？」

「この世にいない」

「あっ……ごめんなさい」

すぐに謝罪を口にするセレネ。口は悪いが心根は優しいのだと分かる。もっとも、これがなくても、悪人ではないことはカムイには分かっている。だからこそ、こうした言い合いを続けていられるのだ。

「平気。亡くなってから随分たつからな。いまさら悲しむこともない。でも、そういう反応を見せるってことは、セレネさんは俺のこと知らないんだな？」

「どういう意味？」

「俺の旧姓を知っていれば、母親のこと、知っていてもおかしくないから」

カムイの母であるソフィア・ホンフリートは有名人だ。ホンフリートの悪評以上に皇国では母親のことは知られている。

「他人の素性を探る趣味はないから」

「意外だ。色々と探っているのかと思ってた」

「例えば？」

セレネの目がわずかに細められる。心当たりがなくもないセレネだった。

「同じクラスのクラウディアさんのこととか」

「クラウディアさん……彼女に何かあるの？」

クラウディアについては、セレネにはなんの心当たりもない。自分の知らない何かがあると分かって、興味津々な様子だ。

「知らないんだ？」

「ええ、知らないわ。教えてもらえるのかしら？」

「食事を奢《おご》ってくれたら考えてもいい」

「何、それデートの誘い？」

情報を聞きたいくせに、こんな脱線するような言葉を口にするセレネ。

カムイに、母親のことを気にした様子が全くないことで、セレネの気持ちも元に戻ったようだ。

「三人分な」

「……また少し傷ついたわ。そんなに私、魅力ないかしら？」

カムイが全く女性として見てくれないことに、セレネは割と本気で落ち込んでいるようだ。アルトとオットーに向かって、真面目な顔で問いかけた。

「そんなことは……僕はないと思うな」

オットーは、少なくとも女性の美に関しては普通の感覚を持っている。

「オットーくん、ありがとう。貴方だけね。私の味方は」

「何だそれ？　情報をネタにデートを強要する方が問題だろ？」

セレネの言い方に、カムイは不満そうだ。

「それはそうだけど、全く興味を持たれないというのは女性としては傷つくわ」

「女って面倒くさい。話聞きたいのか聞きたくないのかどっち？」

後頭部を乱暴に掻《か》きながらカムイはセレネに問いかける。これまでとは違い、話が脱線するのが嫌なのだ。

「いいわ。食事でもなんでもいいから教えてよ。あっ、でも情報が食事に値しないものだったら奢らないからね」

「……ケチ」

「いいから話しなさい！」

話の脱線は嫌でも自分がからかうことはやめないカムイだった。

「全く……じゃあ、話す。クラウディアさんは皇国の皇女だ。皇太子の正妃の次女だな」

「嘘？」

「えっ!?」

セレネだけでなく、隣で話を聞いていたオットーも驚きの声をあげた。

「裏は完全に取ったわけじゃない。でも少し調べれば真実かどうかはすぐに分かるだろうな。ちなみにテレーザさんは、正妃の実家に連なる家の娘、ハノーバー家の次女だ。テレーザ・ハノーバーは幼くして母親と共に宮中に上がっている。これはすぐに調べられた。王女の乳姉妹ってやつ？　そういうの当たり前にあるんだろ？」

クラウディアに対する探りは難しくても、テレーザに関しての調査は割と簡単だった。実家の者たちに素性を隠している意識がなかったのだ。

「ええ、そうね。子供が生まれても身分の高い女性は直接育てるわけではないわ。身内の中で子供を生んだ女性を乳母として召し抱えるのが普通よ」

「でも、どうしてだろう？　クラウディア様が皇女だなんて話を僕は学院で聞いたことないよ」

カムイの話に、オットーが疑問を差し挟んできた。

「隠しているみたいだ。何か事情があるんだろうな」

「その事情は教えてくれないのかしら？」

「三食分」

情報提供に対する報酬の要求だ。

「ねえ。貴方、貴族よね？　どうしてそんなに強欲なの？」

「別に、こっちはどうしても話したいわけじゃない」

これは嘘。どうしてもカムイは話したい。まんまと撒《ま》いた餌にセレネは食いついてくれたのだ。

これを逃すつもりはない。

「オットーくん、割り勘ね」

だがセレネはカムイの本音に気付くことができずに、駆け引きに負けてしまった。ただセレネもただでは転ばない。オットーにも負担させようと考えた。

「えっ？　僕が？」

「だって、貴方も知りたいでしょう？」

「それはそうだけど……」

いきなり奢れと言われてオットーは困っている。

「うわ、平民に奢らせるのか？」

セレネの有無を言わせぬ口調に、口ごもってしまったオットーに代わって、カムイが文句を言う。オットーを助けるというよりも、セレネをからかうことが主目的ではあるが。

「あら、オットーくんの家は私の実家よりも、よっぽど裕福よ」

「そうなのか？」

「知らないのね？　オットーくんの実家は皇国内で三本の指に入る豪商の家よ」

「オットーくん、君と僕とは親友だよね？　今度奢って」

「……それは」

露骨な金銭目当ての友情。了承できるはずがない。

「ちょっと？」

セレネも文句を言いたげだ。

「冗談だよ。何もなしに、たかるような真似《まね》はしない。友達ならなおさらだ」

「じゃあ、私にもたからないでよ」

「友達じゃないし」

満面の笑みを浮かべてカムイはこれを言う。

「この男は……ねえ、一つ聞いていいかしら？」

「答えられることであれば」

「なぜ、それを教えたの？」

これを疑問に思うくらいには、セレネは頭が回る。これを思いつくだけの事情がセレネにはあるとも言える。

「セレネさんは知っておいた方が良さそうだと思った。皇国に繋《つな》がりのある人がクラスにいる。これは大事だろ?」

「そう。ほかの人に話しても?」

大事に思うのは、セレネだけではない。E組には、そういう生徒が大勢いる。

「必要だと思う人であればな」

「本当に食えない男ね」

自分に話したのはこの事実を広めるためであると、セレネにもう分かっている。

「そっちもな。今ので分かった。セレネさんにはお友達が多そうだ。それも秘密を共有するお友達がな」

「なっ!?」

驚くセレネに向かって、カムイは満面の笑みを浮かべている。こういった駆け引きがカムイは大好きなのだ。

「あまり警戒されたくないから言っておくと、俺も辺境に領地を持つ家の子供だ。それと他人のことに余計な介入をするつもりはない。その余裕はないと言った方がいいかな?」

「……その言葉を信じていいのね?」

「信じるか信じないかはそちら次第」

「そう……」

「ねえ、また僕には分からない話かい？」

二人の会話の意味は、平民であるオットーには分からない。

「オットーくん、人には知らない方がいい話もあるんだよ。まあ、この先、オットーくんに話をするかどうかは、オットーくんの心がけ次第だ」

「心がけ？」

「そう。オットーくんが商家の人として利だけを追うのであれば、話すときも来るだろう。今言えるのはここまでだ」

「商家の人として利を……ねえ、カムイくんって、商人を信じるのかい？」

セレネとの会話は分からなくても、こういうことはオットーもすぐに理解できる。

「いや、信じるのは利を優先する気持ちだ。共通する利があれば信じられる。お互いの利が相反するものであれば信じられない。そういう意味では分かりやすい。もちろん、その利というものの見極めを間違えれば、痛い目に合うことは分かっているつもりだ」

「……面白いね」

つぶやくオットーの顔は、これまでと同じ人の良さそうな笑みを浮かべているが、その瞳の奥には初めて見せる光があった。オットーもまた、皇国学院に入学するだけの何かを持っているということだ。

「おや、オットーくんもどうやら狸のようだ。見た目や態度とは違う何かを持っている」

それをカムイは敏感に感じ取る。表向きの顔の裏にある感情を読み取る感覚は、いつの間にかカムイが身に付けたものだ。同情や優しさを装う裏にある悪意。虐《いじ》められていたときに、何度も味わった裏切りの痛みがカムイにそれを身に付けさせていた。

「それと同時に怖い。できれば利が合うことを祈ってるよ」

「僕もだ」

「何よ。今度は私が仲間はずれなの？」

会話に入れずにセレネは少し拗《す》ねている。

「セレネさん、男には男にしか分からないものがあるのだよ」

「あら、やっと私を女性扱いしてくれたわね？」

「よし、分かるように説明しよう」

「ちょっと！」

カムイとセレネのやり合いは、まだまだ終わらない。

「随分と楽しそうだな」

と、そこへ突然割り込んできた別の声。カムイが目線を向けるとそこには、剣術の担当教師が立っていた。

「いえ、楽しくはありません。セレネさんに絡《から》まれて困っていたところです」

「それは私の台詞よ！」

「先に話しかけてきたのそっちだろ⁉」

「貴方が、質問に素直に答えないからでしょ？」

「うるさいっ‼」

また言い合いを始めたカムイたちに、教師の雷が落ちた。

「はい、すみません」

「失礼しました」

謝罪を口にしながらも横目で睨《にら》み合っている二人。反省の色などまるで感じられない。

「前に出ろ。前に出て立ち合いだ」

「いや、先生。僕はとっくに負けていますよ。そんな僕が割り込んではほかの人に迷惑です」

「もう、とっくに終わっている」

担当教師の言う通り、中央には誰もいない。カムイたちが気付かないうちに、授業はとっくに終わっていたようだ。

「おや？　それで優勝は？」

「これは授業だ。最後までやる必要はない。勝ち残ったのは、ほら、あそこに並んでいるだろ？」

実際には終わったばかりのようで、最後の立ち合いを終えた生徒たちは、まだ一か所に固まっていた。

ルッツもその中にいる。残っているのは十六人の生徒たち。最後の結果は分からないが少なくともそここまで残る程度には頑張ったようだ。

「……終わっているのに、立ち合いを？」

「ああ、まだ時間は余っている。そしてお前らは元気が余っているようだな？」

なかなかうまいことを言ったと教師はやや満足げな表情を浮かべている。

「お前らというと？」

だが、カムイは軽くそれをスルーする。突っ込んでも面白い展開にはなりそうもないからだ。

「……お前と隣の女生徒だ」

カムイの反応に不満げな教師。

「ああ、やはりセレネさんのせいか」

こう言って、わざとらしく天を仰いで嘆いてみせるカムイ。

「貴方のせいでしょ？」

その挑発に、ついセレネは応えてしまう。カムイの好む展開だ。

「責任転嫁はよくないな。男らしくないぞ」

「私は女よ！」

さっき怒鳴られたばかりだというのに、結局、また言い合いを始める二人だった。

「いいからさっさと立てっ!!」

そこに、これまでで最も激しい雷が落ちた。

「はい！」

返事だけは元気だが、行動はそれに伴っていなかった。セレネが素早く立ち上がったのに比べて、最後の抵抗とばかりに、ゆっくりと立ち上がるカムイ。

「……そろそろ時間では？」

「いや、まだ充分にある」

「そうですか……」

あくまでも抵抗を続けるカムイ。

「おい、誰か剣を持ってきてくれ」

カムイの抵抗を妨害する指示を出す教師。

「いや、自分で取りに行きます」

「いいから、中央に出ろ！」

「……はい」

時間稼ぎの口実は教師に奪われた。それでもゆっくりと、ぶらぶらと手を振りながら、カムイは歩く。

「ねえ、時間稼ぎは無駄だと思うわよ？」

「それは、もう分かってる。考える時間を作ってるだけだ」

「考える時間？」

「……五手くらいでいいかな？　それで決着をつけよう」

ルッツやアルト相手であれば、こんな打ち合わせは要らない。ほかの生徒でも注目されていなければなんとかなるのだが、今はそうではない。

「そういうことね。じゃあ、適当に負ければいい？」

「負けるのは俺の方」

「ちょっと、私は女よ？」

「初等部にいた奴《やつ》らは俺が弱いのを知っている。その俺が勝ったらおかしいだろ？」

初等部時代のカムイを知っている生徒は同学年に大勢いる。それはそうだ。初等部からは、ほぼ全員が中等部に上がってくるのだ。

「そうなの？」

「魔法抜きならそこそこできた方だと思うけどな。そんなこと、もう忘れてるだろうな」

魔法の授業が始まるまでは、カムイの剣は学年でトップクラスだった。だが相手が魔法を使うようになれば、その差は剣の技量だけでは埋められない。やがてカムイの剣の成績も学年最下位に落ちることになった。

「手順は？」

「……考えてる暇はない。適当に合わせろ。俺が先手で二。あとは任せる」

「あら、貴方は合わせられるの？」

セレネが自由に剣を振るってもカムイは合わせると言っている。それができる実力がカムイにあるということだ。

「俺を誰だと思ってる？　負けるのは得意中の得意だ」

「……あらそう」

だがカムイの口からは、決して認める言葉は出てこない。

「ほら、これだ」

不意に男が二人の会話に割り込んで剣を差し出してきた。

「ああ、ありがとうございます」

「どうも」

その男から剣を受け取って向かい合う二人。カムイが感触を確かめるように何度か剣を振る。だがその視線はセレネに向かっている。この速さで行くから合わせろ。このカムイの意思は、きちんとセレネに伝わっていた。

「構え！」

担当教師の声が響く。その声を合図に詠唱を始めるセレネ。当然、カムイは何もしない。

「《守護《プロテス》》、《増速《アクセルレート》》」

魔法の光が一瞬、セレネを包み込んだ。

「もう少し時間かけろよ」

「貴方はいいの？」

「僕、魔法使えないから」

「……もういい」

全くの嘘でもないのだが、セレネは信じなかった。

「じゃあ、行くぞ！」

「どうぞ！」

軽く足を踏み込んで、カムイが間合いを詰める。それと同時に上段に構えた剣を振り下ろす。

斜めに構えたセレネの剣が、カムイのそれを弾《はじ》き返す。それに構わず、少し角度を変えて剣を振り下ろすカムイ。

それに対してセレネは、今度は少し剣を下から振り上げるようにして剣を交差させた。

大きく剣が弾かれて、数歩後ろに下がるカムイ。

「ん？」

剣に違和感を覚えたカムイが、わずかに顔を歪《ゆが》めた。それを合図と受け取ったセレネは、カムイとの間合いを一気に詰めて攻勢に転じる。

初撃を横に剣を振って弾いたカムイは、そのまま大きく後ろに跳んで間合いを空けると、セレネに向かって叫んだ。

「ちょっと待て！」

だがセレネの追撃は止まらない。カムイの空けた間合いを一足跳びに詰めて、上段から剣を振り下ろしてくる。カムイのそれを演技だと思っているのだ。

「ちっ！」

下から一気に剣を振り上げるカムイ。二人の剣が交差する瞬間に、甲高《かんだか》い金属音と共に、二つの剣が折れるのがカムイの目に映った。

折れた剣先が回転しながら二人の間に落ちてくる。

それにセレネが反応できていないことを見て取ったカムイは、セレネの手を取って無理やり下に引き倒すと、そのまま覆いかぶさった。

「ちょっと!?」

「悪い。しくじった。後ろに跳べばよかったたな」

「カムイ！」

「大丈夫か!?」

ルッツとアルトの叫び声が響いた。セレネが視線を声の方に向けると二人が血相を変えて、こちらに駆け寄ってくるのが見える。

「何？」

「……痛っ」

セレネの疑問に、無意識にカムイが答える。

「怪我《けが》してるの？」

「少しな」

「いいからどきなさい！」

「動けない」

「もうっ！」

いつまでたっても動かないカムイに業を煮やして、セレネは強引に下から抜け出した。

そのセレネの目に映ったのは——カムイの背中に刺さる折れた剣先だった。

「ちょっと!?　何これ!?」

「触るな！」

「触るなって早く抜かないと！」

「だったら素手で触るな。何か布を持て」

全身に痺《しび》れるような感覚が広がっていて、カムイは思うように動けないでいた。ただの怪我で、こんな風になるわけがない。となれば剣に何か仕込まれている。こうカムイは考えている。

「どういうこと？」

「いいから言う通りにしろ！　ルッツ、しばらく誰も近づけるな！」

「ああ、分かった！」

「アルト。剣をよく見てくれ。何か塗られてないか？」

「……ちょっと待ってろ。すぐ調べる」

カムイの問いの意味を、すぐにアルトは察した。懐《ふところ》からタオルを出して、カムイに刺さっている剣を包む。そのまま慎重に抜くと、眼鏡を掛け直して、凝視し始めた。

「ねえ、何が起きてるのよ？」

「おい！　大丈夫か⁉」

急な事態に何が起きたのか理解できていなかった担当教師が、ようやくカムイたちに近寄ろうとしている。

「近づくんじゃねえ！」

その担当教師を制したのは、アルトの怒鳴り声だ。

「近づくなとはどういうことだ！」

事情を知らない教師は当然、納得がいかない。

「いいから、この剣をカムイに渡した奴を捕まえろ！　これは模擬剣じゃねえ！　真剣だ！」

「何だと⁉　そんな間違いが⁉」

「間違いじゃねえ！　この剣には毒が塗られてる！」

「何だと⁉」

アルトの言葉を聞いて、周囲にざわめきが広がっていく。今のところは、まさかそんなことが、といった反応だ。

「間違いで毒が塗られてるわけがねえだろ？　分かったら、さっさと犯人を捕まえろ！」

「分かった……いや、怪我は？」

「だったら医者でも呼んでこいよ。まったく役に立たねえ野郎だな」

教師の鈍感さが我慢できなくなって、アルトの口調がますますきつくなる。

「貴様……いや、そんな場合ではないか。おい！　誰か救護室に行って先生を呼んで来い！」

教師の指示を聞いて辺りが騒然となる。ようやく生徒の多くがアルトの言葉が事実であったと理解したのだ。

「おい、大丈夫か？」

ようやく教師を追い払えたところで、アルトがカムイに問いかける。

「何の毒かは分からないよな？」

「悪い、そこまで見極める知識は俺にはねえ」

「そうか。まあ、即死じゃなくて助かった。周りには誰もいないな？」

「ああ、今のところは遠巻きに見てるだけだ」

信じられない事態に生徒たちは誰も動けないでいる。そうでなくてもルッツが誰も近づけないように牽制《けんせい》している。

「よし。治療するふりをしろ」

「どんな風に？」

「そっか……セレネさん、水属性の魔法は？」

「使えるわよ」

「よし、じゃあ、今からアルトが俺の背中を切るから、そのあとで水属性魔法を使ってくれ。血を洗い流すような感じだから入門魔法程度で充分だ」

「ちょっと？　何をするのか説明してよ」

「今説明しただろ？　治療だよ。いいから始めるぞ。アルト頼む」

まだ腑《ふ》に落ちない様子のセレネだが、カムイはそれを無視して、アルトに始めるように指示を出した。

「ああ、痛いのは我慢しろよ」

「慣れてる」

「そうだな」

アルトはどこから取り出したのか、短刀を片手に持って、カムイの服を切り裂き始めた。肌が見えたところで、剣先が刺さっていた傷口をさらに短刀で切る。流れ出す血の量がそれによりさらに増えた。

「ちょっと!?」

それを見て焦《あせ》るセレネだが、アルトの手は止まらない。傷口に容赦なく短刀を差し込んでいく。

「早く魔法を」

傷口がかなり広がったところで、カムイがセレネに魔法を催促してきた。

「……分かったわよ。万物の恵みたる魔力よ、その力を顕現せよ。《ウォーター》」

魔法の詠唱を終えたセレネの両手に見る見る水が溜《た》まっていく。カムイに言われた通り、水属性の初等魔法だ。

「それをかけて。しばらく、それを続けて欲しい。毒を洗い流すつもりで」

「分かったわ」

「万物の……」

「恵みの力、癒やしの力。浄化の力を我に与えよ。《アンチポイズン》」

指示された通りに続けようとしたセレネの詠唱に、カムイの声が重なる。

「……何？」

わずかな光がカムイの身を包む。それも一瞬のこと。すぐにその光は消えた。

「どうだ？」

「……我ながら完璧だな。あとは医者を待とう」

アルトの問いかけにカムイは満足そうに答えた。

「カムイくん、貴方……」

カムイが何をしたのか、さすがにセレネにも分かる。

「これ秘密な。セレネさんは魔法をもう少し続けてくれ。……しかし、どこのどいつだ？」

「さあな。そもそも、どっちを狙ったかも分からねえ」

「セレネさんは命を狙われる心当たりある？」

「……ないわ」

少し考えてセレネは答えた。危害を加えるならまだしも、殺そうという相手には心当たりがなかった。

「あれ、じゃあ俺か？　そこまでのことをしてるつもりはないけどな？」

心当たりがないのはカムイも同じだ。

「可能性としてはダークだが……」

アルトは貧民街の可能性を考えた。平気で人殺しを企《たくら》む貧民街の悪党であれば、普通のことだ。

「その可能性はかなり低いな。そこまでの動きはまだしていないし、そもそも学院に人を送り込めるとは思えない。だが念には念を、か。ダークのところにルッツを向かわせてくれ」

大丈夫だと思っていても、可能性がある限り、備えは怠らない。これがカムイたちのモットーだ。

「一人で平気か？」

「アウルが付いて行ってくれるさ」

「じゃあ、安心だ。ルッツ！」

「どうした？」

アルトの呼びかけにルッツが答える。

「ダーク」

「……分かった！　行ってくる！」

ダークの名を聞いただけで、ルッツはアルトが言いたいことが分かった。全力で駆け出して、外に出て行く。そのルッツのあとを不意に現れた黒猫が追いかけて行った。

「ねえ、大丈夫なの？」

カムイたちのやり取りが一区切りついたと思って、セレネが心配そうに声を掛けてきた。

「これくらいの傷はしょっちゅうだから平気だ」

「ごめんなさい。私をかばったせいで……」

「しくじったと言っただろ？　セレネさんを蹴飛ばして、そのまま後ろに跳べば避けられたはずだ」

「……蹴飛ばして？」

カムイの言葉にセレネは実に敏感に反応した。

「ああ、それだったら確実に避けられただろ？」

ただカムイの方は、自分の失言に気付いていない。

「そうね。私を蹴飛ばせばね」

「何怒ってるんだよ？　俺、間違ってるか？」

セレネが不満そうな顔を見せても自分が失言したとカムイは分からない。

「女の子を蹴飛ばそうなんて考えが正しいって言うの？」

「はあっ？　お前を助けるためだろ？」

セレネが怒っている理由はカムイには納得できないものだ。

「あら、さっき、しくじったって言わなかったかしら？」

そのカムイに、セレネはさらに追い打ちを掛ける。

「……ああ、可愛《かわい》くない女」

「可愛くなくても、綺麗だって言ってくれる男はいるわよ」

「それは趣味がおかしいんだな。お前のどこが綺麗なんだ？」

「お前って言わないでよ！」

「お前はお前だろ！」

もう完全に二人とも頭に血が上っている。周囲のことなど忘れて、大声で言い合いを始めてしまった。

「ああ、嫌だ！　女性の扱いも知らない子供の相手は疲れるわ！」

「お前の方が子供だろ！」

「貴方の方が子供よ！」

「なんだと!?」

「何よ!?」

「お楽しみ中、悪いが治療させてもらえんかな?」

そんな二人のやり取りに、いつの間にか側に来ていた白衣を着た男性が、呆《あき》れた顔をしながら割り込んできた。

「「……はい」」

「案外、似たもの同士かもな」

「「違う!」」

医者と同じように呆れ顔のアルトのつぶやきを、全力で否定する二人だった——。


カムイとセレネが不毛な言い合いを続けているとき。

「おい、本当に間違いないのか?」

調練場の外周。調練場を見渡せる少し高いその場所で、男子生徒が驚いた様子で隣の男子生徒に尋ねている。

「間違いって。お前も見ただろ? 確かに白く光った」

聞かれた男子生徒は床に置いてある透き通った球体を指し示す。ただのガラス玉のように見えるが、そんな物ではない。

「しかし、白は」

男子生徒はまだ納得していない様子だ。

「驚くような結果であろうと、反応が出たのは事実だ。これを疑う者に魔道に携わる資格はない」

そんな相手にもう一人の男子生徒は厳しい言葉を向ける。

「……そうだな」

「俺はマリー様に報告してくる。お前は怪しい生徒の名を調べておけ」

「分かった」

男子生徒二人は、皇国魔道士団長の娘であるマリーが会長を務める魔道研究会のメンバー。通称、マリー派と呼ばれている生徒たちだった。

2

騙された。建物を見たセレネの最初の感想はこれだった。

大通りを離れ、薄暗い路地を入ったところにある寂れた建物。扉は閉め切ってあり、中の様子は見えない。

約束通りカムイに食事を御馳走することになったセレネだったが、外食する機会などないセレネは、皇都の食堂を知らなかった。仕方なく店はカムイに任せることにして、そのカムイの後ろに付いてここまで来たのだが、目の前にある建物は、それらしい看板も何もなく食堂とはとても信じられない。

そもそもここに来るまでに、すでに散々嫌な思いをしてきたのだ。

裏通りに佇《たたず》む人たちの好奇の視線。中にはとても子供に向ける視線とは思えないようなものまであった。

それでも我慢してカムイに付いて来てみれば、この結果。さすがにセレネも我慢の限界がきた。

「ねえ、私をどこに連れてきたのよ!?」

「どこって食堂に決まってるだろ？」

「これが食堂？」

「中に入ってもいないで疑うなよ。ここは立派な食堂だ。まあまあ美味《うま》いと思うぞ」

「……本当に？」

カムイに嘘を言っている雰囲気はない。もっとも真顔で嘘をつけるカムイなので、雰囲気だけで信じるのは間違いだが。

「何を疑ってんだよ？」

「私を変なところに連れ込もうとしているんじゃないわよね？」

本気で心配しているようで、普段の勝ち気な雰囲気が薄れている。

「……自意識過剰。俺にとってはお前よりも飯の方が上だ」

「何ですって⁉」

萎《しお》れていたセレネだがカムイの一言で実にあっさりと勝ち気さを取り戻す。これも相性が良いというべきなのだろうか。

「いちいち怒るなよ？　時間がもったいないから入るぞ」

「……本当に大丈夫でしょうね？」

カムイの挑発で一度は元気を取り戻したセレネだが、すぐに不安そうな表情に戻ってしまう。セレネも、やはり貴族の令嬢だ。周囲の怪しげな雰囲気に呑まれて弱気になっていた。

「大丈夫に決まってるだろ？　こんなところでぐずぐずしている方が、よっぽど危険だ」

「それって、どういう意味よ？」

「それは入ってから話す。とにかく店に入るぞ」

付き合っていられない。こんな思いをありありと表情に出してカムイは建物の扉を開けて中に入っていった。それでもセレネからは戸惑いの気持ちは消えない。

どうしようかと扉の前で悩んでいると、すぐにカムイが顔を出してきた。

「そんなところに一人で立ってると本当に危ないからな？」

「そんな場所に連れてこないでよ」

いつもの勢いは今のセレネにはない。泣きそうな顔でカムイに訴えてきた。

「大丈夫だから入れよ。中を見れば余計な心配だったたってすぐに分かるから」

さすがにカムイも少し可哀想になって、口調を優しいものに変えた。

カムイに言われておそるおそる扉の隙間から中を覗《のぞ》くセレネ。確かに中には幾つものテーブルが並び、数人の客が食事をしていた。何となく客層が怪しげなのは気になるが、ここが食堂であるのは間違いないようだ。

扉を大きく開き、足を踏み入れる。その瞬間に周囲の視線がセレネに集まった。

「もう、嫌」

「気にするな。すぐに興味を失《な》くすさ」

「本当に？」

「別に容姿を見ているわけじゃないからな。……あそこにしよう」

こう言ってカムイは、ほかの客から離れたテーブルに向かった。

まだ視線は感じるが、立っていても仕方がないとセレネもカムイのあとに続いた。

テーブルに座って少したつと、これまた食堂の店員とはとても思えない大柄で強面《こわもて》の男が、水を持ってやってくる。真っ白な髪と刻まれた深い皺《しわ》がそれなりの年齢であると示しているが、背筋はしっかり伸びていて、全体としては老人という雰囲気を感じさせない。

「女連れとは珍しいな？」

声もしっかりしたものだ。

「ああ、俺の友達だ。アルトとルッツも顔見知り。今度ダークにも紹介する予定だ」

「そうか。では儂《わし》も顔を覚えておこう」

店員がそう言った途端に、周囲の客の視線がセレネから離れていった。

「ああ、そうしてもらえると助かる。たまにはいいだろ？　こんな可愛い女の子の顔を覚えるのも。厳《いか》つい顔ばかりじゃな」

「違いない。注文はどうする？」

「いつものやつを二つ。飲み物も」

「分かった」

店員が席を離れたところで、セレネが口を開いた。

「ねえ、どういうこと？」

ややひそひそ声なのは、まだ完全には緊張が解けていない証《あかし》だ。

「大将は今でこそ食堂のオヤジなんてやってるけど、その昔は結構な顔役だったんだ。そっちの方は完全に引退してるけど、世話になった人は多いからな。今でも、それなりに重んじられている」

「顔役……あまり、まともな職業ではなさそうね？」

裏社会を仕切っていたのだから、まともでない職業の中でも、かなり上の方だ。ただ詳しい話をセレネにするつもりはカムイにはない。

「まあ、こんな場所だからな」

「どうして、こういうところにわざわざ連れてくるのよ？」

「ここなら何を話しても外には漏れない。そういう場所なんだ。視線消えただろ？」

「ええ」

カムイの言う通り、さっきまで感じていた嫌な雰囲気は、綺麗さっぱり消えている。

「入ってきたときのあれは、知らない顔が現れたことへの警戒心だ。でも大将が顔を覚えると言ったことで信頼できる人物だと周りは理解した。ほかの客も安心して話ができるってわけだ」

カムイはセレネを安心させようと説明しているのだが、人に聞かせられない話をしている客ばかりの食堂はどうなのだとセレネは思ってしまう。

「貴方はどうしてこの店に？」

「俺たちは孤児院出身だ。俺は短い間だったけど、ほかの奴らは何年もそこにいたからな。それなりに知り合いはいる」

「孤児院とこんな場所がどう繋がるのよ？」

セレネには孤児の事情など分かるはずがない。

「孤児が働ける場所なんて限られてる。先輩たちがこの辺に大勢いるんだよ」

「……そう」

　カムイの説明を聞いてセレネにも少し事情が分かった。孤児院を卒業した先輩たちは皆、あまり人に言えない仕事をしているのだと。やはり安心材料にはならない。

「最初に言っておく。話を漏らされたくないのは、ほかの客も同じだ。ここで見聞きしたことは、絶対に外に持ち出すなよ。いいな？」

　これを言うカムイの顔は、セレネがこれまで見たことがない真剣なものだ。裏社会のルールを破ることがどれだけ危険な行為か。それをセレネに理解してもらうために、あえて厳しい顔をカムイは見せている。

「……分かっているわよ」

「本題の話は飯が来てからだ。それまでは適当に話をしよう」

「話って言われてもね。……そう言えばさっき私のこと、可愛い女の子って言ったわね？」

「お愛想ってやつだな。そういう言い方の方が大将も喜ぶだろ？」

「ええ、そうでしょうね」

　自分にも少しは愛想良くしろ。これを言っても無駄だと思うので、セレネは口にするのをやめた。

「でも、お前ここまで来る間、結構注目集めてたよな？　気を付けろよ？　大将の食堂に入った人に、変な真似をする奴はそういないとは思うけど、真面目なスカウトはしつこく来るかもしれない」

「スカウトって何よ？」

スカウトという言葉をセレネは知らない。貴族には縁のない言葉だ。

「勧誘？　是非、うちで働いてくれませんかって誘いにくる」

「へえ、どんな仕事があるのかしら？」

人に評価されるのは悪い気がしない。そう思ったセレネだったが。

「売春婦だな」

「死ねっ！」

カムイの一言でキレることになった。

「なんだよ？　この辺は貧民街とは違って、合法な高級売春宿ばかりだぞ？　聞いた話では売れっ子の女の人は、すごく稼ぐそうだ。下手な貧乏貴族よりはよっぽどいい暮らしをしてるって教えてもらったことがある」

「貴方、友達に売春婦の仕事を勧める気？」

カムイと違って、セレネには売春婦への偏見がある。偏見というより抵抗だ。当然である。

「友達だっけ？」

「知らないっ！」

「冗談だよ。なんだかお前、雰囲気変わったな？　もっと落ち着いた感じだったと思うけど」

そもそも、セレネと話すようになったのは最近のことだ。それまでは同じグループでも、どこか距離がある感じだった。これはお互い様だ。

「私だって、まだ十二よ。年相応のときもありますぅ」

「なんだ、その、ありますぅ、って。それじゃあ、まるっきり子供だろ？」

「別にいいじゃない。私だってたまには甘えたいときがあるのよ」

「その相手が俺？」

指で自分を指しながらカムイはセレネに尋ねる。

「……そうね。ちょっと甘える相手を間違えたわ」

少し照れた様子を見せたあと、セレネはすました表情に変えて、カムイの問いに答えた。

「別にいいけど……お前ってさ、王族なんだよな？」

急にカムイは話を変えてきた。セレネだけでなく、自分にも少し慣れ合った気持ちがあることに気付いたからだ。他人を簡単には信用しない。過去の虐めに関係なく、カムイはこれを心がけている。

「そうよ」

「元の国名は？」

「エリクソン王国」

「……知らない。知るはずないか、元の国名なんて教わらないからな」

辺境領は、あくまでも皇国の一部。元の国名が何であるかなど、皇国学院で教えることはない。

「じゃあ、聞くな」

「話のネタだよ。もう一つ、聞いていいか？」

「何よ？」

「皇国に滅ぼされたのって、いつ頃？」

「嫌なこと聞くわね」

「悪い」

「私の祖父の代。五十年くらい前ね」

文句を言いながらも、セレネはカムイの質問に答える。セレネの生まれる前の話だ。セレネ自身には、思い出したくない記憶があるわけではない。

「母親も生まれる前か。それは分からないな」

「でも歴史で言えば、五十年なんて最近よ。皇国が他国を侵略し始めて、千年になるのよ？」

「……そうだよな。建国なんていえば聞こえがいいけど、他国を滅ぼして、皇国が出来上がったわけだからな」

「そういうことよ」

皇国の領土の九割以上は、元は他国だ。多くの国を滅ぼして、今の皇国の栄華がある。

「祖父ってまだ生きてるのか？」

「亡くなったわよ。滅ぼされたときにね。自分の命を代償にお父様たちの命を救ったって話になっているわ」

「なんか微妙な言い方だな」

セレネの言い方は、決して、それをした祖父を褒めているようには聞こえない。

「別にお祖父《じい》様が命を差し出さなくても、皆殺しなんてことはなかったらしいからね。お父様が言うには自分の国が皇国に変わっていく姿を見たくなかったのだろうって」

「……いい王様だったのかな？」

少し考える素振りを見せて、カムイはこれを口にした。言葉を選ぼうとした結果、良い言葉は見つからずに話を変えることにしたのだ。

「どうかしら？　でもお年寄りは昔を懐かしんでいるわね」

五十年前の出来事だ。まだ存命の者は多い。こういう点で、確かにセレネの言う通り、まだ歴史ではなく記憶の中の出来事だ。

「じゃあ、今よりはいい国だったわけか。まあ当然だな」

「まあね」

実際にどうだったのかをセレネは知らない。だが、そうであると信じたいという気持ちが、カムイの問いに肯定の言葉を返させた。

「……お前幾つだ？」

「さっき十二歳って言ったでしょ？　ていうか同級生だし」

「でも父親は五十歳以上なんだろ？」

亡国のときに生きていたのだ。当然、五十歳以上となる。

「そうよ。もう六十になるわね」

「いや、やるな、お前の父親。五十近くで、子供を作ったわけか」

成人は十五歳。五十歳ともなればもう老年と呼ばれる年だ。カムイが感心してもおかしくはない。

「ちょっと、変なこと言わないでよ」

「でもそうだろ？」

「結婚が遅かったのよ。国が滅んだときは私と同じくらいの年。でもなかなか結婚を許してもらえなかったみたいよ」

「どうして？」

「利権争い。妃《きさき》を出せば、その家が実権を握ることになるでしょ。どいつもこいつも、うちの娘をってうるさかったらしいわ」

滅ぼされた国である辺境領は、領主自身には様々な制約が課せられる。その分、皇国貴族である妻の実家の影響力が大きくなることが多いのだ。

「そうか……それで結局？」

「皇帝に泣きついた。誰と結婚しても、他家の恨みを買ってしまいますから、なんとかしてくださいってね」

「へえ、なかなか頭がいいな。それで皇帝が選んだ相手とってことか」

「ええ、ちょっとした賭けね。皇帝だって、どこかひとつの貴族家なんて、そう簡単には選べないでしょ？　結局、皇国の貴族家と関わりのない者との結婚をという話になったの」

「うまくやったな」

実際は運だろう。貴族への報償代わりに、結婚相手を決められた可能性だってあったのだ。

「そこまではね。でも特定の貴族に国を自由にされることを防いだといっても、所詮はそこまでよ。皇国の奴らが居座っていることに変わりはない」

辺境領には皇国から役人が送り込まれる。監視役というものだが、それだけで終わらずに領政にも色々と口を出してくる。多くの場合は自分の利権のために。

「でも直系の血筋を守ることはできた。俺からすればどうでもいい話だけど、王族としては結構大事なんだろ？」

「そうね。でも、そのおかげで私は……」

良いこととしてカムイは話しているつもりが、セレネの表情は逆に曇ってしまう。

「何かあるのか？」

「国の皆の期待を受けることになった。いつかエリクソン王家の復活をって期待よ」

「お前、跡継ぎなのか?」

セレネの説明にカムイは軽く驚いている。女性であるセレネが跡継ぎである可能性などカムイは考えていなかった。

「跡継ぎって言うのかしら? 一人娘であるのは確かだけどね」

セレネの表情がますます曇る。

「……皇国は放っておかないよな?」

事情が分かって、カムイも表情を暗くした。

セレネもまた、それなりに背負っているものがある。距離を取るために話を変えたつもりが、逆にカムイの心の中にセレネへの共感をもたらすことになった。

「そうね。どこかの貴族の息子と私を結婚させようとするでしょうね。どこの誰とも知らない相手。まあ王族や貴族だったら、それが普通でしょうけど、やっぱりね。それに国の皆はそんな結婚を認めようとはしない。なかなか難しいのよ。背負うものの重さに時々押し潰《つぶ》されそうになるわ」

「悪い。変な話させちゃったかな?」

「いいわよ。口にできるだけマシだもの。国に戻れば、弱音なんて吐けないからね」

セレネの顔には笑みが浮かんでいる。だが、その笑みからは寂しさしか感じられない。

「……それで甘えたかったのか?」

「相手を間違えたって言ったでしょ？」

「別にいいと俺は言ったぞ？」

「…………」

心の距離を縮めたのはセレネも同じ。泣き言を言える同世代の相手は、セレネにとってカムイが生まれて初めてだった。

二人の間に、何とも言えない雰囲気が漂った――そのときに。

「邪魔するぞ」

「きゃっ！」

突然掛けられた声にセレネが女の子らしい声を上げた。声の主は料理を持った大将だ。

「おお悪い。驚かせたか。いい雰囲気だから、どうしようかと思ったのだがな。待っていたら料理が冷めてしまうと思って、声を掛けさせてもらった」

最初の無愛想な雰囲気とは打って変わって、気さくな感じで大将は話してくる。

「いい雰囲気はないだろ？」

「いや、傍《はた》から見ていたら間違いなく恋人同士に見えたぞ」

「……それはない」

「そうなのか？　それにしてはお前、この嬢ちゃんをお前呼ばわりしているじゃないか」

「えっ？　あれ？」

大将の指摘にハッとした顔をするカムイ。

「気が付いていなかったのか？　お嬢ちゃんも何にも言わないから、てっきり、そういう関係だと思ったのにな」

「それはありません！」

大将の誤解を解こうと、セレネも慌てて否定する。

「そうかな？　嬢ちゃんの方も難しい話をする前の様子は、年相応に見えたぞ。それは誰にでも見せるものではないのではないかな？」

意味ありげに笑みを浮かべる大将の顔は、強面であることに変わりないのだが、目元には子供のような無邪気さを感じさせるものがある。

「……大将、さては、そうやって俺たちを混乱させて面白がってるだろ？」

「まあ、それはあるな」

子供のような無邪気さは、悪戯《いたずら》をしているが故の無邪気さだった。

「やっぱり」

「だが、こうでもしないとカムイは女の子に意識を向けようとなどせんだろ？　男の気持ちを知っているだけでは、世の中は生きていけん。女の気持ちが分かって初めて一人前。いや、女の気持ちが分かることなど、永遠にないか。わっはっはっは」

もっともらしい話をして高笑いする大将。セレネの第一印象は何だったのかと思うくらいの、ご機嫌な様子だ。

「いいから料理を置いて、とっとと戻れよ」

「おお、そうだな。邪魔者は消えるとしよう」

最後にもう一度、大笑いすると料理を置いて、大将はテーブルを離れて行った。

「…………」

残された二人は、どことなく気まずい雰囲気だ。まんまと大将の思惑に嵌《はま》ったということだろう。その雰囲気を何とか崩そうとカムイが口を開く。

「とりあえず食べるか」

「そうね。これはなんて料理なの？」

「スープ」

「見れば分かるわよ！　私は材料を聞いているの！」

少なくとも、セレネの気分を変えることにはカムイは長《た》けているようだ。

「一つ一つはよく分からないな。とにかく色々な物をぶっこんで煮込んでるらしい」

「……美味《おい》しいのよね？」

カムイの説明は、とても調理法には聞こえない。

「ああ、味は保証するぞ」

おそるおそるといった感じで、スプーンですくったスープを口に入れるセレネ。

「……美味しい！」

その口から感嘆の言葉がこぼれた。

「だろ？　色々な材料の味が混ざっていい感じなんだ。あとその肉も食べてみろよ」

「これは何の肉なのかしら？」

「さあ？」

セレネの問いにカムイは首を傾《かし》げてみせる。

「おい！」

「いいから食べてみろって。長時間煮込んでいるから、すごく柔らかいんだ」

カムイに言われた通りに肉を口に運ぶセレネ。

「……本当ね。すごく柔らかいわ」

かなり満足げな様子だ。

「どれも安物の材料なのは間違いないんだけどな。大将の手にかかると極上の料理に変わるんだ」

「うん。確かに美味しいわ」

「だろ？」

気まずい雰囲気は、料理のおかげで綺麗に吹き飛んだ。そうなると、また料理以外の会話も始まる。

「……ねえ、怪我はもう大丈夫なの？」

「それを聞くのは何度目だ？　大丈夫だって言ってるだろ？」

「そうだけど……もう深い話をしていいわよね？」

二人の会話は、ようやく本題に入る。

「ああ、かまわない」

「神聖魔法使えるのね？」

本題に入ると、今度はセレネからの質問になる。

「まあな」

「どうして隠しているの？　神聖魔法を使えるなんて凄いじゃない？」

神聖魔法は神に選ばれた者が使える特別な魔法。これが世間の常識だ。使い手となれば、どこに行っても好待遇を受けるのは間違いない。

「光属性魔法な。隠しているのは魔法を使えないはずの俺が使えるようになってたら、色々と詮索されるから」

「そうでしょうね。その詮索をしてもいい？」

セレネの一番の興味はこれだ。魔法は持って生まれた才能が全て。それが常識なのだ。だが、カムイはこの常識から外れている。

「……まあ、ばれてるからな。魔法が使えるようになったのは、単純に魔法が使えなかった原因がなくなったから」

「それじゃあ、全然分からないわよ」

「今から言うよ。ひとつは属性の問題。魔法には属性ごとの適性があるのは知ってるよな」

「もちろんよ」

属性は火水風土、そして光の五属性がある、とされている。魔法を使える者にも属性によって得手不得手があって、それが適性とされている。

「俺の場合は、それが極端で火水風土の適性が皆無に近いそうだ。だから四属性魔法が使えない。これは今もだな。入門魔法がせいぜいで、それさえも効率が悪くて、魔力を大量に使う」

「でも神聖魔法には適性があった。そういうことなの？」

「だから光属性魔法な。光属性魔法は高度な魔法ってことにされているから最初から習わない。だから適性があるなんて分からなかったってオチ」

神聖魔法なんて呼ばれることで、光属性魔法は特別視されている。そうさせた理由があるのだが、それを語るつもりはカムイにはない。

「なるほどね……もしかして、そういう例って珍しくないのかしら？」

「そうらしい。俺の場合は極端すぎるけど、四属性の魔法では実力を認められなくても、実は光属性魔法では才能があったなんて人、結構これまでもいたと思う。その多くが魔法の道を諦めているだろうから、もったいない話だ」

「そうね。もうひとつは？」

話を終わらせようとしていたカムイに、セレネは別の理由を説明するように促した。

「あれ？　ほかにあるって言ったか？」

「ひとつは、って言ったわ。つまり別にもあるってことでしょう？」

「……油断ならない女」

自分の失言に気付いて、カムイは反省することではなく、セレネに文句を言うことを選んだ。

「貴方には言われたくない。さあ、話しなさいよ」

「全く……もうひとつは、俺の身体的な欠陥だな。病気みたいなものだ。魔力は使えば減る。でもしばらくたてば減った魔力は元に戻るよな？」

「当たり前でしょ」

そうでなければ魔力が尽きたままで、魔法を使えなくなる。

「その当たり前のことが俺の体にはできなかった。魔力の回復力がほとんどなかったんだ。だから、俺の魔力はいつも空っぽ状態。属性どうこうがなくても魔法なんて使えなかったんだ」

「……よくそれで倒れなかったわね？　常に魔力切れってことでしょ？」

魔法を使いすぎると強烈な疲労感が体を襲い、立っていられない状態になる。ひどい場合は気絶してしまうことさえある。それが魔力を消耗し過ぎた場合に起こってしまう症状だ。

「魔力切れは誰にでも起こるものじゃない。魔力を頻繁に使うことで常に魔力の活動が必要な体になってしまい、そうなった人に起こるんだ」

「そうなの？」

このカムイの説明もセレネは初めて聞いた話だ。

「魔力量は人によってかなり差がある。魔力がほとんどない人は、常に気絶しているか？」

「……確かにそうね」

カムイの説明は真実かどうかはともかく納得のいくものだった。

「今は使えるってことは、それが治ったのね？」

「そういうこと」

「どうやって？」

「秘密」

さすがに、これ以上をカムイは話す気はない。体の話だって、かなり踏み込んで説明しているのだ。

「肝心な話になるとそれなんだから」

「かなり深く話したぞ。今度はそっちの番だ」

「何を聞きたいの？」

「お前……いや、セレネさん」

大将のせいで、カムイは呼び方を意識するようになってしまった。

「もうお前で……さすがにお前はちょっとね。セレネでいいわよ」

気にされる方もまた気になる。セレネは折衷案を提示したつもりだったが。

「じゃあ、セレ」

「なんで短くするのよ？」

「発音しやすいから。セレの国の事情は何となく分かった。ほかにも多いのか？　皇国に叛意《はんい》を持ってる辺境領は？」

セレネの文句を無視してカムイは話を先に進める。

「その聞き方だと私の国が皇国に叛意を持っているみたいじゃない。一般論として答えるわ。それでいいでしょ？」

「充分」

この前提をつけること自体が叛意を持っていることを示している。それに今更だ。セレネはすでに母国再興を願う臣下の話をしてしまっている。

「叛意とまではいかなくても不満を持っている国は多いわよ。ほとんど全てと言っていいわよね。理由の説明も必要かしら？」

「皇国の搾取《さくしゅ》だろ？」

「そうよ。辺境領のほとんどは皇国内よりも重い税金を課せられている。反乱を起こさないように力を弱めるためでしょうけど、度が過ぎているのよ。さらに最悪なのは、皇国から派遣されてくる役人の多くは私腹を肥やすために、ただでさえ重い税金にさらに上乗せしている。反乱どころか破産寸前の国も少なくないわ」

「なぜ、それが許されるんだろう？」

同じ辺境領でもカムイの実家であるノルトエンデは特別だ。役人の搾取などはない。搾取されるものもない。

「お目こぼしってやつよ。辺境への派遣は決して誇れるものじゃあないからね。そんな利権がないと、誰も辺境になんて行こうとしないわ。こっちは来てくれなくて結構なのにね」

「なるほどね。そういう理由か」

悪事を働いている役人は辺境領以外にもいる。だが辺境のそれは、あまりに有名な話なのだ。それを放置している理由がカムイにもようやく分かった。

「もう制度みたいなものよ。辺境に数年いて私腹を肥やす。ある程度貯まったら、その金で中央の役職を買って戻っていく。そういうふうにできているの」

「反乱にはならないのか？」

「……きっかけがあればすぐにも起こるわね。実際に起こっているじゃない」

辺境領の反乱など珍しい出来事ではない。起きては鎮圧され、また搾取が始まる。そしてまた反乱。この繰り返しだ。

「そうじゃなくて、纏《まと》まって立ち上がるのは難しいのか？」

「誰が中心になるのよ？　それぞれ一国の王族よ、それを纏められる人なんていないわ。そういう人は、皇国が放っておくわけがないしね」

そのために辺境領の子弟や、その臣下を学院に入学させて資質を見極めようと皇国はしているのだ。

「そうなると立ち上がっては潰されての繰り返し。いずれ辺境伯はいなくなってしまう」

「解決策はあると思う？」

カムイの指摘などセレネにも分かっている。分かっていても打つ手が見つからないのだ。

「そんな簡単に思いつくか。あえて言えば辺境に好意的な皇族を作る。その人に皇位についてもらえれば最高」

「まさか、それをクラウディア皇女に求めるの？」

「それができればいいけど、無理だろうな」

「理由は？」

「お人好しだから」

「いいじゃない。辺境に同情してくれる可能性はあるって話でしょ？」

扱いやすい人物は担ぐにはもってこいだ。そういう意味ではクラウディアは担ぐ人物としては悪くない。

「でも皇位につくには邪魔者がいる。クラウディア皇女にそれはできないだろ？　テレーザさんもそんなことをするタイプじゃないし」

辺境領にはクラウディアを皇位につける力がない。クラウディアが自分の手で皇位を摑《つか》む必要があるのだ。それができるとはカムイには思えない。

「過激なこと考えるわね。邪魔者は消せって？」

「そうじゃなければ皇位になんてつけない。弱者は目的のために手段を選んでいられないだろ？」

「……なんか私の良心が」

「別に、セレにそういう真似《まね》をしろって言ってるわけじゃない。俺だったらそういう手も考えるってこと。それに……」

カムイは不意に言葉を切って黙り込んだ。

「何？」

そんな真似をされたら余計に気になってしまう。セレネは先を促した。

「……俺の周りには、俺のために平気で手を汚そうって奴らがいる。俺だけが綺麗なままでいようなんて、そいつらに悪いだろ？」

カムイのためであればアルトたちは平気で自分の手を汚す。誓いの言葉を思い出すと、カムイは今でも胸が詰まってしまう。

「あの二人ね？」

「あの二人だけじゃない」

「そう、ほかにも仲間がいるのね？　そういえばその二人はどうしたの？　三人分奢るはずだったわよね？」

暗殺という物騒な話題が嫌でセレネは話を変えてきた。

「ルッツは最近モテモテだから。忙しいんだ」

「モテモテ？」

「東や西から盛んにお誘いが来ているみたいだな」

「……それもカムイのためね？」

東や西だけで、セレネは誰を指しているのか分かった。ルッツの目的もだ。

「俺、呼び捨てにしていいって言ったか？」

「いいじゃない。私だけくん付けなんて不公平でしょ？」

「じゃあ、許す」

「えらそうに。それで急に実力を見せたのね」

ルッツが急に実力を見せたのは、ヒルデガンドとディーフリートの気を引くため。ようやくセレネは理由が分かった。

「やっと、この話になった。元々これが聞きたかったはずだよな？」

「そうだけど、カムイの場合は聞きたいことが次から次へと出てくるから」

「それは否定できない」

「自覚はあるんだ？」

「まあな」

隠さなければならないことがカムイには沢山ある。側にいられると、その一端が覗かれてしまうこともあるとカムイには分かっている。

だから、あまり人を近づけたくないのだ。

「カムイは何をしようとしているの、って聞いても教えてくれないわよね？」

「別に話せないことじゃない」

「そうなの？」

「仲間を守ること。居場所を作ること。こんな感じだな。ただ、そのために何をすればいいのかは、分かってない。とりあえず強くなる。今はそれくらいだ」

「じゃあ、私と同じね」

「まあ、そうだな……」

行動は同じかもしれないが内容は異なる。これをわざわざセレネに言う必要はない。これも隠し事の一つだ。

「カムイのお母様ってどういう人？」

気まずそうなカムイの反応を敏感に察知して、セレネはまた話題を変えた。ただ、その結果は――。

「素晴らしい人だったな」

「きゃっ！」

また後ろから突然声を掛けられて、セレネは驚きの声を上げる。

「おや？　また驚かせたか」

「……わざとやってるだろ？」

苦笑いを浮かべながら、カムイは大将に文句を言う。

「お前だって儂がいるのに気が付いていて教えなかっただろ？」

「そういうこと？」

セレネは恨めしそうな目でカムイを睨んでいる。

「別に隠してたわけじゃない。飲み物を運んできたのが分かってただけだ。大体、後ろに立たれていて、気配に気が付かない方が悪いんだ」

「そんなこと言われても……」

「修行が足りないな」

「うるさい。……ご主人はカムイのお母様をご存じなのですか？」

大将がつぶやいた言葉の意味。それを思い出してセレネは尋ねた。

「ご主人なんて呼ばんでよい。大将と呼んでくれ。それにそんな畏《かしこ》まった話し方も面倒だ」

「はい。じゃあ、大将」

「カムイの母親のことは知ってるぞ。それはそれは綺麗な人だった」

「光の聖女の再来なんて呼ばれている人ですからね？」

カムイの母であるソフィア・ホンフリートは皇国では有名人で、ちょっと調べれば情報は簡単に手に入る。セレネもそうしていた。

「光の聖女の再来なんかではない」

「えっ？」

「聖女そのものだ。外見だけじゃない。それ以上に内面が美しい人だった」

べた褒め。大将のカムイの母親への評価は、この言葉がぴったりだ。

「そんなに親しかったのですか？」

「何度か話をしたことはあるな。ソフィア様は割とこの辺りにはよく来ていた」

「……この辺りにですか？」

光の聖女の再来という称号と、この物騒な裏町がセレネには結び付かない。

「不思議かな？　まあ、そうだな。こんな、いかがわしい場所に聖女が何度も訪れていたなんて、疑問に思うのも当然だ」

「ここに来て何を？　慈善事業とかでしょうか？」

貴族の夫人が恵まれない人たちに施しを行うことはよくある話だ。善意であったり、人気取りであったり、その動機は様々ではあるが。

「いや、何もしておらんな。施しをすることなどなく、ただ、ここに来て我らと話をしておった。

それ故に我らにとって、あの方は聖女なのだ」

「どうしてでしょう？　私にはちょっと分かりません」

ただ話をするだけだから聖女。この理屈はセレネには全く分からない。

「ふむ。では聞こう。嬢ちゃんは売春婦を目の前にして、どう接する？　毎日毎日、金のために何人もの男に抱かれる女だ」

「それは……」

自分の偏見をセレネは自覚した。仕方ないことではあるが、こうして面と向かって聞かれると、恥じる気持ちが浮かんでくる。

「かっぱらいやスリで生計を立てている餓鬼どもを目の前にして、どう接する？」

「…………」

セレネには、貧民街の住人たちの荒《すさ》んだ生活は受け入れがたい。大将の言っていることは犯罪なのだ。だからといって、それを素直に口にするのは憚《はばか》られた。

結果、大将の問いには沈黙で返すしかない。

「意地悪な質問だったな。大抵の者はよくて同情か憐み、酷ければ蔑みの目で見るだろうな。それが普通だ。だが、あの方は違った。そんな感情は一切表さず、普通の人と変わらない態度で接していた。それは常に偏見の目で見られる我らにとっては、どうにも嬉《うれ》しいことだったのだよ」

「そんなに嬉しいことなのですか？」

偏見の目に晒《さら》された経験がないセレネには、理解が難しかった。

「同情も偏見のひとつだ。相手を対等に見ていないということだからな。これは嬢ちゃんも覚えておいた方がいい」

「はい」

「あの方が見せた感情はただひとつ。怒りだけだった」

「怒り……」

「世の中への怒り。どうにもできない自分への怒り……あの方が元気で生きていてくれたなら、世の中はもう少し良くなっていたかもしれんな。これは愚痴か……」

遠くを見るような目で話す大将。最後の言葉はつぶやきに近い小さな声だった。

「ふむ。思い出したら悲しくなってしまった。この話はこれで終《しま》いにしよう」

涙に潤んだ目を隠すようにしながら、飲み物をテーブルに置いて、大将は去っていった。

大将にとって、カムイの母親がどれだけ大きな存在だったのか。この大将の態度が示している。

「……今の話、知っていたの？」

「ああ、前に聞いた。子供の俺が大将に認められたのは母上の息子だってのが大きいな」

「そう。案外、カムイも重いものを背負っているのね」

自分が国の皆の期待を背負っているのと同じように、カムイも多くの人に期待されているのかもしれない。セレネはそう思った。

「持って生まれた宿命。そう思ってる」

「宿命か……」

カムイが口にした宿命の重さは、このときのセレネには分かるはずもなかった。

3

ルッツを餌にして、情報収集を図ろうとしたカムイたちの思惑は、ほぼ失敗に終わった。

剣については人並み外れた才能を持つルッツだが、いかんせん二つの勢力の間を行き来して情報収集を図るなんて、器用な立ち回りができる性分ではなかった。熱心な勧誘にすぐに辟易《へきえき》してしまい、カムイが認めない限り、そんなことはできないと言い放ってしまう。

その間、わずか二週間。ルッツが集められた情報はないに等しい。しかも、ルッツがそんなことを言ってしまったために、話はすぐにカムイのところにやってきた。

一度話をしたい。東方伯家のヒルデガンドと西方伯家のディーフリート、双方からの使いがやってきて、これを告げる。しかも申し合わせたかのように同じ日に。断ろうとも考えたが、二人と話せる機会などこれを逃せばないだろうと思って、カムイは指定された場所に向かった。

向かったのは、学院の課外活動を行っているグループの部室がある校舎の一室。誰が名づけたものか、通称、姫百合の間。ヒルダ派が集うサロンだ。

「いつの間に、こんな物まで用意したんだ？」

その部屋の前に来て、カムイは呆れた。いくつもの部室が並ぶフロアの一角にある、その部屋の前には、東方伯家の紋章である百合を描いた小さな旗が飾られていた。自家の勢力を誇示するためとしか思えない。

それを見て、正直引き返したくなったカムイであったが、今日逃げても、また呼び出されるのは分かり切っている。覚悟を決めて、ドアを叩《たた》いた。

「入れ！」

中から聞こえてきたのは男の声。形式張った、その対応に苦笑が漏れる。

「失礼します」

扉を開けて、中に入ると部屋の中央には、大きなテーブルが置かれていた。その周りを囲む生徒たち。一番奥に見えるのがヒルデガンドだ。

「どうぞ、お掛けなさい」

「はい」

カムイが示されたのは一番入り口に近い下座。ヒルデガンドとは、随分と距離がある。

「カムイ・クロイツ殿ですね？」

「…………」

「カムイ・クロイツ殿ですよね？」

「直答しても？」

「はい？」

「いや、取り次ぎの人を通さなければいけないのかと思いまして」

「そんな気遣いは不要です。私たちは学生ですよ」

「はあ、分かりました。カムイです。はじめまして」

ヒルデガンドの左に座る生徒、マティアスがわずかに苦笑している以外、反応している者はいない。カムイの皮肉はほかの生徒には通じなかったようだ。

「はじめまして。私がヒルデガンド・イーゼンベルクです」

青い瞳を真っ直《す》ぐにカムイに向けて、にっこりと微笑《ほほえ》みながら、ヒルデガンドは名乗った。誰もが魅了される、とびっきりの笑みだ。

「知ってます」

当然、そんな笑みに心を動かすカムイではない。それが何かという態度で返事をした。

「そう……それは良かったわ」

やや、がっかりした様子を見せるヒルデガンド。向けられた笑顔が意識してのものである証明だ。

「それでお話というのはなんでしょうか？」

「少し、お話をしたくて呼びました」

「はい。その話とは？」

カムイとしては、とっとと話を終わらせて次に行きたい。そう思って、いきなり本題に入るように求めたのだが、この思いはヒルデガンドには届かなかった。

「怪我は大丈夫ですか？」

遠回りな会話のやり取り。直接的な物言いは貴族としてみっともない。そうヒルデガンドは教え込まれているのだ。

「はい。もうすっかり」

「聞きました。実家の手の者だったそうですね」

「いえ、違います」

「えっ？　私はホンフリートの謀略と報告を受けていますよ？」

こう言うヒルデガンドの視線は、また左隣のマティアスに向いた。

「ヒルデガンド様。彼は自分の実家はホンフリートではなく、クロイツ子爵家だと言っているのです」

「ああ、そういうことですか。そうですね、これは私が間違っていました。お詫《わ》びしますわ」

「いえ、お気になさらずに」

少なくとも、自分の過ちを素直に詫びる器量はあるようだ。カムイのヒルデガンドへの評価が、わずかに上がった。

「災難でしたわね。聞く限りでは自業自得もよいところです。自分たちの所業が招いたことで貴方を恨むなんて」

始祖が創立した皇国学院の中で起こった事件とあって、その調査は迅速かつ徹底したものだった。犯人はすぐに捕まり、厳しい尋問の末、ホンフリートに金を掴まされてやったことだと自供した。

動機は全くばかげたもの。カムイを勘当したことでホンフリート家は他家の多くから絶縁を言い渡された。カムイの母親であるソフィアの名声は亡くなったあとも衰えていなかったのだ。

これを知ったホンフリート家は焦ってカムイを自家に戻そうと考えたが、そのときにはとっくにカムイはクロイツ家の養子になっていた。そうなるともうホンフリート家にはどうしようもない。

ほかの貴族に絶縁を言い渡されるような家と取引をする商人などいない。放蕩《ほうとう》によって溜まっていた借財の返済を迫られ、財産を片っ端から処分する羽目になった。それでもどうにも立ち行かなくなって、いよいよ破産かというときにカムイが学院に戻ってきたことをホンフリート家の者は聞きつけた。

自家がこんな目にあっているのに、のうのうと学院に戻ってきたカムイに恨みは向かった。ただの逆恨みだ。

殺しては、自家が疑われるくらいの考えはあった。狙いはカムイが勘当に値するような人物だと周りに思わせること。カムイは立ち合いに勝つために毒を仕込むような卑劣な人物。こんな筋書きだった。

「そういう家ですから」

「ホンフリート家は断絶になります」

「そうですか」

「……いいのですか？　ひどい家とはいえ、血の繋がった祖父や伯父、いとこたちがいるのですよね？」

カムイの反応は、ヒルデガンドが望むものとは異なっていた。

「ホンフリート家を出るときに約束しました。今後一切、お互いに関わらない。血の繋がりも、そのときに絶ったつもりです」

「そう。では断絶で決まりですね？」

「当然です。始祖の創られた学院で不祥事を起こすなど、皇国の貴族として許される所業ではありません」

心にもないことを口に出すカムイ。ヒルデガンドの好みに合わせたつもりだ。

「そうですね」

こう言われると、ヒルデガンドは同意しかできない。またヒルデガンドの視線が左隣の生徒に向かった。その視線を見て、カムイはヒルデガンドが何を言いたかったのか、ようやく分かった。つまり自分が口を利けば、断絶は免れるかもしれない。こう言いたかったのだ。

さすがに実家の断絶となれば、カムイも穏やかではいられないだろうとヒルデガンドは考えていた。それを止めることで、カムイに恩を売りたかったのだろう。

貴族らしいやり方。素直にルッツを譲ってくれと頭を下げることができないのだ。こうカムイは判断した。当然、評価は下がる。

「お話はその件でしょうか？　関係ない家のこととはいえ、処分について教えていただいたことには感謝致します」

「いいえ、大したことではないわ」

「では、これで失礼致します」

「ああ、私からも話があったのだけどいいかな？」

席を立とうとしたカムイに、マティアスが声を掛けてきた。ヒルデガンドが、うまく話を切り出せないのを見かねての行動だ。

「失礼ですが？」

「マティアス・シュナイダーだ。よろしく」

笑みを浮かべて挨拶するマティアス。

「こちらこそ、よろしくお願いします。それで話とは？」

カムイも笑顔で挨拶を返した。マティアスの笑みが自然なものだったので、それに素直に応えたのだ。

「先日、君が怪我したときだ。君のところのルッツくんと手合わせをした」

「そうですか」

「見ていなかったのかな？」

「すみません。同級生がうるさくて、見ている余裕がなかったのです」

半分は本当で、半分は嘘。セレネとやり合っていたのは本当だが、そうでなくても見てはいなかった。

「そうか。じゃあ、結果は？」

「知りません」

「おいおい。部下の結果くらい聞いておきなよ？」

「そうですね。今度からはそうします」

ルッツが本気で立ち合ったときの結果であれば、この言葉を口にする必要はない。

「彼、強いね？」

「マティアスさんほどではないのでは？」

「私を知っているのかな？」

「いえ。でも、ヒルデガンドさんの強さは知っています。そのヒルデガンドさんにマティアスさんは信頼されているように見えました」

ヒルデガンドは、何度も視線をマティアスに送っていた。その様子を見ていれば、誰でも分かるくらいに。

「そうか……敬語はいいよ。君と私は実家の爵位は変わらない。年も同じはずだ」

「いえ、友人以外には、言葉遣いに気を付けるようにしています。気にする方もいますので」

「私は気にしないけど」

「そう簡単に切り替えはできませんので、お気になさらずに」

カムイは全くマティアスに取り付く島を与えない。個人的には親しくなれそうだとは思っているのだが、マティアスがヒルデガンドの最も信頼する側近であることは明らか。あまり馴《な》れ合ってはろくな結果にならないとの判断だ。

「じゃあ、仕方がないか。それでルッツくんだけど、一応は私が勝った」

「やはり、強いのですね？」

「少しの差だ。一手間違えれば私が負けていたと思うな」

「そうですか。そう言ってもらえるとルッツも喜びますね」

勝敗は紙一重とマティアスに思わせた。駆け引きには不器用なルッツも、剣に関しては別だ。

「そのルッツくんの話だ」

「ルッツが何か？」

「聞いていないかな？　ヒルデガンド様に仕えてもらえないかと誘っている」

「ルッツは私の臣下ですが？」

　この話になることは分かっていたが、表面上はカムイは驚いた顔を見せている。

「ああ、それは悪いと思っている。だから今日こうして話をしている。君の許しをもらえないかと思ってね」

「なぜ、ルッツを求めるのか、理由を聞いてもよろしいですか？」

　問いを発したカムイの視線はヒルデガンドに向いている。

「東方伯家の者として、優れた者を求めるのは当然の行動です」

　ほぼ予想通りの答え。何ら心に響くことのない答えだ。

「そうですか。でも無理ですね。ルッツは私の部下でもありますけど、その前に友人です。私に話をしてきたということは、ルッツは断ったのですよね？　私は友人の意思を尊重したいと思います」

「でも友人であれば、なおさら、相手の将来を考えるべきではなくて？」

　ヒルデガンドの言葉に、マティアスが苦い顔をしている。良い答えではないと思ったのであろう。実際に最初の答えの時点で、カムイはヒルデガンドへの評価を決めてしまっている。当然、最低の評価だ。

「どういう意味でしょうか？」

「私に仕えるということは、東方伯家に仕えるということです。彼にとっては栄転だと思いますよ」

　これもまた予想していた通りの答えではあったが、はっきりと口にされると気分の良いものではない。クロイツ子爵家よりもイーゼンベルク東方伯家の方が上、こう言われているのだから。

「ヒルデガンドさんは、東方伯家を継がれるのですか？」

　内心の苛立《いらだ》ちを抑えきれずにカムイは言わなくてもよい台詞を口にしてしまう。

「……いえ、実家は弟が継ぎます」

　カムイの問いにヒルデガンドの表情が曇る。自分の誤りに気が付いたのだ。

「では、ルッツは東方伯家に仕えることにはなりませんね？　仕える家がないという状況を栄転と呼べるのでしょうか？」

「貴様！　ヒルデガンド様に対して無礼だぞ！」

　右隣の男子生徒がいきなり怒鳴りつけてきた。声からして部屋に入るときにも怒鳴った生徒だと分かった。

　憎々しげにカムイを睨みつけている男子生徒はかなり大柄で、短く刈った髪、太い眉、精悍《せいかん》な顔つきは威圧感で溢《あふ》れているのだが、カムイがそれで怯《ひる》むはずがなく、仲良くできそうもないタイプだなとぼんやりと考えているだけだ。

「これは失礼しました。ヒルデガンド様、ご無礼をお許しください」

ただ表向きは殊勝な顔をして謝罪の言葉を口にする。

またマティアスが苦笑いしている。わざわざ様付けしたことに気が付いたのだろう。

「いえ、かまいません。……すぐに結論とは言いません。少し考えてみてください」

自分の質問には答えていない。こう思ったが、もう話をすることにカムイは辟易している。

「分かりました。お言葉は胸に留《とど》めておきます。では、今度こそ失礼してよろしいですか？」

「ええ。こちらの話は以上です」

「では」

席を立って出口に向かう。部屋を出るところで振り返って一礼したが、カムイに目を向けている者は、マティアスだけだった。

マティアスが軽く頭を下げているのを見て、カムイもまた、もう一度、マティアスだけに頭を下げて、部屋を出た――。


（……疲れるな。まあでも大体分かった。良くも悪くも貴族とは、こうあるべきって感じだな。そして警戒すべきはマティアスって人か。もったいない。どう見てもあの人の方が人の上に立つ器量だと思うけどな。さて、次か）

ヒルデガンドが終わっても、まだディーフリート・オッペンハイムが残っている。かなり憂鬱《ゆううつ》な気持ちになりながらも、ディーフリートの待つ部屋に向かった。

カムイにとっては残念だが目的の場所はすぐ近くだ。ディーフリートの待つ部屋は、同じフロアの反対側にある。ほんの数分でカムイはそこにたどり着いた。気持ちを切り替える時間もない。

「またか」

案の定、その部屋の前にも西方伯家の紋章旗が飾られていた。東方伯家が赤地に百合と剣を描いたものであれば、こちらは青地に鷹《たか》と剣。なんとも言えない気分になった。

気を取り直して扉を叩く。すぐに扉が開いて、中にいた生徒が問いかけてきた。

「どなたですか？」

「カムイ・クロイツです」

「お待ちしておりました。中にお入りください」

同じ方伯家でも応対の仕方が違うんだな。こんなことを思いながら、カムイは部屋の中に入る。

「ディーフリート様、カムイ・クロイツ殿がいらっしゃいました」

「ああ、席に案内して」

「はっ。どうぞ、奥へ」

促されるままに奥に入ると、突き当たりに大きな机、その前に向かい合った形でソファが置かれていた。

「どうぞ。ソファに掛けてくれ」

机の椅子に座っていた男子生徒が声を掛けてくる。名を聞くまでもない、ディーフリートだ。

そのまま、ディーフリートは席を立って、カムイの正面に座った。

やや伸ばし過ぎに思える金色の前髪を手で払い、碧眼《へきがん》を真っ直ぐにカムイに向けてくる。

「こうして向かい合うのは初めてだね。僕はディーフリート・オッペンハイム。わざわざ来てもらってすまない」

向けられた笑みは親しみを感じさせる。

「いえ。カムイ・クロイツです」

同じ美形の笑みでも印象が随分と違うものだ。こんなくだらないことを考えながら、カムイも挨拶を返す。

同席する者は誰もいない。それとなく辺りを窺うと、ほかの生徒は皆、壁沿いに置かれた机に座って何かをしている。

「ああ、彼らのことは気にしないでくれ。彼らは自分の勉強で忙しいんだ」

カムイの視線に気付いて、ディーフリートが説明をしてきた。

「そうですか」

「君も忙しいだろうから、早速話に入った方がいいね?」

「できれば」

カムイの事情を気にする言葉。ディーフリートへの評価がまた少し上がった。

「本人から聞いていると思うが、君のところのルッツくんに僕の下に来てくれないかと誘っている」

「はい。でも、ルッツは私の臣下ですが？」

ヒルデガンドに向けたのと同じ台詞を返す。

「すまない。本来はまず君に話を通すべきだったのだが、こちらも少し焦ってしまってね。ヒルデガンドも誘っていることは？」

「知っています。それに今、そのヒルデガンドさんと話をしてきたところです」

「あっ、しまった。また先を越されたか……」

カムイの話を聞いて、ディーフリートが顔をしかめる。大貴族の子弟とは思えないような気さくな雰囲気を、カムイはディーフリートから感じている。

「すみません。あちらの方から先に連絡が来ましたので」

「そうか……話の内容を聞いてもいいかな？」

「ディーフリートさんと同じです。ルッツを譲れと言われました」

「だろうね。それで結果は？」

かなり気になっているのだろう。少しディーフリートの体が前のめりになった。

「お断りしました。あちらは諦めていないようですが」

「そうか。それは喜ぶべきだろうけど、僕が同じお願いをしても結果は同じかな？」

ホッとした表情はわずかの間だった。すぐに表情を引き締めて、ディーフリートはカムイに問いかけてきた。

「お聞きしてもいいですか？」

「どうぞ」

返事は決まっているのだが、カムイはヒルデガンドにした質問をディーフリートにも行うつもりでいる。為人《ひととなり》を知るためだ。

「なぜ、ルッツを求めるのですか？」

「ああ、そうだね。まずは、それを説明するべきだった。君は学院で行われる競技会を知ってるかい？」

「競技会ですか？」

全く予想と違う話の内容に、少し戸惑うカムイ。

「知らないのか。学院では年に一回、競技会が行われる。もっとも参加は二年生からだ」

「はあ」

「競技会というのは、要はどのグループが一番強いかを競う剣技大会だ。一チーム五人で、トーナメント方式で行われる」

カムイは知らなかったが、競技会は、その世代の最強チームを決める大会。学院内のイベントとはいえ、武を誇る皇国では学外からの注目度も高い。

「そのチームにルッツをですか？」

「そう。僕が西方伯の息子であることは知ってるよね？」

「もちろん」

「なかなか面倒なんだ。大貴族の息子というのもね。その大会で良い成績を残せるかどうかは、家の面子《めんつ》に関わってくる」

出場チームは、有力貴族家の看板を背負う形になることが多い。そうなると、その勝敗は、実家にまで関わってしまうのだ。

「はあ、そうですね」

気のない返事で答えるカムイ。全く興味のない内容だ。

「呆れられたかな？　一応言い訳させてもらうけど、ただ家のためってだけじゃない。家の名誉を高めれば、その分、僕の実家での発言力も増す。……言い訳になっていないか。これじゃあ、ただの自分の欲のためみたいだね？」

「そうですね」

「……割と、はっきり言うんだね？」

カムイの返事にディーフリートは苦笑いを浮かべている。

「あっ、すみません」

「いや、いいよ。事実だから。でも、今度は本当に言い訳させてもらおう。西方伯家は皇国の中でも、それなりの発言力を持っている」

「はい……」

それなりどころではない。皇国において、西方伯家を含む四方伯家の影響力は他家とは桁違いに大きい。皇帝でさえ、四方伯家を全く無視しては物事を進められないくらいだ。

「実家での発言力が強まるということは、皇国での発言力も強まるということだ。まあ、先の話だけどね。それでも将来のためにできることはしておきたい」

「発言力を強めてどうするのですか？」

言い訳をすると言いながらもディーフリートはなかなか話を進めない。それに焦《じ》れたカムイは、やや突っ込んだ質問をしてみた。

「……君は今の皇国をどう思う？」

返ってきた言葉は、想像以上のもの。ディーフリートもかなり踏み込んできたようだ。

「私はまだ学生です」

うかつに答えられる質問ではない。とりあえずはカムイは、はぐらかしてみせた。

「……そうだね。君の立場で答えられる質問じゃあなかった。僕が話そう。僕は今の皇国は良くない方向に進んでいると思っている」

「良いのですか？　そんな話をして」

かなり興味深い発言だが、その内心をカムイは表に出さないように表情を作っている。驚きと怯《おび》えが混じったような表情だ。

「事実だ。それにどうやら君は本心を隠していては何も応えてくれない人のようだ。君を知るには、まず自分を曝《さら》け出す必要があるだろ？」

正しくは、カムイは相手に曝け出されても自分は晒さない人だ。

「そんなことは……」

それでも自分の内心を見透かされたような気がして、カムイはディーフリートへの警戒心を強めた。ただ表情は変わらず、内心とは異なるものだ。

「続けよう。僕はそんな皇国をなんとかできないかと考えている。そのためには、僕という存在を実家だけでなく、皇国に認めさせる必要があるんだ。具体的に何をするかは話せない。そもそもまだ、どうすればいいか悩んでいる状況だからね。とりあえず競技会で勝つことは、そのための一つの手段だ」

「そうですか。おおよその理由は分かりました」

将来のために、少しでも力を手に入れる。カムイたちと同じことをディーフリートは行おうとしている。

「分かってもらえて嬉しいよ」

「でも、ディーフリートさんのところには、既にそれなりの方々が揃《そろ》っているのではないですか？」

東方伯家のヒルデガンドがいるのは分かっているのだから、西方伯家は対抗するために、それなりの人材をディーフリートに付けているはずだ。

「ああ、信頼できる者たちはいる。だが、競技会に勝つとなれば今の仲間では無理だ」

「ヒルデガンドさんのところには勝てませんか？」

「ヒルデガンドとオスカー。両方だよ。この二人に僕は勝てない」

「団体戦ですよね？」

ディーフリートが勝てなくてもほかが勝てればいいのだ。

「二番目、三番目も勝てないんだ。ヒルデガンドのところにはマティアスとランクの二人がいる。残念ながら、この二人にも僕の陣営で勝てる者はいない。残り二人が勝っても、二対三でこちらの負けだ。そしてオスカーのところは、オスカー以外には突出した者はいないが全体的に強い。全員、騎士の家系だからね。こちらは勝てても二人。やはり負けだ」

「組み合わせを考えればよいのでは？」

わざわざ勝てない組み合わせで正面から戦う必要はない。お互いの力量を比べて勝てる組み合わせを考えればよいのだ。

カムイは、こう考えたのだが。

「実際の戦争だったらそうする。でも、競技会は名誉を懸けた戦いだからね。組み合わせの順番は、先鋒《せんぽう》から強い者順というのが約束事なんだ」

「……面白みのない大会ですね。最初から結果が分かってる」

学院の生徒の実力は授業の中でおおよそ分かる。組み合わせの工夫もできないのであれば、番狂わせが起こる可能性は限りなく低い。

「僕もそう思うよ。でも仕方がない」

貴族であるための約束事。ディーフリートもヒルデガンドも、縛られているという点では同じだと、カムイは思った。

「少なくとも一年は先の話ですよね？　これからまだほかの人も強くなるでしょう？」

「その分、向こうも強くなる。実際に今の戦力で満足せずにルッツくんを勧誘しているだろ？」

「戦力の奪い合いですか……。たかが競技会で、なんて言ったら怒られますよね？」

学校の行事にムキになる気持ちがカムイには分からない。

「怒りはしないけど、僕にとっては大事だ」

「そうですか。少なくともルッツがヒルデガンドさん、それにオスカーさんのところに行くことはないです。それで満足してもらえませんか？」

「残念ながら。現状維持で困るのは僕のところだからね」

一番実力で劣るディーフリートのところが、どこよりも新戦力を求めているのは当然だ。カムイにも分かっているが、求めに応じるわけにはいかない。

「しかし、困るのはこちらの方なのです」

「まあ、大切な臣下だからね」

「それもありますが、ディーフリートさんのところにルッツが行けば、ヒルデガンドさんに睨まれます。それは逆でも同じですよね？　方伯家に睨まれるような事態をこちらが望むわけがありません」

「……それについては僕がなんとかする」

ディーフリートの表情が歪んだ。カムイの懸念はディーフリートの頭の中にはなかった。

「それはディーフリートさんに実家ごと賭けろということです。父は決して受け入れないでしょう。辺境伯領が皇国内での中立を望むことはご存じですよね？　中立という表現は正しくありませんね。辺境領はあくまでも皇帝陛下の直下にあります。そういう領地なのですから」

辺境領主が、どこかの貴族家の従属貴族になることはない。辺境領とは皇帝直轄地とほぼ同等の扱いなのだ。貴族家の者が送られてきても、それはあくまでも皇国の役人としての立場であって、必ず一定の任期が過ぎると入れ替わることになっている。

特定の貴族家が辺境領に影響力を持つには、婚姻という手段しかない。それ故にセレネのような状況は狙われることになるのだ。

「……そうだね」

「正直、今の状況も困っています。どちらにも付かなくても良い印象は持たれないでしょうからね」

「僕の方は大丈夫。根に持つことは決してしないと約束しよう」

これはディーフリートがルッツの勧誘を諦めたことを意味する。とりあえず片方が片付いたことで、カムイは内心ほっとした。

「お願いします」

「でも一つだけお願いがある」

「……何でしょうか？」

安堵《あんど》の気持ちは一気に吹き飛び、強い警戒の思いが心の中に広がっていく。

「これっきり付き合いをやめるというのはなしにしてもらえないか？」

「どういう意味でしょう？」

ディーフリートの問いの意味が分からなくて、カムイは怪訝《けげん》そうな顔で問い返した。

「実は僕は君にも興味を持っていたんだ」

「……私ですか？」

どこで失敗したのか。頭の中でカムイは考えている。この答えは、すぐにディーフリートが教えてくれた。

「君が怪我をしたときの行動さ。君は周りが思っているような人物じゃないよね？」

「何かしましたか？」

「あんな状況で、よくあの行動が取れたなと思って。ルッツくんともう一人。たしかアルトくんだったね？　二人の初動もすばやかったけど、ほとんどは君の指示だよね？　剣に毒が塗られていることが分かって、すぐに君は暗殺を考えた。だから信頼できる者以外を近づけようとしなかったんだよね？」

「たまたまです」

周りを気にする余裕はなかったとはいえ、それで目を付ける者が出たという事実にカムイは内心では大いに反省している。それでも表面上は、そんな気持ちを見せることなく、惚《とぼ》けてみせた。

ディーフリート相手では恐らく無駄だと分かっていても。

「それにそのあとの治療。どうして君は、毒に対する治療法なんて知っていたのかな？」

「それもたまたまです」

「そしてなによりも今日話して確信した。君は頭が切れる。その上、僕が皇国の批判をしても顔色ひとつ変えなかった。いや表情は違ったけど瞳の強さは変わらなかったが正しいね。噂《うわさ》の君と今、僕の目の前にいる君は別人に思える」

怯えた表情を見せたつもりがディーフリートには通用していなかった。カムイも途中からなんとなく感じてはいたが。

「頭が切れるのはそちらの方でしょう？　そうやって、私を煽《おだ》ててどうしようというのですか？」

それでもカムイは演技を続ける。相手に見透かされてもそれを認めなければ、それは相手の想像でしかない。

「……これでも駄目か。やっぱり君の本当の姿を知るには時間が必要なようだ。だから、その時間を僕にもらえないかな？　君の正体を暴《あば》く時間じゃない。君に僕を知ってもらう時間だ」

「……ディーフリートさんは随分と人たらしですね？　なかなかに上手い表現です」

今日初めてカムイは本当の意味で動揺した。真摯《しんし》な表情で語るディーフリートの言葉に心が揺れたことを知って。

「それは褒められているのかな？」

「ええ、褒めてますよ。さて随分と買い被《かぶ》られているようですが、よいでしょう。別にこちらから避けるような真似はしません。私のことを知れば失望することは分かっていますから」

「そうは思えないけど、今はその約束をもらえただけで満足するべきだね。じゃあ、これからもよろしく頼むよ」

「できる範囲で」

拒否しなかっただけで、親しくなることを認めたつもりは、カムイにはない。

「……本当に慎重だね」

「そういう性格なのです。ではこれで失礼しても？」

「ああ、時間を取らせてすまなかった」

席を立ち、扉に向かうカムイ。カムイが手をかけるまでもなく、近くにいた生徒が扉を開けてくれた。

振り返って一礼しようとすると、ディーフリートが軽く手を振っている。それに苦笑いで応えて、カムイは部屋を出た。

「これはまた、とんでもないのがいたな」

部屋を出て思わずカムイの口からつぶやきがこぼれた。

ディーフリートの印象は正に人の上に立つべき者。西方伯家でさえ、ディーフリートには相応《ふさわ》しくないと思えた。

それ以上となれば……ディーフリートは、そうなる可能性を持っているのだ。最大の危険人物になるかもしれない、その人になぜかカムイは危機感よりも安心感を持った。

第三章

―遠ざかる気持ち、近づく気持ち―

1

「クラウディアさんって、兄弟とか姉妹っているのか？」

放課後の教室で、珍しくカムイが自分からクラウディアに話しかけている。当然、企《たくら》みがあってのことだ。

「あっ、はい。います」

これまでになかった状況に驚きながらも、クラウディアはカムイに答えた。

「上？　それとも下？　クラウディアさんはお姉さんって感じじゃないから上かな？」

クラウディアに兄弟姉妹がいることを、カムイはとっくに知っている。

「上に姉がいます」

クラウディアは姉の存在だけを認めた。これではカムイは困ってしまう。

「へえ、そうなんだ。お姉さんだけ？」

さりげなくほかの兄弟の存在を探ってみる。

「そうです」

ここでカムイの思惑は外れた。クラウディアが姉一人と言ったのは同腹の姉だけを指しているのだろう。こう答えられては継承権の第一位である皇子の話は聞けない。

だからといって話をやめるのも不自然だ。皇子の対抗馬かもしれない姉の話を聞くことにした。

「どんなお姉さん？」

「どうして、そんなことを聞くのですか？」

姉について尋ねてくるカムイに、警戒心が湧いたクラウディア。探るような上目遣いで問いを返してきた。

「俺、一人っ子だから……」

やや俯《うつむ》き加減で話すカムイ。このお粗末な演技にクラウディアは、あっさりと警戒心を解いてしまった。

「……優しいかな？」

ただ、カムイの質問への答えは実にありきたりの内容だ。これだけでは、為人《ひととなり》など何も分からない。

「それはクラウディアさんに対して？　それとも誰にでも優しいのか？」

「姉は皆に優しいですよ」

「それは良かった」

優しい心を持っているのは高評価だ。その優しさが、辺境領や他種族にも及んでくれれば最高だ。

「良かった？」

カムイの返事の微妙な不自然さに気付いて、クラウディアは怪訝《けげん》そうな顔をしている。

「良かったよね？　優しいお姉さんで」

すぐにカムイはクラウディアの疑念を解きにかかる。

「うん」

「でも男の兄弟がいないとなるとお姉さんが家を継ぐのか」

「そうなればいいけど……」

「おっ？」

思わず驚きの声がカムイの口から飛び出す。クラウディアは、実にあっさりとカムイの望む答えを与えてくれた。しかも答えは「そうだよ」ではなく「そうなればいい」だ。つまり、クラウディアは姉が跡を継ぐことを望んでいる。

「何？」

「なんでもない。お姉さんて幾つ？」

「……姉上のことばっかり」

クラウディアは頬を膨らませて、あからさまに不満を見せている。

「えっ？」

その表情にカムイは戸惑う。カムイにはクラウディアを怒らせるようなことを口にした覚えがない。

「どうして私のことは何も聞かないのに、姉のことは熱心に聞くのですか？」

珍しくカムイが自分に話しかけてくれたことを嬉《うれ》しく思っていたクラウディアだが、カムイの興味が自分の姉ばかりに向いているので、少し不機嫌になっていた。

「クラウディアさんて幾つ？」

「……カムイさんと同い年です」

「そっか。じゃあ、お姉さんは？」

「……三つ上です」

クラウディアの気持ちを全く斟酌《しんしゃく》しないカムイであった。

「じゃあ、もう、とっくに卒業したのか」

「いえ、姉上は学院には通っていません」

皇族が学院で学ぶことは滅多にない。城には学院と同等かそれ以上の教育環境が用意されている。わざわざ学院で学ぶ必要はない。特定の貴族家と親しくなることは望ましくないという理由もある。

「そう。一緒に暮らしているのかな？」

「ええ、でもあまり会う機会はありません」

「一緒に暮らしているのに？」

「それは……」

皇族とはそういうものなのか、何か事情があるのか、この反応だけでは分からない。さらに問いを重ねようとしたカムイだったが。

「クラウディア様、帰りましょう」

割り込んできたのはテレーザだ。相変わらずカムイを睨《にら》みつけるように見ている。

「でも……」

「こんな男と話していてはいけません。悪い噂《うわさ》でも立ったらどうするのですか？」

「俺は何者だ？」

相変わらずの散々な言いように、カムイが文句を言う。

「クラウディア様にまとわりつく虫だ」

だが、さらに酷《ひど》い言葉になって返ってきた。

「……酷い。酷いよね？　クラウディアさん」

「あっ、えっと、そうですね。テレーザ、今のはカムイさんに失礼だと思うわ」

「すみません……」

うるさく吠《ほ》える犬を黙らせるには、飼い主に任せるべきだ。カムイの考えは正しかった。

「そういえば、テレーザさんはどこに住んでるんだ？」

ふと思いついてカムイはテレーザにも問いを向けてみた。

「なぜ、私がそれに答えなくてはならない？」

「じゃあ、いい」

「おい！」

テレーザも、全くの馬鹿ではないことは確かめられた。

「クラウディアさんは？」

「えっと……実家です。カムイさんは？」

「ん？」

「カムイさんはどこに住んでいるのですか？」

一方的に聞かれるがままだったクラウディアが質問を返してきた。

「俺は孤児院」

「えっ？」

「俺たち、孤児院の出身だから。今もそこでお世話になってる。ちゃんと寄付はしてるし奉仕活動もしてるからな」

無償で便宜を図ってもらっているわけではないと言いたかっただけなのだが、カムイが思いもよらない点にクラウディアが興味を持ってしまった。

「奉仕活動というのは何をしているのですか？」

「孤児たちに勉強を教えている」

「意外……」

カムイの返事も、クラウディアが思いもよらない内容だった。

「どういう意味？」

「いえ、カムイさん、勉強はあまり好きじゃないのかと思っていました」

「へっ？　結構好きな方だけど」

「でも、あまり熱心に授業を聞いているようには……」

クラウディアの席はカムイのすぐ後ろだ。クラウディアが見る限り、カムイはいつも先生の授業をろくに聞かずに、別の何かをしている。

「教科書を読むだけの授業なんて聞いていても仕方ないだろ？　それに教科書なら俺ずっと先まで、進んでるし」

「嘘《うそ》？」

「本当」

実際にカムイは、かなりの速度で勉強を先に進めようとしている。皇都にいられるのは、中等部を卒業するまでの間だけ。こう考えているカムイは中等部の授業などとっとと終わらせて、別の勉強をしたいのだ。

皇国学院には、皇立図書館に次ぐ蔵書数を誇る図書館がある。勉強するには絶好の環境であるこの場所で、少しでも多くのことを学ぼうとカムイは考えていた。

「当然、分からない部分はあるけどな。その部分はチェックしてあって、そのときは、ちゃんと授業を聞くことにしてる」

「そうなんですか……。あの、それ以外のときは何を？」

怠け者だと思っていたカムイが、自分よりも遥《はる》かに勉強熱心だった。この事実はクラウディアのカムイ評を大きく変えた。

「勉強を教える準備。引き受けたはいいけど結構大変なんだ。学校が終わって、ほぼ毎日だからな」

「もしかして、今日もですか？」

「ああ、戻ったら授業が待っている」

「……私も行ってもいいですか？」

「はい？」

「クラウディア様！」

カムイとテレーザが同時に声をあげた。初めて二人の考えが一致した瞬間かもしれない。

「奉仕活動というものに私も興味があります。それに孤児院がどういうところかも知りたいのです」

「そうだね。僕も興味あるよ。よし、僕も一緒に行こう」

不意に割り込んできた声。この声のせいで、カムイは断るタイミングを失した。

その声の主が誰か気が付いて、周囲にざわめきが広がった。学院の有名人の登場だ。

「ディーフリートさん……冗談ですよね？」

「本気」

「孤児院ですよ？」

「貴族の一員として、そういう場を知っておくことは必要だよ。それに、うちも皇都の孤児院には寄付をしているはずだ。寄付金が適切に運用されているか確かめる必要もあるね」

こじつけであることは見え見え。ディーフリートは、ただ単にカムイに付いて行きたいだけだ。

「何も今日じゃなくてもよいのでは？」

「いや、今日は時間が空いているんだ。なぜ、空いているかは言うまでもないよね？」

カムイと話をするために決まっている。

「じゃあ、行こうか。クラウディアさんも行きますよね？」

「はい、行きます」

心底、嫌そうな顔をしているカムイを無視して、ディーフリートは話を先に進めてしまう。結局、これに押し切られて、カムイはディーフリートたちを孤児院に連れて行くことになった。

2

クラウディアが行くとなれば、当然テレーザも一緒。三人を引き連れてカムイは孤児院に向かっている。

学院が城に近い安全な場所にあるのに比べて、孤児院は治安があまり良くない地域にある。それなりに距離があって、学院から孤児院までは普通に歩くと半刻近くかかる。

その半刻を短縮するために、カムイはいつもの道を進んでいる。

「おい、お前？　本当に孤児院に向かってるんだろうな!?」

前を歩くカムイに、テレーザが大声で文句を言っている。

「当たり前だろ？　皇都には俺が帰る家は孤児院しかない」

カムイが選んだ道は孤児院への近道だが、当然それは裏通りということになる。学院の近くは問題なかったが、離れるにつれて徐々に辺りの様子は怪しげなものに変わっていた。

「クラウディアさん、大丈夫ですか？」

「う、うん」

不安そうなクラウディアに、ディーフリートが声を掛けている。

「大丈夫に決まってるだろ？　俺は毎日この道を通ってるんだから」

先を歩いているカムイが、それに文句を言ってきた。

「危険じゃないのかい？」

「貧民街じゃあるまいし、命まで取られることはない。……あっ」

話しかけてきたのがディーフリートだと意識することなく、カムイは普段通りの言葉づかいで答えてしまっていた。

「いいよ。それが君の普段の口調だよね」

「気を付けます。別にこの辺は問題ありません。まあ、知らない人が一人で歩くにはあんまりですけどね」

「ほら見ろ！　危険じゃないか！」

カムイの言葉を捉えて、また、テレーザが文句を言ってきた。

「テレーザさん、いちいちうるさい。一人で歩くにはって言っただろ？　今、何人で歩いている？」

「三人と一匹だ」

一匹がカムイであることなど聞くまでもない。こういう場面では、やたらとテレーザは頭が回る。

「ほう。別に置いて行っても俺は構わないんだぞ？」

「別にお前なんかいなくても問題ない」

「じゃあ、そうする。まあ、ディーフリートさんがいるから大丈夫だな」

カムイは、あっさりとテレーザの言う通りに離れることを決めた。いい加減、相手にするのが面倒になってきたところだ。

「ああ、お前なんかよりは万倍頼りになるな」

「じゃあ、俺は先に行ってるからあとからどうぞ。孤児院への道はこれを真っ直ぐ行くと、正面に建物がある。中を通るのは一見《いちげん》では無理だから、建物の横の路地を抜けろ。細い路地だから気を付けるように。まだ明るいから大丈夫だろうけど、上への警戒は忘れないこと。そこを抜けたら右。少し歩くと左に茶色い建物があるから、そこが孤児院の裏口だ。間違ってもほかの路地には入らないように。あっ、来た道を戻って大通りから行くって選択肢もあるからな。俺としてはそっちをお勧めする。じゃあ」

ここまでを一気に言い終えると、カムイは一人で先に進もうとする。

「なあ、カムイくん」

そのカムイの背中にディーフリートが声を掛けた。

「何ですか？」

「本当に安全なのかい？」

大丈夫と言っていた割にカムイの説明の中には注意点が多すぎる。その注意に従わなかったときにどうなってしまうのかと不安に思うくらいに。

「さあ？　俺は大丈夫ですけど、皆さんはどうでしょうか？　そこまでは俺には分かりません」

「やっぱり」

「一応、言っておきますけど、俺に敵意を向けたのはテレーザさんの方ですからね？　何かあっても、責任は問わないでください。では後ほど」

こう言って、今度こそカムイは先に進んでいく。三人のことは忘れたかのように、真っ直ぐに前を向いたままで。

そのカムイが一度だけディーフリートたちに視線を向けた。どこからかカムイに近づいてきた男と二言三言、話をしたあと、カムイは三人の方をチラリと見て首を振ってみせる。

すぐに男は離れていき、カムイも先に進んでいった。その足元をいつの間にか現れた黒猫が、まとわりつくように駆けているのだが、それをディーフリートたちが気にすることはなかった。

「……戻ろうか？」

カムイの背中が遠くなったところで、ディーフリートは引き返すことを提案した。

「どうして？　道はあいつに教わっていますよ」

テレーザがその提案に異議を唱える。

「多分、僕たちだけじゃあ、無事に進めないよ。すでに周りの様子も怪しくなってきているしね」

ここまで人影をほとんど見ることがなかったが、カムイが離れた途端に、あちこちから人の視線が感じられるようになっている。決して好意的とは思えない視線だ。

「あいつ！」

ディーフリートに言われて、テレーザも気付いたようだ。

「怒る前に自分の行動を反省したらどうかな？」

「えっ、私？」

ディーフリートの口調が厳しいものに変わっている。温厚なディーフリートも、さすがにテレーザのあまりの無神経ぶりに腹が立っているのだ。

せっかくカムイに近づける機会だったのに、テレーザはそれを台無しにしたかもしれない。自分も置いて行かれたという事実に、ディーフリートは不安を感じていた。

「君は自ら彼を敵に回した。その結果がこれだ」

「敵って……」

「そういうことだよね？　だから彼は僕たちを守ることをやめたんだ。こんなことも分からないのかい？」

「いえ、それは……」

カムイが去っていったきっかけが自分にあることは、さすがにテレーザも分かっている。

「君の行動はクラウディアさんにも迷惑をかけている」

「しかし、あいつはクラウディア様に対して、いつも無礼な態度を取っています！」

テレーザはカムイに対する不満を口にする。ディーフリートが求めているのは反省。言い訳でしかないこの台詞はディーフリートを怒らすだけだと分からないようだ。

「皇国の皇女に対しての無礼は許されないと？」

「はい!?」

「えっ!?」

ディーフリートの言葉に、テレーザとクラウディアの二人は驚きの声をあげる。それを見たディーフリートの表情は怒りから呆《あき》れに変わった。

「クラウディア様、貴女《あなた》の素性はとっくに知られております。私だけではなく、恐らくカムイくんも知っているでしょう。僕は貴女のクラスの生徒がそれを話していたことを知っていますから。さて、皇女であることを知っていて、彼があいう態度を取るのはなぜだと思われますか？」

「……私のためですね。私が素性を隠そうとしているから」

誤解である。クラウディアの素性をばらしたのはカムイだ。クラウディアのために気を遣ったのではなく、気を遣うのが面倒だから素性を隠しているのを利用したにすぎない。

「そんな彼に対して、やたらと無礼だと騒ぎ立てるテレーザさんを見て、周りの生徒はどう思っているでしょうか？　辺境領主の子弟の分際で、このようにクラウディア様が考えていると見る者もいないとは限りません」

「そんなことは……」

クラウディアにはそんな思いはない。ディーフリートの話を聞いてクラウディアはかなり落ち込んだ様子を見せている。

「側近の行動はその主《あるじ》の意思です。それをお忘れなきよう。テレーザさんも」

「はい」

「申し訳ありません」

周囲の反感を買うような状況は、クラウディアの目的と正反対の状況だ。二人ともディーフリートの説教に、素直に謝罪を口にした。

「さて、本当に戻りましょう。彼の言葉を信じれば命の危険はないでしょうが、逆に言えば、それ以外の危険はいくらでもあるということですからね」

「……はい」

ディーフリートはクラウディアたちを前にして来た道を戻ることにした。後ろから襲われることを考えての用心だと、二人には説明している。

だが実際のところ、ディーフリートはそれほど心配していない。自分たちを襲うような真似をすれば、相手の方も大変な目に合う。カムイはそれを望まないはずだ。

自分たちのためではなく、ここの住人たちのために。自分はカムイにとって、ここの住人たちよりも下に位置する。少しショックを感じると共に、ディーフリートはなぜだか楽しくもあった。

3

大通りに戻って、孤児院に向かうこととなったディーフリートたち。結局、学院を出てから半刻以上をかけて孤児院にたどり着いた。

この時間、孤児院の入り口は広く開かれている。ディーフリートたちは特に断りを入れることなく建物の中に入った。

思っていたよりも大きな建物。だが孤児の姿はどこにも見えない。通りかかった司祭に話を聞くと、孤児たちのほとんどは集会室で勉強の最中だと教えてくれた。

それはカムイが行っている授業に違いない。集会室の場所を聞いて、その場所に向かった。

そっと扉を開けてみると、多くの子供たちが並んで座っていた。正面に立っているのは、カムイだけではなかった。学院の制服を来た女生徒が、子供たちの近くで何か話をしている。

「セレネさん？」

同級生であるクラウディアは、その女生徒が誰だか、すぐに分かった。

「知り合いですか？」

「はい。同じクラスの生徒で、セレネさんです」

「そうですか。こんなところにいて授業を手伝っているとなるとカムイくんの友人でしょうか？」

「同じグループです」

「そういう繋《つな》がりですか。それだけの関係で孤児院に呼ぶのかな……？」

最後の言葉は、クラウディアに問いかけるというよりは、自分自身に問いかけている。カムイは他人を容易に受け入れるタイプではない。ディーフリートはこう感じている。

「はい。今日はこれで終わり。ちゃんと復習しておけよ！」

カムイが授業の終わりを告げている。

「おお、きっちり殺《や》っておくぜ！」

「その復讐《ふくしゅう》じゃない。冗談にしてもいまいちだし。忘れ物するなよ！　物を置いたままだと司教様に怒られるからな！」

「「はーい！」」

カムイの声に元気に返事をする子供たち。

「これはまた……」

カムイがちゃんと先生をしていることに、ディーフリートは少し驚いた。意外な一面を見せるカムイに、ディーフリートの興味は一層強まることになる。

「おネエちゃん、さよなら！　まった・きって・ねえっ！」

「またね！」

「まったねえ！」

子供たちがセレネに挨拶をしていく。その態度からは慣れ親しんだ様子が感じられた。

「はい。またね」

「姉ちゃん、今度は俺とデートな！」

「あっ、俺も」

「オレも」

少なくともセレネは子供にはモテるようだ。

「残念ね。年下は好みじゃないの」

「ちぇっ、じゃあ、俺がもう少し大きくなったらな」

「俺も」

「オレもオレも」

「その時は私も年取っているけど……まあ、考えておくわ」

「やりぃ！」

セレネと挨拶を交わしながら集会室を出て行く子供たち。全員がいなくなったところで、カムイがセレネに何か話しかけている。

ディーフリートたちの方を向いて驚きの表情を浮かべているセレネ。自分たちに気が付いたのだと知って、ディーフリートはカムイのもとへ向かった。

「迷わず着けましたか？」

近づいてきたディーフリートにカムイはわずかに苦笑いを浮かべながら尋ねた。

「ああ、大丈夫だった。危険な目にも合わなかったね」

「それはそうでしょう。皇国の皇女殿下に手出しをするような無鉄砲な人はいませんよ」

これはつまり、カムイがそれを教えていたということだ。ディーフリートの予想通りだが、ここでカムイが皇女殿下とはっきりと口にしたことには少し驚いた。

「あの、カムイさん……」

「なんでしょうか？　クラウディア皇女殿下」

クラウディアに対して、カムイは皇女殿下と呼んだ。それだけでなく、ディーフリートに対する以上の慇懃《いんぎん》さを見せている。

「さっきはごめんなさい」

「私は皇女殿下から謝罪される覚えはございませんが？」

「でも、テレーザが失礼なことを」

「失礼があったのは私の方でしょう。テレーザ殿の言う通りです。皇族に対して無礼がありましたこと、深くお詫《わ》び申し上げます」

「あの？」

さすがにクラウディアもカムイの態度の異常さに気が付いた。穏やかな笑みを浮かべながらクラウディアに接するカムイは、まるで別人を見ているようだ。

「さて、司教様には、既に皇女殿下がいらっしゃると話しております。孤児院の案内は直接、司教様がなされるでしょう。ああ、いらっしゃったようです」

カムイの言うとおり、白いローブを着たモディアーニ司教が現れた。少し慌てた様子だ。

「失礼はなかったろうな？」

側《そば》に来ての第一声がこれだ。これが心配で急いでいたのだ。

「丁重にお相手しましたよ」

「本当か？」

「嘘だと思うなら、本人に聞いてみろよ」

「皇女殿下の前で何だ、その口の利き方は？　全く、お前が皇女殿下を連れてくると聞いたときには肝が冷えたわ」

「大丈夫だって。じゃあ、あとは任せたからな」

モディアーニ司教にあとを頼むとカムイはこの場を離れようとする。

「カムイさんは同席しないのですか？」

そのカムイに慌ててクラウディアが問いかけた。カムイと親しくなるために孤児院に来たのに、そのカムイと別行動では意味がない。

「私などが同席しては皇女殿下に、また不快な思いをさせてしまうかもしれません。どうぞ、私などのことはお気になさらずに」

クラウディアからの問いを受けて、またカムイは態度を一変させる。

「なんと……」

そんなカムイの態度を見て、モディアーニ司教の顔色が変わったのをディーフリートは見逃さなかった。モディアーニ司教がカムイの態度に何か不穏なものを感じているのは間違いない。

「僕は、カムイくんと一緒の方がいいのだけどな」

「ディーフリートさんも今日のところは司教様とご一緒にどうぞ。司教様はなかなか興味深い人ですよ」

「いや、それは」

ディーフリートの誘いにもカムイは拒否を示す。ディーフリートの不安は増すばかりだ。

「カムイ。この方は？」

モディアーニ司教がディーフリートについて尋ねてきた。事前に聞かされていなかったのだ。

「ディーフリートさん。西方伯家のご子息だ」

「……なんだと？　なぜ、お前はそういう大事をちゃんと伝えない!?」

「皇女様が来る以上の大事はないだろ？」

「それはそうだが……。ではディーフリート殿、大した施設ではないがご案内しましょう」

「……分かりました。お願いします」

モディアーニ司教に言われては断るわけにもいかない。爵位とは違う権威が教会にはあるのだ。

ディーフリートたちはモディアーニ司教のあとに付いて集会室を出た。

その後ろでは、セレネがカムイに文句を言っている。こういうことは私にも伝えなさい、こんな感じだ。

もっともカムイは、セレネの文句を真面目に聞くどころか、驚いた顔が面白かったとからかっている。この会話を聞く限り、同じグループであること以上に二人は親しい間柄だと、ディーフリートにも分かる。

二人を気にして見ているうちに、ディーフリートはセレネがカムイの立ち合いの相手だったことに気が付いた。

だからと言って、これ以上のことが知れるものではない。一旦、二人のことを考えるのはやめて、モディアーニ司教の説明に耳を傾けることにした。

こういう点でなかなかに生真面目な性格をしているのだ。

一方で我慢できなかったのはクラウディア。カムイの豹変《ひょうへん》した態度がどうにも気になって、モディアーニ司教の説明が耳に入らない。結局、思い切って聞いてみることにした。

「あの、少し聞きたいことがあるのですけど?」

「何ですかな？」

「カムイくんの、あの態度なのですけど……」

「……何か無礼を働きましたかな？　そうであればあとで、きつく叱《しか》っておきます」

モディアーニ司教は何食わぬ顔で答えているが、クラウディアの問いへの答えにはなっていない。

「いえ、そうではなくて。随分と丁寧な態度だったので驚きました」

「普段のカムイの口調は、とても褒められたようなものではありませんからな。まあ、奴《やつ》がそういう態度を取るのは親しい間柄だけです。その点は見逃してやってください」

また、微妙にモディアーニ司教は話をはぐらかしている。

「そういうことではなくて……。司教様にも、あまり丁寧な態度とは言えませんでしたね？」

「戻ってきてから、ああいう口の利き方をするようになりました。両親に何を吹き込まれたのやら」

「嬉しそうですね」

ここでディーフリートが話に割り込んできた。モディアーニ司教がわずかに見せた本心を見逃さなかったのだ。

「身内扱いされているということですから。儂《わし》はここの孤児は卒業した者も含めて皆、家族だと思っております。相手もそれを認めてくれているとなれば、喜びは隠せませんな」

これもモディアーニ司教の本心だ。カムイには、卒業した者のことなど知らないと言っておきながら、本心は違っている。

「つまり、彼が丁寧な態度であればあるほど、彼にとって遠い存在ということですね？」

だがディーフリートが今、知りたいのはモディアーニ司教の心持ちではなく、カムイの態度についてだった。

「……それは分かりません」

ディーフリートの問いに、モディアーニ司教は本心を隠すことになる。

「教えていただけないでしょうか？　なぜ、先ほどカムイくんの態度を見て驚かれたのですか？」

「カムイに、あんな言葉遣いができたことに驚いたのです」

「……本当のことを教えていただけませんか？　何を聞いても決してカムイくんの不利益にはしないと誓いますから」

「そう言われても……」

ディーフリートが何を聞きたいのかモディアーニ司教は分かっている。分かっているから、話す気にはなれないのだ。

「私からもお願いします。私もカムイくんが、何であんな風に態度を変えたのか知りたいのです」

「態度を変えた？」

惚《とぼ》けていたモディアーニ司教だったが、クラウディアの言葉につい反応してしまった。

「はい。これまではあの様な態度ではなく、もっと普通に接してくれてました」

「何と⁉　あやつは何を考えておるのだ⁉　皇女殿下に向かって無礼な！」

大げさにモディアーニ司教は怒ってみせている。自分が怒ってみせることで、クラウディアへの無礼が大事にならないようにと考えてのことだ。

「いえ、それは私のためを思ってのことです。私は学院で身分を隠していますから」

「……気にされてはいないのですな？」

「もちろんです」

「それは良かった」

クラウディアの言葉を聞いて、モディアーニ司教はホッとした表情を見せている。

「それで何を驚かれていたのですか？」

何となくモディアーニ司教に話を逸《そ》らされたような気がして、ディーフリートはもう一度、同じ質問をモディアーニ司教に投げかけた。

実際に誤魔化そうとしていたようで、ディーフリートの質問にモディアーニ司教は苦い顔になる。

これ以上は誤魔化せないと考えたのか、モディアーニ司教はディーフリートに視線を向けて口を開いた。

「……ちょっと昔のカムイを思い出しましてな」

「昔のカムイくんですか？」

「あやつがここに来たばかりの頃です。何と言いますかな、慇懃に接してくるのですが、そこに全く感情の色が見えませんでした。その理由はカムイの境遇を聞いて、すぐに分かりました。当時のカムイは全てを信用していなかったのですな。周囲との間に見えない壁を作り、決して本音は見せない。だから、まるで人形を相手にしているようでした」

ホンフリート伯爵家を勘当になったカムイは、しばらくは世の中の全ての人を信じられなくなっていた。その当時の話だ。

「今日のカムイくんが、その当時と同じに見えたと？」

「いや、皇族の方が相手ということで仮面を被《かぶ》ったのでしょうな」

「でも、今までのカムイさんは」

「非公式といえども孤児院への皇族のご来訪ですからな。あれもあれなりに孤児院に気を遣ったのではないかと儂は思います」

「そうですか」

結局、本当の話は聞けなかった。クラウディアが納得している横でディーフリートはこう思っている。

こんな理由でモディアーニ司教が、あんな風に顔色を変えるはずがない。ディーフリートは、驚きではなく不安を感じていた。

何に不安を感じたのかはモディアーニ司教の話と合わせれば分かる。カムイはクラウディア、そしてテレーザとの間に壁を作ることを決めたのだ。

モディアーニ司教から見れば、それはカムイが皇国の皇女に不審を抱いているということになる。さすがに不安を感じずにはいられないだろう。

ディーフリートにとっては、うまくクラウディアに乗っかったつもりであったが、それはどうやら失敗だったようだ。

救いは、自分への態度が変わっていないこと。カムイとの関係に前進も後退もなし。今日のところはこういう結果だ。

4

一年E組に皇族がいる。この噂はあっという間に学院中に広まった。放課後の教室は大混乱だ。噂を聞きつけた無派閥、というよりも寄る辺のない貴族家の子弟たちが、何とかクラウディアと好《よしみ》を通じようと一年E組の教室を訪れてくる。

クラウディアの周りには、連日多くの生徒が集まるようになった。

「やはり身分を隠すことなどなかったのだ」

テレーザは、多くの生徒がクラウディアの下に集まる状況に気を良くしているが、今になって寄る辺を求めるような者の出来などたかが知れている。ヒルデガンドらの派閥に誘われなかった者たちなのだから。

これにテレーザは気が付いていない。そして実力のある無派閥の生徒たちが冷めた目で、その様子を眺めている事実も。

「凄《すご》いわね？」

「まあな。なんといっても皇国の皇女様だからな」

「それをどうして公にする気になったの？」

クラウディアの噂が広まるきっかけを作ったのはカムイだ。学院のあちこちで、周りに聞こえるように噂話をしていった。それがある程度広がれば、それを確かめようとする者も出てくる。

噂は真実と分かり、学院全体が驚きに包まれることとなった。

「ああしておけば、俺に近づいてくることなんてないだろ？」

「そんなことだろうと思った」

答えを聞いたセレネは苦笑いを浮かべている。ある程度は予測していたが、それでも自分から遠ざけるためだけに、事態をこれだけ大きくしてしまったカムイに呆《あき》れているのだ。

「オットーくんはいいのか？」

「えっ、何が？」

突然、話を振られて戸惑うオットー。カムイの言葉は短すぎて、時々何を話しているのか分からないときがある。会話の機会が少ないオットーであればなおさらだ。

「いや、親しくなっておけば、商売に役立つかもしれないだろ？」

「ああ、それ？　うちはそこまで困っていないよ。それに宮中との取り引きの比率は、全体の利益から見ればごくごくわずかだからね」

「そうなのか？　皇族なんて結構金を使うと思ってたけど」

カムイは、皇族などは毎日違うドレスを着て、違う装飾品を身に着けてと、贅沢三昧《ぜいたくざんまい》の暮らしを送っているものだと思っている。

「それは使うけどさ。金額が大きいだけで、うちの利益は無に等しいね」

「つまり、商売と言いながら、賄賂みたいなものか？」

オットーの言葉の意味をカムイは正しく理解した。

「そういう言い方はやめてもらえるかな？　賄賂を贈るのは重罪だよ？」

「でも実際に罪に問われることはない」

「まあね。罪を問う人たちがそれを受け取っているわけだからね」

受け取っている賄賂の金額は、役人や各地の領主たちの方が遥かに多い。皇族よりも、実際に便宜を図ってくれるのは、そちらの方だからだ。

「世も末だなあ」

「その世の末になってから、随分長いようだけどね」

「おっと、オットーくんが、こんな辛口の発言をするとは驚いた」

カムイはふざけた調子で反応しているが、聞きようによってはオットーの発言は国政批判だ。それが分かっているからカムイも冗談っぽく話しているのだ。

「言いたくもなるさ。どうやら税金が上がるそうだよ」

「……さすがに商家の情報は早いな。いつ？」

オットーの実家は商家だ。情報の早さは理解できるが、まだ学生であるオットーが知っているのにはカムイも少し驚いている。

「年が明けてすぐだね。ああ、カムイくんたちは今回心配いらないよ。今度の増税は、商家だけを対象にしたものだからね」

「それはちょっと安心。うちの領地の台所事情は厳しいからな」

クロイツ子爵家の財政が厳しいことをカムイは知っている。だが、それ以上に領民たちの生活は厳しい。増税に耐えられる状況ではないのだ。

「うちは皇国が定めた税率なんて関係ないから」

セレネの実家は、元々、定められた以上の重税がかけられている。ただ、全く関係ないとまでは言えない。

「それでもさらに取られる口実にはなるだろ？」

「ああ、そうね。そう考えれば良かったってことか」

「うちは良くないよ」

安心した様子を見せるカムイとセレネに向けて、軽くオットーが文句を言ってくる。

「そうだけど、そんなに大変なのか？　オットーくんの家は結構な大商なんだろ？」

「その分、納める金額も大きくなる。それに税率が相当なものだって噂だ」

「……考えてみれば、よくそんな話が通ったな。色々と動いたんだろ？」

自分たちに不利益になることを、商家が黙って見ているはずがない。様々な伝手《つて》を使って、潰《つぶ》そうとしたはずだ。

「当然だろうね。相当なアレが動いたと思うよ」

「それでも実行に移された。どうしてだ？」

「それを僕が言うの？」

「いいだろ、別に」

オットーが説明を嫌がるのは面倒くさがっているからだと、カムイは受け取った。大抵、自分はそうだからだ。だがオットーはカムイほど不真面目ではない。

「そういう意味じゃないよ。アレが通じなかった理由は、肝心の相手に届かなかったから。いや、受け取らなかったからかな？」

「そんな人がいたのか？」

賄賂を受け取らない役人。当たり前のはずだが、実際はかなり珍しい人物だ。求めることはしなくても差し出されれば受け取ってしまうものだ。

「だから僕が言うのと聞いたのさ。貴族である君たちが知っておくべき情報だよ。少し前に皇太子の推挙で、新しい人が国政に上がった。かなり優秀な人らしいよ？」

「もしかして、そいつが権力を握ったのか？」

「まあ、そういうことだろうね」

「どんな人物なんだ？」

大商家の圧力を無視できるだけの影響力を持つ者がいる。これは、カムイの興味を大いに引く事実だ。

「細かい情報は教えてもらってない。調べ切れていないっていうのが実際のところかな？」

「ますます気になるな。謎の人物ってことか？」

それなりに国の上層部と繋がりがあるであろうオットーの実家が調べられない相手と聞いて、カムイの興味がますます強くなる。

「今のところは。いきなりの抜擢《ばってき》みたいだからね。その前まで何をしていたのかは、まだ分かっていない」

「皇太子の推挙って言ったよな？」

皇太子が推挙するからには、その人物と皇太子の考えは近いと考えられる。その人物を知れば、皇太子の為人も分かるかもしれないとカムイは考えた。

「分かっているのはそれだけ。でも、相当信頼しているんだと思うよ。いくら皇太子だからって、無名の人物をいきなり抜擢するわけだからね。結構無理をしたと思う。これで優秀じゃなかったら、皇太子の面目は丸潰れだった」

「でも優秀だった。しかも賄賂を受け取らないくらいに清廉な人物だ」

そうであれば推挙した皇太子も清廉な人物。次代には少し期待ができるかもしれない。

「だからはっきりと口に出さないでよ」

「悪い。アレね、アレ」

「清廉かどうかはまだ分からないよ」

オットーはカムイの考えを否定してきた。

「どうして?」

「これは前に教わった話だけど、アレを受け取らない人には二種類いる。ひとつはカムイくんが言った清廉な人物、もうひとつは送られる相手が別にいる人物」

「……すでに組んだ相手がいる。もしそうなら、逆に危ない奴だな」

既に組んだ相手がいる場合、その目的は、その相手のために現在の既得権者を排除するということになる。政争の始まりだ。

「カムイくんの考える通り、僕の家のような既存の商家を潰しにかかるかもしれない」

オットーがやや過激な発言をしてしまったのはこれが理由だ。

「そして新しい勢力の台頭か。なんだか凄いな。その先は何があるかな？　アルトはどう思う？」

「……既存の商家を潰す目的は何かだな。どんなやり方をするか分からねえが、結構な混乱になるよな？」

「それはそうだよ。うち一家でも皇国にかなり広く根を張っているんだよ？」

皇国の物流はオットーの実家のような大商家によって支えられている。それぞれの商家が独自で街と街を結んでいるのだ。それが途絶えれば、皇国内の流通は大混乱に陥るのは間違いない。

「それを押してもやりてえことね。商家のその先だろな……。だとしたら、相当大掛かりだぞ？」

「既存の商家の背後にいる貴族だな。……ほとんどクーデターじゃないか」

「皇族が起こすのはクーデターとは言わねえよ」

「そっか、皇太子の意思って可能性の方が高いのか。貴族の弱体化、それに伴う皇族の力の増大。辻褄《つじつま》は合うな」

アルトとカムイの話の内容はどんどん大きなものになっていく。

「それ本気で言ってるの？」

この話題を持ち出したオットーが付いて行けなくなるくらいに。

「オットーくん、残念だったね。君の代まで持たないかもしれないよ？」

「縁起でもないこと言わないでくれる？」

「でもよ、皇太子が相手だぜ？　将来の皇帝陛下。皇帝陛下に目の敵にされたんじゃあ、さすがにやべえだろ」

「アルトくんまで……」

「全く。貴方《あなた》たちは。こんな情報でどうしてそこまで想像を広げられるのよ。そんなことをしたら方伯家が黙っているはずないじゃない。皇国は大混乱になるわよ」

落ち込んでしまったオットーを見兼ねて、セレネが口を出してきた。ただフォローにしては言っていることは、かなり物騒だ。

商家の最大の支援先は方伯家だ。大商と呼ばれる商家は、いずれかの方伯家と強く結びついている。そのおかげで大きくなれたと言ってもよいくらいだ。

当然、方伯家の見返りは大きい。大商を潰そうなんてすれば、方伯家と対立することは確実だ。皇族と方伯家の対立となれば、皇国全体を巻き込む可能性もある。

「大混乱ね。でもよ、案外あるかもしれねえぞ」

セレネの話を聞いても、かえってアルトは嬉しそうにしている。

「どうして？」

「混乱が起これば、それを収束する者が必要になるじゃねえか」

「それが何？」

「そんな奴らが、俺たちの世代には大勢いる」

それが誰であるかアルトに聞くまでもない。この学年が黄金の世代と呼ばれる元となった者たちのことだ。

「そう。アルトくんはそう考えているわけ」

「色々調べてみたけどよ。あいつらは平穏な時代を過ごすような奴らじゃないんじゃねえかと俺は思い始めた。それこそ乱世で輝くような奴らだ」

「時代が彼らを待っている？」

特に考えたわけでもなく、頭に浮かんだ言葉をそのままセレネは口にした。

「おっ、セレネさん、いい言葉だねぇ」

アルトは、セレネの台詞がかなり気に入ったようだ。

「そんなことになったら……なるほどね、それもいいかもね？」

セレネの顔も、急に真剣なものに変わった。

皇国内の混乱は辺境領にとって絶好のチャンスだ。皇国全体での内乱ともなれば、領土の四分の一を占める辺境領の影響力は必然的に大きくなる。誰かに付いて戦功をあげるも良し、独立を図るも良し。

失敗すれば滅亡となる危険な賭けではあるが、このままジリ貧になるよりはよほどマシだ、とセレネは考えている。

「へえ、セレネさんも乱世で輝く質《たち》か」

「私にはそんな力はないわよ。でも、乱世は望むところね。そしてそれを望んでいるのは、私だけじゃないでしょ？」

「カムイが言う通り、セレネさんはおっかねえ女だな。まあな。何てったって、そんな中で最も輝くであろう男を俺は知っているからな」

アルトの話を聞いて、全員の視線が自然とカムイに集まる。

「誰？」

真面目な顔で問いを返すカムイ。

「お前だ、ばか！」

この鈍感さにはアルトも苛立《いらだ》ってしまう。

「ばか呼ばわりはないだろ？」

「お前なあ、鈍いのもいい加減にしろよな。俺はあいつらよりもお前の方が頭ひとつ抜けてると思ってんだぞ」

アルトの中では黄金の世代と呼ばれる者たちよりも、カムイの方が上に位置する。そう思えるものがカムイにはあるのだ。

「気持ちは嬉しいが、そんなことはない。頭ひとつ抜けているのは別の人だな」

カムイはアルトの思いを否定する。

「……誰だ？」

カムイの言葉には具体的な人物がイメージされている。そんな人物はアルトが行った調査では引っ掛かっていない
「その人は剣も魔法も優秀で、人柄もいい。頭も相当にいいと思うな。さらに美形でもある」

非の打ちどころがない。カムイの言う通りだとすれば、そういう人物が皇国学院にいることになる。

「随分とベダ褒めじゃねえか」

カムイが誰のことを言っているのかようやく分かって、アルトは苦笑いを浮かべている。

「これくらい、褒めておけば奢《おご》ってくれるかと思って。ねえ？　ディーフリートさん」

こう言ってカムイは、後ろを振り返った。

「ばれていたか」

カムイの背後に忍び寄ろうとしていたディーフリートの姿がそこにあった。

「俺は後ろに立たれて気が付かないほど、鈍感じゃありませんから。どっかの誰かさんとは違います」

「うるさい」

心当たりが山ほどあるセレネが文句を言ってくる。

「気配を察知されるなんて、まだまだ修行が足りないな」

これを言うディーフリートは、本気で落ち込んだ様子を見せている。

「いえ、本当のことを言えば、セレの目線で気が付いただけです。この場にいた者以外で、後ろから忍び寄ろうなんて考える人は誰かと考えれば、答えは簡単です」

「そういうことにしておこうかな？　それで奢らせてもらえるのかな？」

「そうきましたか」

カムイが冗談で言った言葉をディーフリートは利用しようとしてきた。

「前回は失敗したからね。あそこで嬉しそうに立っている誰かさんのおかげで」

ディーフリートは軽く顎を振るだけで、テレーザを示す。

「別にディーフリートさんが失敗したわけではありませんよね？」

「いや失敗だよ。人の話に乗っかろうなんて僕らしくもない。しかも乗っかる相手まで間違えてしまうとはね。ということで、自分の手で段取りを整えるつもりだったのだけど」

「だけど？」

「君が自ら奢ってくれなんて言ってくるから。喜んで奢らせてもらうよ」

「……はあ」

自らの失言を後悔するカムイだった。

「何がいいかな？」

カムイの了承を聞く前に、ディーフリートは食事に行くことを既成事実にしようとしている。

「いや、別に奢ってもらわなくてもかまいませんよ」

「やはり肉がいいよね？　この間食べたステーキは実に美味しかった。肉なのに溶けるような柔らかさなんだ」

「ステーキなのに？　煮込んでいるわけじゃないですよね？」

柔らかい肉と言われてカムイに思い浮かぶのは、大将のところのスープくらいしかない。

「ステーキは煮ないよね？　焼くだけだよ。肉の脂身の入り具合が違うと言っていたね。実際に見せてもらったけど、筋のように白い脂身が広がっているんだ」

「へえ」

説明を聞いてカムイはかなり興味をひかれている。ディーフリートの思惑にまんまと嵌《はま》っている感じだ。

「脂身だから舌に載せた途端に溶けていく、それで肉全体が柔らかく感じるらしいよ」

「それを奢ると？」

「そう」

「……いやいや、奢ったからと変な要求されたら困りますからね」

ステーキに釣られそうになったカムイだが、何とか堪《こら》えようと気持ちを取り直している。

「そんなことはしないさ。これは、まあ、この間のお詫びみたいなものさ」

「あの、それってカムイだけですか？」

渋るカムイの横からセレネが口を挟んできた。とろけるような柔らかい肉など、セレネも口にしたことがない。ディーフリートの話を聞いて、強く心を惹《ひ》かれてしまっている。

そして、セレネの反応はディーフリートにしてみれば好都合だ。

「もし良ければ一緒にどう？」

「本当ですか!?　行きます！」

セレネは実に簡単に釣れた。これであとは乗り気なセレネをうまく利用してとディーフリートは考えたが。

「セレ！　勝手に決めるな！」

「いいじゃない。そんなの食べる機会は一生ないわよ。このチャンスを逃す手はないわ」

「食いしん坊！」

「うるさいわね！　美食家と呼びなさい！」

ディーフリートが何か言う前に、二人は教室中に響く声で言い合いを始めてしまった。

その様子に唖然《あぜん》とするディーフリート。ほかの生徒たちは、またいつものが始まったという感じで笑みを浮かべている。

「どこが美食家だよ？　裏通りの安食堂で美味しい、美味しいって喜んでたくせに」

「あっ、その言い方。大将に言いつけてやる」

「別にかまわない。事実だからな」

「じゃあ、カムイは大将の食堂の料理は美味しくないって言うの？」

「そんなことは言ってないだろ？　すごく美味いに決まってる」

カムイとセレネの言い合いには、ディーフリートが口を挟む余地が全くない。

「じゃあ、美食家は間違いないじゃない」

「屁理屈《へりくつ》」

「もう、うるさいな。とにかく行くわよ。ステーキよ、ステーキ」

「まったく、仕方ないな」

結局、ディーフリートが何をするまでもなく、セレネがカムイを勝手に説得してくれた。

周囲にとっては慣れっこの状況だが、ディーフリートは二人のこうしたやり取りを間近で見るのは初めてだ。

最初は、やや面喰《く》らっていたが、その終わりを見て感心したようにつぶやいた。

「セレネさん、凄いね」

「はい？」

「いや、カムイくんに言うことを聞かせられる人がこんなところにいたなんてね」

「あの……」

セレネにはディーフリートが何に感心しているのか、さっぱり分からない。

「王を虜《とりこ》にせんと思わば先《ま》ず馬を射よ。カムイくんを口説くには、アルトくんとルッツくんから始めなければいけないと思っていたけど、セレネさんって選択肢もあったんだね。この場合はなんて言うんだろう？　夫を口説こうと思えば、まずは奥さんを味方につけろ、ってとこかな？」

「誰がだ！」

「絶対ない！」

「いやあ、これは良いことを知った。さて早速、奥さんとの友好も深めないとだね」

全力で否定する二人を全く無視して話を続けるディーフリート。

「行くなら行こうぜ」

そこにアルトが口を挟んできた。しかも食事に行くことに賛同する台詞だ。

「あれ、アルトくんも、その気になってくれた？」

「周りの視線が煩わしい。ディーフリートさんがいると奴らの方が居心地悪そうだぜ」

アルトが言っている奴らとは、E組の生徒ではなくクラウディアの周りに集まっている生徒たちだ。ちらちらと視線をこちらに向けている。

西方伯家を差し置いて、クラウディアに近づこうとしていることを不快に思われるのではないかと、彼らは心配しているのだ。

それは無駄な心配というものだ。ディーフリートはこれだと思う人物以外は、誰がどこに付こうと興味などないのだから。

「……そうだね。行こうか」

「分かりました。オットーくんも行くだろ？」

カムイは途中からずっと黙り込んでいるオットーに声を掛けた。

「えっ？　僕もいいの？」

自分は蚊帳の外だと思っていたオットーは、カムイの誘いに満面に喜色を浮かべている。

「いいですよね？」

奢るのはディーフリートだ。カムイは一応はディーフリートに確認をする。この状況でディーフリートが断れるはずがないと分かってのことだ。

「もちろん」

「あとは途中でルッツを拾っていかないとですね」

「あっ、そういえばいないね？」

ディーフリートは今頃、この場にルッツがいないことに気付いた。ディーフリートの関心がもうカムイにしか向いていない証拠だ。

「鍛錬中です。もう終わる頃だから、ちょうどいいでしょう」

「そう。じゃあ、行こう」

結局、カムイたちのグループ全員が食事会に参加することになった。

5

校庭を歩くマティアスの目に意外な光景が映った。思わず足を止めて、それを見つめるマティアス。

「どうしました？」

前を歩いていたヒルデガンドが、マティアスが足を止めたことに気が付いて、声を掛けてきた。

「あれを」

マティアスが指さしたのは、校舎の影から現れた生徒の集団。前を歩く目立つ銀髪の男子生徒はカムイだ。だがマティアスが意外に思ったのは、その隣を歩く背の高い金髪の男子生徒だ。

「ディーフリートですね。一緒にいるのはルッツくんですか……」

ヒルデガンドにとって興味の対象はカムイではなくルッツの方だ。

「ディーフリート殿に付いたのでしょうか？」

「こちらに付かないのであれば、ディーフリートのところでしょう。道理でこちらの誘いを断るわけですわね。残念ですけど仕方ありません。今回はディーフリートの勝ちです」

「しかし、彼が人の下に付くなんて……」

あっさりと割り切るヒルデガンドに対して、マティアスは納得できない様子だ。

「元々、あそこにいるカムイくんの臣下です」

「私が言っているのは、そのカムイくんのことです。私の今の印象では、彼は簡単に人の下に付くような人物ではないと思っていたのですが」

「彼は辺境領の子爵家の息子ですよ？　西方伯家の系列になれるのであれば喜んで下に付くでしょう。それはこちらでも同じだというのに。女性の下につくのが嫌、こんな偏見でも持っているのかしらね？」

ヒルデガンドのカムイへの評価は低い。それがどうにもマティアスには、もどかしかった。

見たところ、ディーフリートはカムイに積極的に話しかけている。それはディーフリートの目的がカムイにあるということだ。

ディーフリートは、自分と同じくカムイが持っている何かに気が付いた。それを自分の主であるヒルデガンドは気が付いてくれない。

「あまり、カムイ・クロイツという生徒を軽視されない方がよいと思います」

「何かありましたか？」

ヒルデガンドには、部下の声に素直に耳を傾ける器量がある。東方伯家の令嬢というだけで人を集めているわけではないのだ。欠点が何かといえば、貴族の価値感に囚《とら》われすぎているところ。

それがカムイがヒルデガンドは拒否して、ディーフリートを完全ではないものの、受け入れている理由だ。

「これは私の想像ですが、彼への周りの評価は誤りだと思います。いえ、彼が意図して、そうさせていると言ってよいでしょう」

「……なぜ、そう思うのです？」

突拍子もない話だが、マティアスが言うからには何か根拠があるはずだと、ヒルデガンドは考えた。

「まずルッツくんのことです。ルッツくんも元は評価に値する力を見せていませんでした。それがある日突然、周りの注目を集めるくらいに強くなった。不自然だと思われませんか？」

「実力を隠していたと言いたいのですね？」

「そうです。そして同じことを主であるカムイくんがしていないとは限りません」

情報を引き出すための餌役だったルッツだが、変化が唐突すぎた。その不自然さが引かなくてよい興味まで引いてしまっていた。

「しかし、彼が魔法を使えないのは確かですよ。初等部時代に検査までされているのでしょう？」

「はい。検査の結果、彼の魔力は極端に少ないと判定されています」

「そうであれば、周りの評価は正しいと言わざるを得ませんね」

魔法を使わない戦いというものを想像できないほど、この世界の戦いは魔法に頼りきっている。

ただひたすら本来の身体能力を高め、剣の技量を磨くことで強くなろうと試みる者はいない。

それ故に持って生まれた才能が全てとなってしまい、魔法の才能を持つ血を継承している貴族、騎士の家系は平民に比べて絶対の力を誇るのだ。

「ヒルデガンド様は、彼が怪我《けが》をしていたときの立ち合いを覚えていらっしゃいますか？」

マティアスの根拠はまだほかにもある。

「ええ。見ていました」

「どう思われました？」

「……言われているよりは悪くはない。その程度の評価です」

少し考える素振りを見せてヒルデガンドは答えた。考えなければ思い出せない程度の印象だったということだ。

「はい、そうですね。でも彼が全く魔法を使えないという前提ではいかがですか？」

多くの者の頭の中から抜け落ちている前提条件にマティアスは気が付いていた。

「……魔法を使えない前提とは、どういうことです？」

「先ほど言ったルッツくんが実力を隠していたのではないかと気が付いたあとに、彼が怪我をしたときの立ち合いを思い返してみました。彼の剣をまともに見たのはあのときくらいですから」

「それでどうだというのですか？」

「全く魔法を使わずに自分はあの動きができるだろうかと考えました。結論を言えばできません」

セレネとは初めての立ち合いであったため、段取り合わせをしていても、それなりの動きをカムイはしなければならなかった。セレネの加減が下手だったせいだ。

それでも充分に抑えていたのだが、折れた剣からセレネを助けるために見せた動きは、うまく加減ができていなかった。

「でも、それはあまり意味がないことではありませんか？　魔法に頼っていようがいまいが、強いという結果が全てなのですからね」

「では、あの状態の彼がまだ本気ではなかったとしたら？　実際は魔法が使えるとしたら？」

魔法のない状態でほかの生徒と互角に渡り合える実力があるとすれば、それはとんでもない技量だ。

そして、そこに魔法の力が上乗せされたら、その実力はどれほどのものになるであろう。

「……それは考えすぎでしょう？」

ヒルデガンドはその考えを否定した。これはヒルデガンドの常識を超えている考えだ。

「そうだと良いのですが」

「仮に彼がそうだとしたら、彼は私を超えていると思いますか？」

否定の言葉を一度は口にしながらも、やはり気になるようだ。

それはマティアスへの信頼の証《あかし》でもある。マティアスが常に自分のことを考えて進言していると、ヒルデガンドは信じているのだ。

「お答えできません。彼が強いということではなく、そうだったときの実力が想像できないのです」

「それはそうですね。天井が見えないものと比較することはできません」

「でも分かることもあります」

「なんですか？」

「彼が、彼とルッツくんがディーフリート殿のチームに入った場合、こちらが確実に勝てるとは言えなくなります」

「……手を打てますか？」

ここでヒルデガンドは決断した。カムイが自分の思う存在ではない前提で物事を進めるべきだと。

「先ほども言った通り、彼は簡単に他人に従うタイプではないと思います」

「駄目ですか……」

「いえ。そうであるからこそ、まだ間に合うと思います。彼はまだ完全にディーフリート殿に付いたわけではないはずです」

「では彼の件は任せます。彼の実力の見極めと勧誘。勧誘は絶対とは言いません。誰にも付かなければそれで充分です」

「承知しました。場合によってはヒルデガンド様に、もう一度彼と話していただくことになります」

「一度と言わず、必要があれば何度でも。優秀な人材を手に入れることに労を厭《いと》うつもりはありません」

カムイの知らないところで、カムイ争奪戦が始まった。これによりカムイは長く落ち着かない学院生活を送ることになる。

ディーフリートに加えて、ヒルデガンド、実は他にもう一人、カムイに強烈な興味を持った人物がいることを、この時点では誰も気が付いていない。

6

中央の押し合いは紅組の優勢で進んでいる。どう見ても個々の技量が違う。一対一の戦いで相手を圧倒しており、中央を突破するのも時間の問題に見える。

そう両軍が考えたところで、白組の左翼が中央の戦いに割り込んでいった。紅組の側面を突くような形で突入していく白組左翼。

この介入により、押され続けていた白組中央は生き返った。何とか数の力で相手を押し返そうとしている。

「今だ、右翼突っ込め！」

その状況を見た紅組の後衛から指示が出る。その指示を受けて紅組右翼は、白組の左翼が中央に寄ったことでがら空きになった正面を一気に駆け抜け、白組本陣に突入を掛けようとした。

「後衛、突撃だ！　一気に中央を破る！　左翼、連携しろ！」

「はっ！」

続けて紅組が全軍を前に出す。ここで一気にけりをつけるつもりのようだ。

先行した紅組右翼が、白組本陣に到達しようとしたところで、白組後衛から三人が飛び出してきた。先頭にいるのはテレーザだ。

数の劣勢などものともせず、紅組右翼の前進を食い止める。皇女であるクラウディアの一の臣を謳《うた》うだけあって、テレーザの実力もそこそこのものではあるようだ。

「右翼！　堪えろ！　中央、左翼の突入を待て！」

紅組の後衛からまた指示が出る。自部隊を移動させながらも、全体を見ることを忘れていない。この辺はさすがに皇国騎士団長の息子と言ったところだろう。

紅組の総大将はC組のオスカー、白組を率いているのはクラウディアだ。

個々の生徒の力量、総大将の統率力。やる前から紅組の勝ちは目に見えていた。これまで耐えていたのだから、善戦していると言ってもよい。

「左翼、突破！」

「よし！　本陣に切り込め！　中央、一気に抜けるぞ！」

両翼が突破しても、オスカーには全く手を緩める気持ちはない。自ら先頭に立って、敵中央の生徒に躍りかかった。

数の優位を失ってしまえば白組中央に為《な》す術《すべ》はない。やすやすと中央を抜けられ、クラウディアのいる本陣には紅組の全部隊が向かうことになった。

「そこまで!!」

戦いの決着を告げる教師の声が響く。その声を聞いて、いよいよ本陣に躍りかかろうとしていた紅組の生徒たちが足を止めた。

「勝者！　白！」

「……何だと!?」

続いた言葉は白組の勝利を告げるもの。教師が間違ったのだと思った紅組の生徒たちであったが、振り返った彼らの目には、立っているはずの本陣の赤い旗が見えなかった。

本陣を守っていた二人の生徒の代わりに、白い紐《ひも》を腰に巻いた生徒たちがいた。その一人の手に、赤い旗の柄が握られている。

「いつの間に!?」

「よし！　中央に集合！」

教師の号令で中央に整列する紅白それぞれの生徒たち。喜びを顔に出している白組の生徒たちに比べて、紅組の生徒たちは、まだ何が起こったのか分からないという様子だ。

「礼！」

「「「ありがとうございました！」」」

礼を終えたところで、すぐにオスカーは目の前に立つクラウディアに近づいて行った。

「クラウディア様、お見事でした」

「えっ？」

「いやあ、完全に隙を突かれました。こちらの旗を倒したのは左翼にいた部隊ですね」

「はい。そのようですね」

「彼らが中央に寄ったのは誘いですか？」

「えっと……」

「それにより、こちらの右翼を誘い出し本陣で食い止める。それを見たこちらが、焦《あせ》って全軍を前に出し、手薄になったところを奇襲ですか。こちらに油断があったとはいえ、なかなかの戦術です」

オスカーは自分がそうであるように、クラウディアも白組の総大将として、ほかの生徒たちを指揮していたと思い込んでいる。クラウディアが指揮をしようとしていたのは確かだが、実際は、個々の力量の差に打つ手を見出《みいだ》せず、何を指示するでもなく、ただ見ていただけなのだが、これはオスカーには分からない。

「そうですね」

「ただ分からないのは、左翼の部隊は、いつの間に後ろに回ったのでしょうか？　中央を押し込むときには数は減っていなかったと思うのですが？」

「分かりません……」

「おや……そうですね。演習はこれからもあります。手の内を明かすような真似《まね》はされませんか」

「いえ、そういうことでは……」

クラウディアが正直に白状しても、オスカーは勝手に誤解してしまう。少し思い込みが激しい性格のようだ。

「しかし、こう申し上げては失礼ですが、皇女であるクラウディア様に将才がおありになるとは。これは意外な発見でした。次の御手合わせを楽しみにしております」

「いえ、その」

「では、失礼いたします」

結局、オスカーは誤解を解くことなく、クラウディアの前から去って行った。

「どうしよう？　完全に誤解しているわ」

「よいではないですか。オスカー殿はかなり感心した様子でした。これで騎士団の中でクラウディア様への敬意が高まるようなことになれば、先々、良いことがあるかもしれません」

「でも、私は何もしていないよ？」

「戦の勝利は総大将の功績です。クラウディア様は白組の総大将であったわけですから、今回の勝利はクラウディア様の勝利です」

都合の良い話をしているように聞こえるが、テレーザの言っていることは間違いではない。戦勝の栄誉は総大将に与えられるものだ。

「でも、実際に白組を勝たせたのは……」

テレーザに言われてもクラウディアは納得できない。人の手柄を奪うようで気分が良くなかった。

「では、こうしましょう。総大将として働きを褒めてやってはいかがでしょうか？　将兵への論功勲章は総大将の役目です。そのようにしても、何らおかしなところはありません」

「えっ、でも」

「カムイ・クロイツ！」

クラウディアが躊躇《ためら》っているのにも構わずにテレーザはカムイの名を呼んだ。グループの仲間と何やら話をしていたカムイが、名前を呼ばれたことに気付いて振り向いている。

「クラウディア様からお言葉がある！　こちらに来い！」

これを聞いて、カムイはゆっくりとクラウディアたちの方へ歩いて来た。やがて目の前に来ると胸に右手を当てて、そのまま片膝をついて頭を垂れた。礼儀に沿った完璧な臣下の礼だ。

「お呼びでしょうか？」

「ああ、先ほどの演習での活躍が見事であったので、クラウディア様がお褒めの言葉をくださるそうだ」

カムイのやっていることは完全な当て付けなのだが、テレーザは分かっていない。逆にカムイの完璧な所作を見て喜んでいるくらいだ。

「その儀なれば無用です。私がやったことは、たまたま図に当たっただけですから」

「そうなのか？」

「はい。中央が突破されそうだから中央に寄った。中央が抜かれそうなとき、前を向いたら敵本陣に二人しかいなかった。ですので、一か八か本陣に突入した。これだけのことです」

「そうか。でも、結果的にそれが勝利に結びついたことに間違いはない。それは、やはり褒められるべきだな。クラウディア様」

ご機嫌なテレーザは、相手はカムイだというのに素直に褒めている。

「……あの、立ってください」

クラウディアはテレーザほど単純ではない。カムイの態度に不穏なものを感じていた。

「ご無礼ではないですか？」

「いえ、そんなことはありません。ここは学院ですよ？」

「……では」

素直に立ち上がったカムイではあったが、その目線はクラウディアには向けられていない。

カムイが見ているのはクラウディアの足元。これもまた皇族への礼儀だ。

「あの、ありがとうございました」

「もったいないお言葉です」

「……もう以前のようには、話してくれないのですね？」

「クラウディア様が皇族である事実は明らかになりました。それにより周りの目というものは変わっております。皇族に対する無礼は、私個人の問題ではなく、実家にも迷惑をかけることになりますので、周りから後ろ指を指されるような真似はできません」

いかにもそれらしい言い訳をカムイはクラウディアに告げる。実家まで持ち出せば、さすがに何も言えないだろうという思惑がある。

「でも、私は気にしません」

せっかく考えた言い訳はクラウディアには通用しなかった。だからといって、クラウディアの望む通りにするつもりはカムイにはない。

「クラウディア様がお気になさらなくても、周りの者は気にするでしょう。失礼を承知で申し上げれば、クラウディア様はご自身の立場というものを、もう少し考えられた方がよろしいかと思います。皇族には皇族に相応《ふさわ》しい立ち居振る舞いがあります。それを乱されることによって困るのは、クラウディア様ではなく、我ら臣下です」

直訳すれば、そっちの我《わ》が儘《まま》を聞いた結果、無礼な態度を咎《とが》められたとき、罰せられるのはこちらだけだ、ということだ。最初の言い訳が通用しなかった分、少しきつめの内容になっている。

「……そうですね。以後、気を付けるようにします」

さすがにクラウディアにも通じたようで、大人しく受け入れてもらえた。

「失礼させていただいても？」

「はい。呼び立ててすみませんでした」

真っ直ぐに二歩後ろに下がったところで、綺麗《きれい》に回れ右をして去っていくカムイ。

「……あいつ、ちゃんと礼儀を知っているんですね」

テレーザは相変わらず、その所作に感心しているだけだ。

「カムイさんは元々、伯爵家で育った人だからね。その辺は教え込まれていたんじゃないかな？」

「ホンフリートですね」

「うん、そう」

「そのホンフリートですが、本家の人たちは全員自害したそうです」

「自害？」

物騒な言葉をいきなり聞かされて、クラウディアは不愉快そうに眉をひそめている。

「はい。爵位剝奪は決まっていましたから、それを恥じてということでしょう。誇りだけは高い者たちだったらしいですから」

「そう……。じゃあ、カムイさんは……」

血縁関係者は、遠い親戚は別にして、全て亡くなったことになる。これを思って、クラウディアの表情は暗い。

「あれで結構辛《つら》い人生を歩んでいるってことですね。それについては少し同情します」

テレーザも同じ。カムイのこととはいえ、さすがに表情を曇らせている。

7

クラウディアたちに一方的に同情を寄せられているカムイだったが、本人はそんなこととはつゆ知らず、仲間のところに戻って大きくため息をついている。

「はあ、疲れる」

「さっきのはなんだったんだ?」

カムイの見せた所作は、孤児であったアルトはもちろん、貴族の生徒でも知っている者はあまりいない珍しいものだ。

「皇族と接見するときの儀礼ってやつ」

「よく知ってたな？」

「一応、生まれも貴族だからな。それにこんな礼儀ばっかり気にしている家だったし」

伯爵家であるホンフリートで育ったカムイだから知っていたことだ。貴族だからといって、全てが皇族に接見できる資格があるわけではない。

「そうだった。すぐ忘れんだよな。カムイが貴族家の生まれだってこと」

「今もそうだろ？」

「まあ、そうだけど。クロイツ家ってそういうの気にしねえじゃねえか。正直、貴族って感じが全くしねえ」

「まあ、領主が領主だからな」

カムイの養父であるクロイツ子爵は、礼儀作法に関しては、本人もいい加減だ。元が騎士階級である上に、ノルトエンデで礼儀作法に拘《こだわ》っても仕方がないという考えもあってのことだ。

「それで？　何でわざわざ、あそこまで徹底したんだ？」

「親切心。自分の立場を分からせてあげようと思って」

「はあ？」

嫌味だと思っていたアルトには、カムイの返事は意外だった。

「もう身分はバレているんだ。だったら、それに相応しいやり方をするべきだろ？」

「それに相応しいって、どんなだよ？」

「皇族の身分を使って周りを従えるとか。覚悟が決まってないんだよ。皇女なんて身分でありながら、周りに友情を求めてる。求められる方が迷惑だろ？」

「まあ、皇女様にお友達になりましょう、なんて言われてもな」

「そう。小貴族では重すぎて抱えられない。友人を探すなら、せめて相手を選んでもらわないと。まあ、俺が知る限り、相応しい相手は数えるほどしかいないけどな」

皇族に目通りできるとなると、爵位では伯爵以上になる。それ以外では騎士団長などの組織の長。同学年で実家がそういう地位にある者など、ディーフリートたち四人以外には何人もいるわけではない。

「まあな。でも、相応しい相手に近づくのも問題だぜ」

「ああ、下手すればほかの皇子や皇女に妬《ねた》まれるかもしれない。でも、じゃあ、何のために学院に来たんだ？」

「それで覚悟が決まってない……か。まあ、確かにそうだな」

何かを得るには、ときに何かを捨てなければならない。周りの目や評判程度を気にしては、何も為せるはずがない。

「なんだか、厳しいのか、優しいのか分からないわね」

カムイとアルトの会話に、セレネが割り込んできた。

「どちらかといえば、厳しいかな？　そうしないと迷惑を被《こうむ》るのはこっちだ」

「どうして？」

「皇女様は友情なんてものを口実にして、無償の奉仕を求めてるわけだ。そこに自分の責任なんてないよな？　そんなことを求められてセレはどうする？」

「どうするって言われてもね」

そもそもセレネは、そんな相手に友情なんて感じない。何かをしてあげる気になどならない。

「どうしようもないだろ？　何かを求めておいて、自分は知らない振りって卑怯《ひきょう》だ」

「だから人に何かを求めるときには、命令しろと言うのね？」

「その通り。さすが理解が早い」

「褒められても嬉しくない。正直、どうでもいいことだからね。それよりも、さっきの演習の方が気になるの」

「何が？」

「なんで勝ちにいったの？」

カムイが実力を隠していることをセレネは知っている。そのカムイたちが目立つような真似をしたことを、セレネは不思議に思っていた。

「それ？　ちょっと確認してみたかっただけで、勝ったのはたまたまだ」

「確認してみたいことって何よ？」

「あの演習に意味があるのかなと思って。最初から戦力差がはっきりしているんだから、結果なんて明白じゃないか」

「でも、カムイたちは逆転したじゃない？」

「それもおかしい。あの状態で逆転できるんだ。それこそ演習に意味がない証拠」

「……どういうこと？」

気になって聞いてみたが、カムイの説明は具体性に欠けていて、セレネにはさっぱり分からない。

「なぜ、俺たちが勝ったか。最大の理由は？」

「……相手の裏をかいたから」

「はずれ！　全く違う。かすりもしていない。全然駄目」

これを言いたかったカムイは、初めからセレネに理解させるつもりがなかったのだ。

「……なんかムカつく。じゃあ、何よ？」

「俺たちの方が足が速かったから」

「はい？」

正解は、セレネの予想外の内容だった。

「俺たちの方が足が速いから、先に本陣についた。ただ、それだけのことだ。それを防ごうと思えば？」

「本陣を動かない……かしら？」

「正解！　紅組の方が個々の力は明らかに強いわけだから、本陣でただ待っていればよかったんだ。そうすれば勝ちは動かない。それをわざわざ、戦争っぽく部隊を動かすから、隙を見せる羽目になった」

「でも、それじゃあ、演習に……なるほどね」

部隊運用の演習だ。ただ本陣で待っていては演習にならない。だが、その演習にならない方法が勝つための方法という矛盾が演習にはある。

「だから意味がないんじゃないかなって思った。紅組は多分、手を抜いていた。本気になれば、中央の先陣だけで片が付いたと思うぞ。それを演習っぽく見せるために、わざわざほかの部隊を動かす余地を作ったんだ。そんな手を抜いた演習に意味があるか？」

カムイが言う通り、騎士団員の子弟が多いオスカーのクラスとでは、元々、実力差がある。さらにE組の生徒には、実力を隠している者がカムイたち以外にも大勢いる。演習の形になる方がおかしいのだ。

「でもカムイは勝ってみせた」

「大したことじゃない。相手の本陣を手薄にして、あとは速さを武器に突っ込んだだけだ。それに対応するには動かないこと。相手が動かないと、こちらも動けない。そうなると、お互いに一歩も動けなくなるわけだ」

「ただ突っ立って、睨み合うだけね」

「実際は強い方の紅組が、こちらが前に詰める余地を与えずに、初手から全力で本陣に突撃すれば勝ちだろうけどな。つまり、あの演習は強い方が何も戦術を考えないで、ただ力技で突っ込むだけで終わる。さて、それで何を学べる？」

カムイはさらに授業の矛盾を説明する。ここまで説明されてはセレネも認めざるを得ない。ただ一つだけ疑問が残る。

「……でもなんで学院にそんな意味のない演習があるの？」

「さあ？」

軽く肩をすくめるだけのカムイ。演習の件はちょっとした思いつきで、これ以上深く考えるつもりはカムイにはなかった。

「さて、やっと僕の出番かな？」

ここでディーフリートから声が掛かる。またいつものように、いつの間にか近づいていたようだ。

「また来た……」

「まあ。でも今日は僕一人じゃないよ。別に呼んだわけじゃあないけどね」

「ん？」

ディーフリート以外でカムイたちに近づいてくる生徒など、カムイには心当たりがない。

「久しぶりだな。覚えてるかな？」

「マティアスさん……」

意外な同行者にカムイの顔が露骨に曇った。それを見たマティアスの顔には苦笑いが浮かぶ。

「そんな嫌な顔をしないでくれ。まあ私はいいけど……」

「久しぶりですわね」

「げっ!?」

マティアスの後ろから現れたのは、ヒルデガンドだった。まさかの事態に、思わずカムイは正直な感情を表に出してしまった。

「……その反応は、いささか失礼ではなくて？」

眉をひそめてヒルデガンドは文句を言ってきた。

「……失礼しました。まさかヒルデガンドさんがいらっしゃるとは思っていなくて。何か御用でしょうか？」

軽く文句を言われる程度で済んで一安心したところで、カムイはヒルデガンドに謝罪をすると共に用件を尋ねた。

「貴方、気が付いていなかったのですか？　途中から随分と大きな声で話していましたよ」

「はい？　……あの、どの辺から聞こえてましたか？」

「はずれとか言っていたあとからですね」

「あっ、そうですか」

ヒルデガンドの答えを聞いて、カムイはホッとした顔をしている。さすがにクラウディアに関する話は、人に聞かれては不味《まず》い内容だ。不敬を咎められる可能性もあるのだ。

「安心するのは早いよ。カムイくんの話は先生にも聞こえていたみたいだね」

「えっと……」

ディーフリートの話を聞いて、カムイはゆっくりと後ろを振り返る。そこには、厳しい顔でカムイを睨んでいる担当教師がいた。それを見て、カムイは慌てて顔を元に戻した。

「怒ってますね？」

「教えている授業を意味がないって言われれば、先生は怒るよね？」

「やっちまった。……セレが余計なこと聞いてくるから」

セレネに責任転嫁しようとするカムイ。本気で、セレネに責任を負わせようと思っているわけではない。セレネを挑発して、やり合うことで気持ちを和まそうとしているだけ。ちょっとした現実逃避だ。

「そうやって、また私のせいにする。男らしくない」

「別に男らしくありたいとは思ってない。そんなことより、学院生活を平穏に送る方が優先だ」

「それ無理だと思うわ。カムイはね、巻き込まれ体質なのよ」

自分の思いつきが気に入ったようで、セレネは嬉しそうにカムイに言ってきた。

「何だ、その巻き込まれ体質って？」

「何もしなくても周りに騒乱を巻き起こす。もしくは関係ないはずの物事にいつの間にか巻き込まれる」

「……嫌なこと言うな」

心当たりがあり過ぎるほどあるカムイだった。今回の言い合いはセレネの勝利で終わった。

「さすがセレネさん、カムイくんのことをよく分かっているね？」

「そんなことないです……」

感心した様子でセレネに問いかけるディーフリート。セレネは恥ずかしそうに俯いてしまう。

「……何だか俺と随分態度違うな」

そのセレネの態度を見て、カムイが文句を口にする。

「当たり前でしょ？　カムイとディーフリートさんじゃ、男としての魅力が段違いよ」

「へえ、セレはディーフリートさんみたいな人が好みなのか？　まあ、確かに格好いいからな」

「そういう話をしているわけじゃないでしょ？」

「プッ、照れてる」

「うるさい！」

新たな戦いは、カムイの優勢で進んでいる。

「そんな言葉遣いじゃあ、ディーフリートさんに嫌われるぞ？　少しはヒルデガンドさんを見習え。女性はヒルデガンドさんみたいにこう、気品に溢《あふ》れる態度でなくてはな。ねえ、ヒルデガンドさんもそう思いませんか？」

「えっ、ああ、そうですね。いえ、そうではなくて。私はそんな……」

いきなりカムイに褒められて、ヒルデガンドは動揺してしまっている。

「いえいえ、ヒルデガンドさんはいつも凛《りん》としていて素敵です。学院の皆が憧れるのも当然ですね」

「……そんなことはありませんわ」

ヒルデガンドの内心の動揺に気付くことなくカムイは続けて褒め言葉を口にする。その様子を見るマティアスの顔には、苦笑いが浮かんでいた。

「謙遜も過ぎればですけど、それもまたヒルデガンドさんの魅力のひとつですね。自らに驕《おご》らず、控えめなヒルデガンドさんも私は好きです」

「好きって……」

恥ずかしさでヒルデガンドの白い肌は首まで赤く染まってしまっている。

「カムイ。貴方、ヒルデガンドさんに何を言っているの？」

黙ってしまったヒルデガンドに代わって、セレネが口を挟んできた。

「……あれ？　あっ、ついセレと話すような感じで……気に障りましたか？」

セレネの指摘で、ようやくカムイは自分がとんでもないことを口走っていることに気が付いた。

「……いえ、大丈夫です。別に不快ではありません」

「それは良かった。でも顔が少し赤いですね？　私が変なことを言ってしまったせいですね？　すみませんでした」

「大丈夫です。ちょっと言われ慣れない言葉を聞いたので、照れてしまっただけです」

「言われ慣れない？　ああ、皆、ヒルデガンドさんを高嶺《たかね》の花に感じて、本心を打ち明けられないのですね？　でも、今のように頬を赤らめているヒルデガンドさんを見れば、普段と違う可愛《かわい》らしさを感じて、また異なる接し方を皆がするようになるかもしれませんね？」

「可愛らしいですか？」

カムイは自分の失敗を取り繕っているつもりなのだが、口から出てくる言葉は、事態をさらにおかしくしている。

「はい。今のヒルデガンドさんはとても可愛らしいと私は思います」

「ありがとう……」

顔全体を真っ赤に染めて、もうヒルデガンドは顔をあげられなくなってしまっていた。実際にヒルデガンドはカムイが言ったような言葉を面と向かって異性に言われたことがない。

ヒルデガンドはその容姿、実力、そして家柄からして、正に高値の花なのだ。真っ直ぐに、こんな台詞を言える男子生徒はいなかった。

「あれ？　また私は変なことを言いましたか？　すみません、もう、この話はやめましょう。えっと、何の話でしたっけ？」

「演習だよ」

ヒルデガンドを真っ赤にさせてしまったカムイを、楽しそうに見ながらディーフリートが答えた。本当は、女誑《たら》し振りをからかいたいのだが、ヒルデガンドの前では、さすがに口にできない。

「そうでした。それで？」

「なぜ、この演習が学院の授業としてあるかだよね？　なんだか、今更な気もするけど、聞きたい？」

「ええ、理由があるのであれば」

基本、疑問に思ったことはなんであっても、はっきりさせたいカムイだ。

「理由は一応ある。皇国の軍の最少行動単位が五人であることは知ってるかい？」

「知りません」

「そう。軍の行動単位は、最少が五人一組、それを集めて百人組ができて、さらにそれを束ねて千人組となる。それぞれに組長、百人将、千人将という指揮官がいる。それをさらに束ねると、将軍が率いる軍になるというわけだ」

「百人将以上は聞いたことがあります。しかし、今の話から考えると、五人一組で行動するのは一般兵ですよね？」

「そうだよ」

「それを学院で……兵の気持ちを知れということですか？」

学院の生徒はほとんどが貴族家の子弟だ。一兵卒として戦うことなどない。そうであるのに、それをさせる意味を考えた結果、カムイの頭に浮かんだのがこの答えだ。

「その通りだね。卒業後に得る地位は、どんなに低くても百人将だ。爵位の高い貴族はいきなり千人将、自領の軍となると全軍を率いる者もいる。でも人の上に立つには、下の者の気持ちを分からなければいけない。だから、こういう五人一組での行動が学院では基本になっている」

ディーフリートはカムイの考えを肯定し、さらに詳しい理由を説明した。それらしい理由ではある。だがディーフリートの説明を聞いてもカムイは不満げだ。

「やはり意味はありませんね。五人一組での行動は、突出した力を持たない一般兵をお互いに助け合わせて戦わせるためですよね？　個人で突出した力を持つ学院の生徒が学ぶとしたら、逆に一人でその五人組と戦う方法などではないですか？」

「まあね」

説明したディーフリートも、実際は納得していない。

「あとは将としての采配でしょうけど、それもあれでは、何の工夫の余地もありません」

「じゃあ、カムイくんならどういう演習がいいと思う？」

問題を批判するだけなら誰でもできる。ディーフリートは、カムイに解決策を求めた。

「もうちょっと戦況を複雑にしたいですね。例えば……」

「例えば？」

「一対一対一、一対一対一対一対一での演習とか」

「……もう少し詳しく説明してくれないか？」

「全クラスで一斉に戦って、最後に残ったところが勝ちです。協力し合うのは自由。当然、裏切りも自由です。一番強いチームを三チームで倒す。真っ先に一番弱いのを潰してしまうのもあるでしょう。傍観して潰し合うのを待つのも良し。各チーム、色々と選択肢ができます。事前にチーム間で話し合うのはなし……あっても面白いかもしれませんね？　協力を約束しておいて、いざとなったら裏切る。そんな駆け引きも発生します」

「……面白いね」

カムイの案では、部隊運用の演習というよりは、ちょっとした戦略の演習だ。それでも、ディーフリートは面白いと思った。

「あっ、でもそれでも駄目かな。ヒルデガンドさんのところが不利だ」

「私ですか？」

急に名前を出されて、ヒルデガンドはビックリしている。

「はい。この方式ですと、まずヒルデガンドさんのところが真っ先に狙われますね」

「どうして私のところが狙われるのでしょう？」

「それは一番強いからです」

「……オスカーのところが一番ではないのかしら？」

この演習は今日が初めて。まだヒルデガンドのチームとオスカーのチームの対戦はない。それでヒルデガンドのチームを一番とカムイは決めつけている。

「平均点ではオスカーさんのチームが上だと思いますけど、オスカーさんのワンマンチームなので。ヒルデガンドさんのチームは違います。マティアスさん、あと……体の大きな人」

「ランクです」

「ああ、そのランクさん。三人がそれぞれ部隊を率いることができる。俺はこういうチームの方が強いと思います」

「……そうですか。ありがとうございます」

興味本位で聞いていたヒルデガンドの目が真剣なものに変わった。カムイには、人の実力を見抜く力がある。今の会話だけでマティアスの言う通り、噂通りの人物ではないと分かった。

「狙われるのは、それはそれで良い鍛錬かもしれませんが、負け続けというのは、あまり士気に良いものではありません。鍛錬に身が入らなくなる可能性があります」

カムイはヒルデガンドの心情の変化に気付かずに話を続けている。

「……そうですね。それはあるかもしれません」

カムイの視点は人を率いる者のそれだ。さらにヒルデガンドはカムイの見方を変えることになる。

「それを防ぐには……負けたクラスは次の演習では好きなクラスから誰かを引き抜けるというの

はどうでしょう？」

「それはどうして？」

「ほかのクラスから実力のある人を引き抜ければ、弱いクラスも良い戦いができるようになるかもしれません。ヒルデガンドさんのクラスからであれば、例えばマティアスさんを抜くとか」

「私か」

カムイに名を出されてマティアスは満足そうだ。話の流れで強いと言われていると分かるからだ。

「そうです。それでヒルデガンドさんのクラスは戦力ダウン。負けた弱いクラスは戦力アップになります」

「それが続けば……戦いは混戦になる」

メンバーの入れ替えが進めば、クラスの実力は均等に近くなる。

「さらに成績は一年間の勝敗にすれば、そこに駆け引きが絡《から》みます。ちょっと強いくらいでは油断はできません。弱い組も長期的な視野で戦略を組めば、いくらでもやりようはありますから。わざと負けるというのもひとつの戦略ですからね」

続く説明で、ヒルデガンドとマティアスは顔を見合わせることになった。カムイの能力は剣の実力が云々では済まないのではないかと思い始めたのだ。

「カムイくんは面白いことを考えるね？」

ディーフリートも感心した様子で話しかけてきた。

「ディーフリートさんが言うから話しただけです。言っておきますけど、これには致命的な欠陥がありますよ」

「そうなのかい？」

すぐにでも授業に取り入れられる。ディーフリートは、こう思っていた。

「ほかのクラスに移ったグループが真剣に戦うとは限らないということ。マティアスさんは、ヒルデガンドさんに模擬剣とはいえ剣を向けられますか？」

「それは……」

カムイに問われたマティアスは、答えに詰まってしまった。

「でしょう？　つまりはそういうことです。言い訳するようですが、別に俺は学院の授業を批判しているつもりはありません。俺が思いつくことくらい、とっくの昔に別の人も考えているでしょう。でも、それは実施されていない。変えられない理由もまた、あるということです」

カムイの説明に、今度はディーフリートとヒルデガンドが顔を見合わせることになった。

カムイが最後に話した問題点を悪意に捉えれば、大貴族による貴族の系列化が授業の変化をも阻害していると批判しているように思える。その大貴族とは二人の実家なのだ。

それとなく視線を教師に向けてみれば、納得したような顔をしている。学院には学院の事情がある。こう教師も言っているように二人には思えた。

二人には、特に自家を皇国の支えと信じ切っているヒルデガンドにとっては、この件はなんとも言えない複雑な思いを心に生むことになった。

8

学年の合同演習から数日が過ぎた頃。放課後のE組の教室に突然、ヒルデガンドが現れた。教室の入り口で、優雅にクラウディアに一礼をしたあとは、ヒルデガンドは真っ直ぐに、教室の後ろの席で固まっているカムイたちのところに向かってくる。

教室に残っていた生徒たちは、何事かと驚きの表情を浮かべてヒルデガンドを見ている。

「ルッツ、頑張れ」

「断ってくれたんだろ？」

カムイに無茶ぶりをされて、ルッツは困惑顔だ。交渉事は苦手なのだ。

「考えてみたら、考えておいてくれと言われたあと、返事をしてなかった」

「じゃあ、カムイが返事をしろよ」

「……俺、あの人苦手」

カムイは交渉事は不得手ではないが、ヒルデガンドが苦手だった。冗談が通じそうもないヒルデガンド相手では、適当に誤魔化すことができそうにない。

「俺もだよ」

「もう随分前だから、とっくに諦めてると思っていたのに」

カムイとルッツがこんな会話をしているうちに、ヒルデガンドは目の前までやってきた。

「カムイ・クロイツさん」

「はい」

ヒルデガンドが話しかけてきたのは、カムイに対してだった。

「少しお話をしたいので時間を取ってもらえませんか?」

「ルッツの件は改めてお断りさせてください。ルッツにその気はありませんし、私もルッツを手放すつもりはありません」

誤魔化すことができそうもないのであれば、はっきりとさせるしかない。カムイは拒絶の言葉を口にした。

「その件はもう結構です」

「……では何を?」

ヒルデガンドの用件は別だった。その別の用件にカムイは全く心当たりがない。

「二人だけでお話をしたいのです。あまり人には聞かれたくない話です」

「はあ……。では、お部屋に伺えば？」

何となく断りづらい雰囲気を感じて、カムイは話を聞くことにした。話すことまで断っては角が立つと考えたこともある。

「いえ、周りの人にも聞かせたくありません。少し込み入った内容を聞くことになるでしょうから。これは私というより、貴方のためです」

話の雲行きが怪しくなってきた。他人に聞かせられない話など、ろくな内容ではない。

「……では、どこで？」

「どこか知りませんか？」

「……私が知っている場所は、とてもヒルデガンドさんをお連れできる場所ではありません」

秘密を守れる場所となれば、カムイには大将の店しか思いつかない。ただ、さすがにヒルデガンドを連れて行く気にはなれなかった。

「そうですか。では私の実家の馴染《なじ》みのお店があります。そこではどうでしょう？」

「こちらはかまいません。それでいつ？」

「今からでは？」

「かまいません。すぐに出ますか？」

面倒事は速やかに終わらせるに限る。

「はい」

「では向かいましょう」

ヒルデンガンドのあとに続いて、教室を出て行くカムイ。二人が教室を出て行った途端に、教室が一斉にざわめきだした。

ディーフリートに続くヒルデガンドの来訪。いったい何事かと騒ぐのも当然だ。

「なあ、なんの話だ？」

何事か分からないのはルッツも同様。アルトに問いかけてみるが。

「さすがに分かんねえよ。周りに聞かせたくないって言ってたな」

さすがのアルトも分からない。

「あの感じだと側近も外してだ。全く想像がつかないな」

「どうする？　告白とかだったらさ」

冗談めかして、オットーは話すが。

「オットーくん、縁起でもねえこと言わないでくれ」

アルトには笑えない冗談だ。

「縁起でもないって、あのヒルデガンドさんからの告白だったら、快挙だよね？」

なんといっても相手は、男子生徒の憧れの的。実際にそうであれば快挙どころの騒ぎではない。

だが、アルトはそれを面白がれる立場ではない。

「相手は東方伯家令嬢ってだけじゃねえ。そんな噂が流れるだけで拙いんだぞ？」

「……ごめん、忘れてた。皇太子様の第一皇子の婚約者候補だね。それは問題だ」

オットーにもアルトの懸念が伝わった。皇族の婚約者候補の想い人などという話は百害あって一利なしだ。その相手だけではない、東方伯家からも睨まれることになる。

「とりあえず、適当な話を作らなくちゃだな。あの騒ぎだ。すぐにほかのクラスにも知れるだろう。……ルッツの件でいいか。まだ決着はついてねえということで」

「それが無難だね。最後の説得ということで余人を交えず、本音を語り合いたい。こんなところでどうかな？」

冗談にならない台詞を口走ってしまったことを反省して、珍しくオットーも積極的に工作を考えている。

「ああ、それでいい。ということでオットーくん、よろしく頼む」

「えっ、僕？」

さすがに、このアルトの頼みは想定外だが。

「俺らが話題の出所じゃあ、疑う者も出てくるだろ？　そこは頼むぜ」

「はあ、仕方がないか。カムイくんのおかげで美味しい物も食べられたし」

ディーフリートに奢ってもらえた件を理由にして、オットーはアルトの頼みを受け入れた。借りを残しておくと、この先もっと酷いことを頼まれるのではという思いもあったからだ。

「頼み事をする俺が言うのもあれだが、豪商の息子のくせに、あれで恩に着るのか？」

「うちは若いときは金に苦労しろっていう考えなんだよ。金のありがたみを知らずに、良い商人にはなれないってね」

「まあ、正しいな」

「だから、文句も言えない。おかげで限られた仕送りで質素な暮らしさ」

「俺たちほどじゃあねえだろ？　こっちは無理して三人も学院で学ばせてるからな。食うだけで精いっぱいだ。まあ、学ばせてもらえることに感謝してるから文句はねえけどな」

「そうか、三人の学費だものね。……でも、実際に告白だったらどうするの？」

反省しているはずが、また、オットーは話を蒸し返してきた。

「全力でもみ消す」

「当たり前か。でも、どうやって？」

「カムイの想い人はセレネさんってことで」

「……はい？」

いきなり名前を出されたセレネは、アルトが何を言ったのか分かっていない様子だ。

「なんだよ、聞いてなかったのか？　いざとなったら、セレネさんにはカムイの恋人を演じてもらうからな」

「どうして私が？」

「どんなに拙い状況か分かるだろ？　それにセレネさんという恋人がいるってことになれば、万

一、告白だったとしても諦めてくれるだろ？」
「私はどうなるのよ？」

ヒルデガンドとの変な噂を打ち消すためとなれば、アルトたちは全力で噂を広めるに決まっている。それは学院中にカムイとの関係が知られるということだ。

「どうって？　何か問題が？」

セレネの問いに、アルトはきょとんとした顔をしている。

「……あのね、私も年頃の女の子なのよ。そんな噂になったら、ほかの男が近づいてこなくなるでしょ？」

「いや、それがなくても誰も近づいては……」

「何ですって!?」

人をおちょくることに関しては、アルトもカムイに負けていない。

「冗談だよ、冗談。なんだ、ディーフリートさんにそう思われるのが嫌なのか？」

しかも、一度始めると、次々と話を広げていくところもカムイと同じ。

「なんで、そこでディーフリートさんが出てくるのよ？」

「だってディーフリートさんにからかわれるたびに顔を赤らめてるじゃねえか。心配しなくてもディーフリートさんには本当のところを話しておくさ」

「そういうことじゃなくて」

「でも、ディーフリートさんだって、あれだぜ。まあ、ディーフリートさんは男だから、過去に女の一人や二人いたって問題にはならないだろうけどな」

セレネが否定しても、アルトはセレネがディーフリートを好いているという前提で話をし続ける。

「だから私はそういうんじゃないわよ」

「じゃあ、問題ないじゃねえか」

「……えっと。って違うから。どうして私が、カムイのために犠牲にならなければならないのよ？」

何とか誤魔化されずに耐えきったセレネだった。

「仕方ねえな。よし、俺から特別に大将の特製スープを御馳走しよう」

今度は、モノで釣る作戦だ。

「……なんか私、安くない？」

ただ、報酬としての金額の妥当性に問題があった。

「それくらいしか俺ら知らねえからな」

「まあ、美味しいからいいけど」

「じゃあ、決まり。代償はそれで」

散々、ゴネながらも結局は受け入れるセレネだった。

「ねえ、その特製スープって何かな？」

アルトとセレネの交渉が纏《まと》まったところで、オットーが問いかけてきた。オットーは大将の店を知らないのだ。

「……おや？　オットーくんはまだ連れて行ってなかったか」

「また僕だけ仲間外れかい？　頼むよ、僕も同じグループなんだよ？」

「そうだな。でもあそこはカムイの許しがないとな。今度聞いてみよう」

「忘れないでよ？」

どうにもアルトの口約束は信用できないオットーだった。

「大丈夫だって。俺は記憶力はいい方だぜ」

「忘れる振りも得意だけどな」

「ルッツ、余計なこと言うな」

「……なんか心配」

9

カムイがヒルデガンドに連れられてきたのは、皇都の大通りにある高級食堂。豪奢《ごうしゃ》な建物の様子は、カムイがいつも行っている裏通りの食堂とは比較することさえ失礼だ。

ヒルデガンドは正面まで行くことなく、少し手前にある小さな扉を開けて中に入った。少し曲がりくねった通路を抜けたその奥に、小さな、といっても豪奢な扉があった。その扉を迷うことなくヒルデガンドが開けると、そこには既に店員が控えていた。

「ヒルデガンド様、ようこそいらっしゃいました」

深く頭を下げたまま、こう告げる店員。通路を抜けている間に、誰が来たか確認してあるのであろう。

「奥の部屋は空いていますか？」

「もちろんでございます」

「では、使わせてもらいます」

店員の案内を求めることなく、ヒルデガンドは奥に進む。結局、一度も店員が頭を上げることはなかった。

「ああいう仕来《しきた》りなのです」

店員の態度に、興味を引かれている様子のカムイに、ヒルデガンドが途中で説明してきた。

「顔を見てはいけないと？」

「私というよりは同行者のですね。ここは我が家が皇都を訪れているときに、よく利用する場所です。お店の造りから、あまり会っていることを知られたくない相手との密会に使うことが多いようです」

「でも、実際は確認しているのですよね？」

「まあ、そうですけどね。見ていない振りが大切なのです」

「そうですか」

「こういう店の使い方は色々です。政治の話もあれば……この先は言わせないでください」

「はあ」

この先、が何を意味するのか、このときには分からなかったカムイだが、部屋に入るとすぐに想像がついた。

ヒルデガンドのあとについて入った部屋は、食堂というより宿屋の一室だ。それもかなり上等な。

手前には大きめのテーブルが置かれおり、確かに食堂といった感じだが、その奥に、幾つもの部屋があるのが見える。執務室のような部屋と寝室。

ここで政治事以外の密会となれば、大体想像がつく。

「……ほかになかったのですか？」

「余人に知られずに話をするには、ここが一番です」

「ご家族も使われる？」

聞かなくてよいことをついカムイは口にしてしまう。

「ですから、言わせないでください。私も正直、気分の良いものではありません」

その家族には父親も含まれているのだろう。娘が想像して気分が良いものではない。しかも、その父親は、この場所に家族を連れてきているのだ。カムイには、その神経が理解できない。

「でしょうね」

「さあ、座ってください」

こう言って、ヒルデガンドはカムイに向かって手前のテーブルを指し示す。

カムイが言われた通りにテーブルの席につくと、ヒルデガンドも真向いの椅子に座った。

「それでお話というのは？」

「気が短いですね？」

「あまり居心地の良い場所ではありません。ヒルデガンドさんに驚かれても、自分の馴染みの店にすればよかったと、今は後悔しています」

「ごめんなさい。私、あまりお店は知らなくて。今度は、そこに連れて行ってください」

「……はい」

カムイは、今度があるのかと少し驚きながらも素直に頷《うなず》いておいた。

「…………」

店の話をしたところで会話が途切れる。ヒルデガンドはなかなか口を開こうとしなかった。

「えっと？」

「ごめんなさい。何から聞けばよいのかと悩んでいます」

「そうですか」

「……貴方は、今の皇国をどう思いますか？」

躊躇ったあとでヒルデガンドの口から出たのは、以前にも聞かれたことがある内容だった。

「その質問は今の流行ですか？」

「流行？」

カムイの問いの意味がヒルデガンドには分からない。

「ディーフリートさんにも以前、同じ質問をされました」

「そうですか、ディーフリートが……。それで、そのときはなんと答えたのですか？」

「私の立場で答えられるわけがありません」

「……それもそうですね。でも、それを押して、聞かせて欲しいのです」

ディーフリートは、カムイから言葉を引き出すことは諦めて、自分で話し出したのだが、ヒルデガンドはそうではなかった。

「……東方伯家のヒルデガンドさんにですか？」

「いえ、私個人にです」

「なるほど。そういうことですか。しかし、その言葉を素直に受け取れるのでしょうか？」

こう言って、カムイは真っ直ぐにヒルデガンドの目を見つめた。カムイの琥珀《こはく》色の瞳が射抜くように、ヒルデガンドの瞳に突き刺さる。

数秒それが続いたところで、ヒルデガンドが視線を逸らした。そのヒルデガンドの横顔がほんのりと赤くなっているのがカムイにもはっきりと分かる。

「あの、ごめんなさい。やましい気持ちがあるわけではないのです。ただ、ちょっと」

「はい。それは分かりました。ヒルデガンドさんは、あまり見つめられることに慣れていないのですね？　ちょっと意外です」

何度か接する機会があって、カムイも分かってきたが、ヒルデガンドはかなり初心《うぶ》だ。

「こう言ってはあれですけど、先に視線を逸らされることが多いのです」

「ああ、ヒルデガンドさんに見つめられて、耐えられる男は少ないでしょうからね？」

「また、そんなことを言うのですね？」

「いけませんか？」

「恥ずかしいです」

頬を染めて恥ずかしそうに俯くヒルデガンド。その仕草を見て、さすがのカムイも少し胸が騒いだ。この部屋の雰囲気も少し影響してのことだ。

「……参りましたね。正直、かなりヒルデガンドさんの印象が変わりました」

「それはどう変わったのですか？」

「怒らないですか？」

「怒りません」

「もう少し、男性っぽい方なのだと思っていました。でも、そういう女性的な態度であっても、ヒルデガンドさんのために、それこそ命も捨てるという男が数多く出てくるでしょう」

カムイは今のヒルデガンドの方が人を惹きつけるのではないかと思っている。女性としての魅力としてだけでなく、人間味が感じられるのだ。

「でも、貴方は違う」

今度の台詞には、ヒルデガンドは照れることなく言葉を返した。

「そうですね。今のところ、そういう気持ちにはなっていません」

「残念です」

これまでの会話の流れに任せてヒルデガンドも、やや挑発的な言葉を口にする。

「その言葉は別の男性のために取っておくべきです。勘違いしてくれる男は多いと思いますよ」

ほかの男性はそうであっても、やはりカムイは違う。

「……話が進みませんね。どうしても、話を聞かせてくれる気持ちには、なれませんか？」

「そうですね。ヒルデガンドさんの恥じらう姿はかなり貴重だと思いますので、それを見せていただいた御礼に話してもいいです」

「……ではお願いします」

ようやく話が聞けるとなって、ヒルデガンドの表情が引き締まる。カムイもそれを見て、覚悟を決めて口を開いた。

「今の皇国ですね……歪《ゆが》んでいると思います」

「歪んでいますか？」

ヒルデガンドの表情に驚きはない。似たような考えを持っていることがこれで分かる。

「はい。皇国そのものを語るのは、さすがに問題ですので、学院についての私の考えをお話ししましょう。それでかまいませんか？」

皇国を語れば皇帝批判にまで繋がる。さすがに口にするのは憚《はばか》られる。それを聞いて、黙っているヒルデガンドの側も罪になるかもしれないのだ。

「はい。結構です。私が貴方の話を聞きたいと思ったのは、先日の学院の授業がきっかけですから」

「あれで？　まあ、いいです。まずは質問を。学院創立の目的はなんだと思われますか？」

「皇国を支える人材の輩出ですね」

迷うことなくヒルデガンドは即答する。これは学院に入学した者であれば、誰でも分かる質問だ。

「はい。私もそう思います。では、始祖はどのような人材を輩出したいと考えられていたのでしょう？」

「始祖がですか？」

「始祖のお考えを推察するのは畏れ多いですか？」

シュッツアルテン皇国を興した始祖はかなり神聖視されている。これもまた皇国にとって大きな問題なのだが、それを口にすることも許されない。

「いえ……ただ皇国を支える人材、それ以上の言葉が思いつかないのです」

「質問が悪かったかもしれませんね。私が思うに、始祖は身分などの出自に関係なく、優秀な人材を求めたのだと思います」

「ああ、それはそうですね。学院の門戸は誰にでも開いています。優秀なという条件付きですけどね」

これも学院の生徒であれば大抵は知っている。学院の理念は、入学して一番最初に教わることになっている。

「はい。門戸は開いてます。でも出口はいつの間にか閉ざされました」

「出口？」

「ヒルデガンドさんもお分かりですよね？　平民出身者は学院を卒業しても、国政に携わる仕事になんて就けません」

「でも、全くないわけではないですわ。引き立てられて、国政の仕事を与えられる者はいます」

問題が多いことはヒルデガンドも分かっている。だからこそカムイの話を聞こうと考えたのだが、いざ批判されるとついそれを否定してしまう。個人として聞いているつもりでも、皇国の大貴族としての意識が心から離れないのだ。

「でも、それは誰の引き立てによるものですか？」

「……貴族家ですね」

少し考えて、ヒルデガンドは答えを返した。

「そうです。あくまでも貴族家の引き立てによってです。さて、そうして引き立てられた役人は誰のために働くのでしょう？　純粋に皇国のため？　そうはなりません。引き立ててくれた貴族のために働きます」

「それは……」

皇国のために働かないことはない。ただ、その仕事の中に貴族の意向が混じることは否定できない。

「国政に行けなかった優秀な人材は、どこに行きますか？」

「……貴族家です」

次のカムイの問いに対する答えも同じ。貴族だった。ヒルデガンドにも、カムイが何を言いたいのか分かった。その表情が自然と暗くなる。

「そうです。これで私が言いたいことは分かりましたね？　皇国学院は皇国を支える人材ではなく、貴族を支える人材を輩出する場所になっているのです。これが始祖が望んだ学院の姿とは、私はとても思えません」

「でも、貴族家も皇国を支える存在です」

国政でも軍事でも、その役職の多くは貴族家の者が担っている。そういう点では、貴族家が皇国を支えているのは間違いではない。ただ、カムイが言っている皇国を支えるとは、要職を貴族が独占することではない。

「それが建前であることは、ヒルデガンドさんであればお分かりでしょう？　それが分からないというのであれば話は終わりです。私が話しているのはヒルデガンドさん個人ではなく、東方伯家のヒルデガンドさんということになりますから」

「ごめんなさい。そうでしたね。私は、私個人として貴方の話を聞くと約束していました。続けてください」

カムイに指摘されてヒルデガンドは素直に謝罪を口にする。

初対面のときとは別人かと思うくらいに雰囲気が違う。これがカムイの気持ちを少し変化させた。

「話はこれが全てと言ってよいのですけどね。それではヒルデガンドさんは物足りないでしょうから、さらに言わせていただきます」

「はい」

「始祖の目的は、もう一つあったと思います」

「もう一つですか？」

「はい。身分に関係なくに加えて、家に関係なく生徒たちを一つにすることです。私は学院の制度は、そういう目的で定められていると思います。グループ活動などは、その最たるものですね。一つのグループで長く一緒に行動することで、他家へのわだかまりをなくし、家への帰属意識をなくす。さて、実際はどうですか？」

「それは……」

そうでないことは、ヒルデガンドは誰よりもよく知っている。ヒルデガンドは全く違う意識で、自分の派閥を作っているのだ。

「さすがにヒルデガンドさんに答えていただくのは酷でしたね？　実態は、実家の繋がりによってグループが決められてる。家同士の対立を深め、貴族と平民の溝を深め、まったく本来のあり方とは、正反対な方向に向かっています」

「はい……」

「だから歪んでいるのです。今の実態を考えれば、今の制度はかえって良くない。たとえ始祖が定められた制度であろうと、時代に合っていないものは改めるべき。私はそう思います」

「貴方……」

最後の最後で、カムイは発言への制約を外した。

始祖の定めた様々な事柄は、皇国においては絶対不可侵と言ってよいもの。カムイの今の発言は、相当な問題発言と取られてもおかしくないものだ。

「これを始祖の否定と取られるかどうかは、ヒルデガンドさんにお任せします。でも私は思います。始祖の意思を歪める今の学院の姿こそ、始祖を冒瀆《ぼうとく》するものだと」

最後は現在の体制批判だ。始祖を批判するよりも実際にはこの方が処罰を受ける可能性は高い。

「……ありがとうございます。かなり無理に話をさせてしまいましたね？」

「ええ、内心は冷や冷やです。これでヒルデガンドさんがカムイ・クロイツは、始祖が定めた学院の制度を否定したなんて公に言われたら、実家にまで迷惑を掛けてしまいます」

そして、カムイはヒルデガンドを敵と認定し、敵に対するに相応しい行動をとることになる。

これは、決して口にする話ではない。

「その心配は無用です。この話は、あくまでもここだけのこと。決して他言はしません」

「それは良かった」

言葉だけで相手を信用するカムイではないが、ヒルデガンドの今の言葉は、信用してもよいのかと少し思えた。

「……もう少し甘えてもよいですか？」

「はい？」

話はまだ終わっていなかった。ヒルデガンドには、まだカムイに聞きたいことがある。

「私は……どうすればよいのでしょう？」

「すみません。ちょっと質問の意味が？」

あまりにも質問が漠然としていて、何を聞きたいのか、さっぱり分からない。

「私の、その、将来について、何か聞いていますか？」

「ああ、それですか。……悩んでいるのは、将来の皇后候補としてということですか？」

「そうです。私も今の皇国が決してこのままでよいとは思っていません。それを何とかするために、私ができることは何でしょう？」

「……もしかして、これが本当に聞きたかったことですか？」

「……はい」

将来の皇后として皇国をどう考えるか。ヒルデガンドの悩みはここにある。ここに悩みが生まれるということは、皇后としてと、東方伯家の一員としてでは為すべきことが違うと、ヒルデガンドは考えているのだ。

「なぜ、私に？　ヒルデガンドさんには優れた側近、私が言っているのはマティアスさんのことです。マティアスさんを始めとした信頼できる人たちがいるのでは？」

「マティアスは私のことを考えて答えをくれます。それはそれでありがたいのですけど」

「ああ、求めているのは全くの第三者の意見ってことですね？」

「……簡単に言えば、そうです」

極めて簡単に言えば、だ。これまでの会話でヒルデガンドはカムイに優しさを感じている。カムイが望んでこの場所にいて、話をしているわけではないのはヒルデガンドも分かっている。だがカムイはヒルデガンドの気持ちに応えて、かなり踏み込んだ発言もしてくれた。

これがヒルデガンドにはたまらなく嬉しかった。

「なるほど。皇族と貴族の利害が相反するものという前提でお答えすればよいのですね？」

「そうです」

「東方伯家の自分と皇家に嫁ぐ自分の板ばさみと」

「……そうです」

やや目を見張って、ヒルデガンドはカムイを見つめている。自分の心情をあっさりと理解するカムイに、内心でかなり驚いているのだ。

カムイに相談したのは間違いではなかった、そう思ったヒルデガンドだったが。

「全く、意味のない悩みですね」

カムイはヒルデガンドの悩みをばっさりと切り捨てる言葉を吐いた。

「……そんなことはありません。私にとっては大事なことです。今は確かに実家が大切です。でも皇族の一員となれば、やはり皇族としての立場を守るべきだと思う自分もいるのです」

「はい。でも一番大切なことが考えから抜けています」

「一番大切なこと？」

「今、この場のヒルデガンドさんは実家がどことか関係ない、ヒルデガンドさん個人のはずです。ヒルデガンドさん個人は何をしたいのですか？」

「私個人？」

「そうです。貴族でも皇族でもないヒルデガンドさんは、この国をどうしたいのです？」

「私は……」

カムイの問いはヒルデガンドには難題だった。今まで東方伯家のヒルデガンドとして生きてきた。素の自分の感情を押し殺すことが正しい在り方だと信じて生きてきたのだ。

「今、私にそれを答える必要はありません。私が、とても厳しいことを言っているのは分かっています。個人としての思いを通そうとすれば、周りを捨てることになるかもしれません。捨てるどころか、親しい家族を敵に回すことになるかもしれません。ですから、ゆっくりと考えてください。時間はまだあります。私たちはまだ成人前の十二歳ですよ？」

「その成人までたった三年です」

成人は十五歳。そして成人を迎えれば、すぐにヒルデガンドは嫁ぐことになるはずだ。

「はい。でもまだ三年あるとも考えられます。いや、もっとですね。一度決めたことを、その先ずっと変えてはならないなんて、そんな決まりはありません。それでは人の人生はやり直しが利かないものになってしまいます。人生にやり直しは利きます。これは本当です。一応、私はその経験者ですから」

「貴方って……ねえ、貴方はどうやってやり直したの？」

カムイの言葉には重みが感じられる。同い年であるカムイと自分のどこに差があるのか、ヒルデガンドは考えてしまう。

「簡単に言えば私は一度死にました。死ぬときって本当に苦しいんですよ。あれに比べれば、大抵のことは我慢できます。あっ、例えですよ。本当に死んでいたら、ここにはいません。いたとしてもアンデッドですね。今すぐ討伐するべきです」

詳しい話はヒルデガンドにはできない。カムイは途中から冗談で誤魔化そうとしている。

「ふふ。それはそうね」

そのカムイの軽口にヒルデガンドの顔がほころぶ。それは普段とは違う年相応の笑顔に見えた。

「あっ、素の笑顔も初めてですね？　いつもの笑顔も素敵ですけど、今の笑顔の方が私は好きです」

「もう。またそういうことを言うのですね。私も畏《かしこ》まった貴方より、今の素に近い貴方が好きよ。まだまだ本当の素には遠いようですけどね？」

「……失礼しました」

素を見せていたつもりはカムイには全くなかった。ヒルデガンドの話を聞いて、気の緩みに気付いたカムイは、すぐに態度を改める。

「だから、もうそれはやめて。今日の最後のお願いを聞いてもらえますか？」

「今日のっていう言葉に、少し引っかかりますけど、どうぞ」

「私のことはヒルダと呼んで。それと少しずつでいいから敬語もやめて」

最後のお願いが、カムイにとっては一番の難題だった。

「……それはなかなか難しい要求ですよ？　明日から私がヒルダなんて呼んだら、余計な詮索を生むことになります」

カムイの知る限り、ヒルデガンドをヒルダと呼ぶ者は学院にいない。どれだけの反響が起きるか、考えただけで頭が痛くなる。

「じゃあ、貴方と二人きりでここに来たことを、それとなく家族に知らせようかしら？　それを知ったお父様はどう思うかしらね？」

「……それ、脅しですよね？」

「ええ、脅しよ。これくらいしないと貴方は言うことを聞いてくれそうもないわ」

実際にどうするかは別にして、これを口にするほどヒルデガンドは譲る気がないという証。

「……分かりました。個人的な会話のときだけヒルダと呼ばせてもらいます」

抵抗は無駄だと悟って、条件付きでカムイは受け入れることにした。

「ええ、それでかまわないわ。よろしく、カムイ」

「私も呼び捨てですか？」

「そうじゃないと変ですよ。それとも、ねえ貴方、とでも呼びましょうか？」

「カムイでお願いします」

ヒルデガンドが、私的なことで他人に我が儘を言う。これが、どれだけ珍しいことかカムイは分かっていない。

ヒルデガンドは、カムイの前では公の自分ではなく、私の自分でいられると思った。カムイはそれを許してくれる相手だと感じていた。だから、私である愛称で呼ばれることを望んだのだ。

交わるはずがなかったカムイとヒルデガンドの道。その道が、本人たちも気付かないうちに、そっと近づいていた。

終章

―敵に容赦なんていらない―

1

部屋に並べられている沢山の書物と怪しげな素材。机の上には、幾つもの作りかけの魔道具が置かれている。

学院内にある魔道研究会の部室。その部屋に置いてある一際《ひときわ》大きな机に頬杖《ほおづえ》をついて座っているのは会長のマリーだ。人族には珍しい黒髪を肩まで伸ばし、眉の位置で切り揃《そろ》えられた前髪の下からは、碧《あお》色の瞳が覗《のぞ》いている。学院の制服ではなく、ゆったりした魔道士服を着ているのはいつものことだ。

マリーは目の前に立つ男子生徒をその切れ長の瞳で見つめている。本人は意識していないのだが、吊《つ》り目がきつい印象を与えてしまい、男子生徒は緊張した面持ちを見せている。

「調べはついたのかい？」

皇国魔道士団長の令嬢とは思えないような擦《す》れた口調で、男子生徒に問いかけるマリー。

「はい。といっても完全ではありませんが」

「報告して」

「カムイ・クロイツの母親はソフィア・ホンフリートです。父親は不明」

「ソフィア・ホンフリート……どっかで聞いたことがあるね」

聞き覚えのある名前に、記憶を探るマリーであったが、それが終わらないうちに男子生徒が説明を始めた。

「有名人ですから。皇国一の美女と言われていたようです。一時は皇太子殿下の婚約者候補にまで名が挙がったくらいです。実家がホンフリートということで、具体的に話が進むことなく終わったという話ですが、皇太子殿下ご本人は、縁組を強く望んだとか、望まないとか」

「……そんな話で、あたしの記憶に？」

男子生徒の話は、ほとんどゴシップの類《たぐい》だ。マリーは、そういう話に興味はない。

「いえ、もう一つの通り名の方が有名ですから、そちらだと思います」

「だったら、そっちを先に話しなよ。あたしはゴシップネタに興味はないよ」

不満げな顔をすると、ただでさえきつい目つきがさらにきつくなる。

その目つきに怯《おび》えて、男子生徒は姿勢を正した。

「すみません。光の聖女の再来。神聖魔法の使い手として、皇国最高と謳《うた》われていました」

「ああ、そうだ。確か、その実力を買われて、勇者のパーティーに入ったのだったね？」

魔法以外にはほとんど関心のないマリーも、カムイの母親の話は知っていた。光属性魔法の優れた使い手という点において、マリーも認める存在なのだ。

「はい。ですが、勇者と共に行方不明になり、その後、人知れず実家に戻っていたと。そのときにはもう、カムイ・クロイツを身ごもっていたようです」

「それで父親は不明と」

「勇者ではないかと噂《うわさ》されていた時期もあったようです」

「おいおい。それが事実なら、とんでもない血筋じゃないか」

勇者とソフィアの間の子供。この期待が、カムイを苦しめていたことなど、マリーは知らない。

「父親が勇者かは、はっきりしていません。本人が魔法を使えないということで、何となく否定されたみたいですね。それに確かめようにもホンフリート家は……」

「全員死亡。死因は服毒自殺だったね？」

これについてはマリーもとっくに知っていた。学院で起きた事件がきっかけだ。さすがに話は学院中に広まっていた。

「はい。ただ少々おかしな点があるようです」

「ん？　それは？」

「ワインに毒を入れて呑《の》んだそうです」

「貴族の自殺としては、よくある話だね」

罪を犯した貴族が、死罪の代わりに、皇帝の名で毒入りのワインを送られるという場合が多い。不名誉な死罪を賜る前に自らの手で、という意味だ。

「でも食前酒です」

「……それがどうした？」

「食事が綺麗《きれい》にテーブルに並べられていたそうです。自殺をするのに食事の用意。おかしいとは思いませんか？」

「役人はその点を調べてないのかい？」

最後の晩餐《ばんさん》に手を付けず。マリーも少しおかしいと感じた。

「当主による無理心中ということで処理されたようです。決め手は、私たちと同年代の子供たちも、そのワインを呑んでいたという理由です。貴族家であれば、子供のうちからワインを嗜《たしな》むことはあるでしょうが、絶対とは言えません。当主の指示でと考えるのが普通ですね」

「そう……まあ、それはいいよ。それもゴシップだ。その後の本人の様子は？」

一瞬頭の中に黒い影のような考えが浮かんだが、それが形になる前に、直感的な恐怖を感じてマリーは思考をやめた。

「まったく魔法を使う気配はありません」

「授業はどうしているんだい？」

「魔法の授業は見学。剣術の授業においても、魔法なしで行っていますね」

「魔法なしで剣の授業。それはそれで凄《すご》いけどね」

凄いと言っているが本気で感心しているわけではない。魔法、魔道の力を重視しているマリーにとっては、魔法を使わないで戦うなどばかげたことだ。

「実力の方はそれに見合ったものです。クラス最低の評価ですね」

「……誤検知の可能性は？」

「それは私からは何とも言えません。魔力検知魔道具を作られたのは、マリー様のお父様です。少なくとも、あのときに魔力を検知したのは確かです。それが神聖魔法であることも。複数で確認していますから、その点に間違いはありません」

マリーがカムイに興味を持ったのは、これがきっかけだ。暗殺未遂、そんな出来事よりも、父親にもらった魔道具が神聖魔法の発動を検知したという事実が、マリーを驚かせた。

魔法に優れた才を持つ者を自分の会に引き込むために仕掛けていた網に、とんでもない大物の気配が引っかかったのだ。

「カムイ・クロイツでない可能性は？」

「あのとき、近くにいたのは、カムイ・クロイツと同じクラスのアルト、セレネ、ルッツです。そのうちセレネは水属性魔法を使っていたようですので除外です。複数属性、同時詠唱が可能となれば話は別ですが」

それができる者などいない。言外にそういう意味を込めて、男子生徒は話を付け足した。

「それができる奴《やつ》がいれば、あたしは会長の座から身を引くよ。セレネって女は除外だね。あとは？」

「ルッツという生徒は少し離れた場所にいました。あの距離から使ったのであれば、もっと反応は大きかったでしょう。それ以前に、目視で確認できるのが普通です」

「ルッツもなしと。残るは一人だね」

セレネとルッツの可能性をマリーは完全に排除した。あとはアルトだ。

「はい。アルトという生徒は否定しきれません。ただ、彼は孤児です。これはルッツもそうですね。ですが、ルッツとは違い、アルトの両親が平民であることは明らかです」

平民の孤児が魔法を使えるはずがない。こんな偏見に、男子生徒は囚《とら》われている。魔道士に多い、自分を特別視する意識が学生のうちから備わっているようだ。

「平民の中から魔法の才を持った者が現れた例はないわけじゃないよ」

さすがに、マリーは片寄った考えに囚われてはいない。

「それは分かっています。そうだとしても、では彼はどこで神聖魔法を学んだのでしょう？　神聖魔法を学ぶ機会があるとすれば、それはソフィア・ホンフリートを母に持つカムイ・クロイツからです」

「アルトが使えるのであれば、カムイも使えるはずだ。こう考えているんだね？」

「その通りです」

「うん。論理的だね。いいだろう。引き続きカムイ・クロイツを探るんだよ。カムイ・クロイツが魔法を使えると分かったら、何としてもこちらに引き込むんだ。神聖魔法じゃなくても、魔法を使えるってだけで、彼には価値があるからね」

改めてマリーは男子生徒にカムイの調査の指示を出す。

「研究材料としてですね？」

「そうだよ。魔力がなかったはずが魔力を持った。その方法が分かれば、魔道はさらに発展するはずさ。少々の無茶はかまわない。何としても探り出すんだよ」

「承知しました」

マリーは、父の考えをそのまま受け継いだ魔道至上主義者だ。魔道の発展は、この世界の発展と同じ、こう考えている。

そのためには少々の無体は許される。父親ほどではないが、マリーもこう考えている。

マリーは知らない。カムイも自分を、仲間の身を守るためであれば、手段を選ばない質《たち》だということを。

2

剣を上段に構え、正面に吊《つる》された紙をめがけて一気にそれを振り下ろす。切れた紙の一片が、ひらひらと揺れながら地面に落ちた。

「全然、駄目！」

満足そうに微笑《ほほえ》むセレネに、カムイの厳しい声が飛んだ。

「どこがよ!?　ちゃんと切ったでしょ！」

カムイの駄目出しにセレネは不満げだ。

「無駄な動きが多すぎる。バランスも悪いな」

「もうちょっと分かりやすく説明してくれる？」

カムイは、普段から言葉足らずなことが多い。人にものを教えるには不向きだ。ある一定の技量を持つ者以外は、という条件が一応はつくが。

「あっ、それが人に教えを請《こ》う人の態度か？　今の俺はセレの師匠だぞ」

「教えていただけますか？　師匠」

「いいだろう」

「偉そうに……」

自分で乗せておいて、セレネは文句を言っている。カムイといつも言い合いになるのは、セレネにも責任がある。

「何か言ったか？」

「別に」

「態度悪いな。とりあえずこれを見て」

地面に落ちた紙を拾って、セレネに差し出すカムイ。

「これがなんだと言うの？」

紙を見せられても、セレネには意味が分からなかった。

「切れているのは途中まで。あとは切ったというより破いただな」

カムイが言う通り、切り口は途中からギザギザになっている。

「……そうね」

はっきりと証拠を見せつけられては、セレネも自分の未熟を否定できない。

「刃がぶれてる。それと速さも足りないって証拠だ」

「カムイはできるの？」

「切るくらいならな」

「じゃあ、やって見せてよ。口で言われただけじゃあ、分からないわよ」

「全く。その態度、師匠相手だったら、セレは今頃ボッコボコだぞ。じゃあ、見てろよ」

文句を言いながらも、セレネに手本を見せるためにカムイは動き出した。無造作に紙の前に立ったカムイ。特に気負うことなく剣を構えると、すっと剣を振り下ろした。

「えっ？」

全体としては決して速くは見えない動作。だが剣の軌道が、全くセレネには見えなかった。

「はい。こんな感じ」

セレネが驚いている間に、落ちた紙を拾っていたカムイ。セレネに差し出された紙の切り口は、ギザギザなど全くない、真っ直ぐなものだ。

「……今、どうやったの？」

「どうやったって、剣を振っただけだけど？」

「見えなかったんだけど……」

残念ながらセレネには、カムイの手本は手本になっていなかった。

「それはできるだけ無駄な動きを省こうとしてるから。予備動作って知ってる？」

「何それ？」

「口で言っても分からないだろうから実際にやってもらおう。上に跳んでみて。但《ただ》し、膝を曲げたら駄目。上半身を前傾させるのもなしな」

「膝を曲げないで、前傾もなしね。分かったわ」

カムイに言われたことを守って、跳び上がろうとするセレネ。そこから全く動かなくなった。

「はい。跳んで」

「…………」

カムイに促されても、セレネの姿勢は変わらない。

「跳んで」

「できるわけないじゃない！」

膝を伸ばしたまま、上半身の反動もなしでは、跳べるはずがない。

「そういうこと。跳ぶ前には逆に体を沈める必要がある。それと同じようなことが剣を振るのにも必要。ここまではいいか？」

「ええ、分かるわよ」

「逆に言えば、この予備動作を見切れば、次に相手がどう動くかが分かる」

「そんなことできるの？」

カムイの説明を聞いても、セレネにはできるイメージが全く湧いてこなかった。

「ある程度は自然にやってる。人は相手の体全体の動きを見て、次にその人がどう動くかを感じてるんだ」

「そうなの？」

「そう。その動作を、ほんのわずかなものに止《と》めることができたら、相手は次にどう動くのか分からなくなる。さっき俺がやったのはそれ。だからセレは、俺が剣を振り降ろすきっかけが分からなくて、気が付いたら振っていたってことになったわけだな」

「……そんなことができるなんて。やっぱり、カムイって力を隠していたのね？」

カムイは簡単そうに説明するが、実際にそれをやるとなれば、相当な鍛錬が必要になることくらいはセレネにも分かる。

「今更言うな。とっくに知ってるだろ？　だから、こうして剣を教えることも引き受けたんだぞ」

剣を教われば、こうしてカムイの実力は分かる。セレネが既に知っているから、カムイは教えることを良しとしたのだ。

「まあ、それはそうね。でも、どうやったら、それができるようになるの？」

「最初に言っただろ？　まずは動きの無駄を省くこと。人は必ずしも必要な動きだけをしているわけじゃない。癖みたいなものもあるしな。そういう無駄をできる限り削《そ》ぎ落すと、剣がぶれることもないし、自然と振る速さも速くなる」

「予備動作は？」

「それはそれができてから。予備動作を失《な》くすってのは完全にできることじゃない。あくまでも、最少限にするだけだ。少しの動きで効果を高めるって感じ。それには、動きが無駄に伝わるのを避けなければいけない。それがバランス。傾いた状態で跳ぶのと、真っ直ぐな状態で跳ぶの、どっちが高く跳べるかなんて、やるまでもなく分かるだろ？」

「分かる」

「ということで、無駄の除去とバランスを、セレはこれから鍛えることになる」

「だからどうやって？」

「ちゃんと鍛錬の用意はしてある。まあ、普段使っているやつだけどな。あの杭《くい》、あの上で素振りするのが当面の鍛錬だ」

カムイの言う通り、少し離れた場所に杭が何本も地面に打ち付けられている。

「……はい？　あの上で？」

だが、その杭は、ただ立っているのも難しそうな細い杭だった。

「最初はゆっくりと。このゆっくりとが大事だから、根気よく続けるように」

戸惑うセレネに構うことなく、カムイは説明を続ける。

「……分かったわよ。そのゆっくりというのは？」

カムイの有無を言わせぬ雰囲気に仕方なくセレネは杭の上での鍛錬を受け入れることにした。

「体を、それこそ今にも止まるくらいにゆっくりと動かすと、体の動きがよく分かる。変に力が入っていたりな。そういうのを一つ一つ消していくんだ」

「えっと、どれくらい続ければいいのかしら？」

カムイの説明を聞いても、やはりセレネには全く強くなれるイメージが湧かない。

「強くなりたいならずっと。俺もずっと続けてるぞ」

「……やってみて」

「はあ？　またぁ？」

「いいじゃない。見せてくれたって」

「ほんと、セレって我《わ》が儘《まま》だな。そんな我が儘を言ってるとディーに嫌われるぞ？」

「なんで、そこで……ディー？」

ディー。ディーフリートのことだとは分かるが、カムイがこんな呼び方をするのをセレネは初めて聞いた。

「そう呼べって。ヒルデガンドさんをヒルダって呼ぶのに、自分はディーフリートさんじゃあ、不公平だって言われた」

「でしょうね。なんたって、あのヒルデガンドさんを愛称で呼ぶんだものね」

カムイがヒルデガンドをヒルダと呼んだときの衝撃をセレネは忘れていない。

「まあ、短くて助かる」

「そういう問題か？」

「さてと。じゃあ、やるから見てろよ？　あまり参考にならないと思うけどな」

こう告げて、カムイは杭の方に向かって歩いて行った。

少し手前で飛び乗ると、すぐに素振りを始める。素振りなんていうものではない。まるで剣舞のようだ。細い杭を次々と渡り歩き剣を振っていく。上、下、斜め、流れるようなその動き。剣が風を切る音がまるで音楽のように聞こえてくる。

カムイの動きに、完全にセレネは見惚《みと》れてしまった。

「おお、やってる、やってる。なんだか久しぶりに見るな」

遅れてやってきたルッツが嬉《うれ》しそうに、見物していたアルトに話しかけている。

「まあな。集まって鍛錬なんて久しぶりだ。しかし、相変わらず見事だねえ。俺なんかじゃあ、正直、あそこまで到達できるとは思えねえ」

「俺は追いつきたいけど、まだ遠いな」

「ねえ」

二人の声に我に返ったセレネが声を掛けてきた。

「何？」

その呼びかけに応えたのは、ルッツだ。

「いつも言っている師匠ってどういう人なの？」

「なんで、そんなことを聞くんだ？」

「どんな教え方をしたら、あそこまでのことができるようになるのかなと思って」

セレネは、カムイの力は、カムイたちを教えた師匠たちのおかげだと思っている。完全に間違っているわけではないのだが。

「……セレネさんは勘違いをしてるな」

ルッツがセレネの間違いを指摘してきた。

「勘違い？」

「俺らの師匠が凄い人なのは確かだけど、あれは師匠に教わったんじゃなくて、カムイが自分で考えた方法だ」

「あれを自分で？」

「そう。魔法が使えない自分がどうやったら対等に戦えるようになるか。魔法で速さを高められないなら、元の速さを鍛えればいい。力もそう。単純な力は無理なら、技術でそれに追いつけないか。悩んで悩んで悩み抜いて、それでもカムイは諦めずに頑張っていたんだ」

「……そう」

普段の惚《とぼ》けた様子からは想像がつかないカムイの過去。はたして、どんな思いでそれを続けていたのだろうと思うと、セレネは少し胸が苦しくなった。

「ただ剣が強いってだけで、俺はカムイに付いて来たわけじゃないから。俺はそういう何事も諦めないカムイの強さに惹《ひ》かれるんだ。孤児として育って、将来を諦めていた俺にとってはカムイのそういう強さは憧れなんだよ」

ルッツがこんなに語ることは滅多にない。剣に対する拘《こだわ》りと、カムイに対する思いが、ルッツを能弁にさせていた。

「諦めない強さ。そうね」

こうつぶやきながら視線を戻すと、カムイはもう、セレネに見せるという目的を忘れたようで、一心不乱に剣を振っている。

滑らかに動くその体。足元を見なければ、とても細い杭の上でそれをやっているようには見えない。木々の隙間から差す陽《ひ》の光に、振られる剣とカムイの銀の髪が輝いている。

「……ほんと、舞っているみたいね？」

「そうだろ？　でも本番の方がもっと凄いんだ」

「本番？」

「カムイが剣を振るたびに、血しぶきが宙を舞う。真っ赤な血しぶきの中を駆け回るカムイの姿は……」

「おい。それはセレネさんには刺激が強すぎるんじゃねえか？」

戦場でのカムイの様子を語るルッツをアルトが制止した。実戦は、舞のように綺麗では収まらないのだ。

「……それもそうか。舞うのは血だけじゃないしな」

「血だけじゃないって？」

ルッツの気になる言葉に、ついセレネは問いを発してしまう。

「えっ、それ聞くの？　首とか手足とかだけど……」

「……それは……あれね」

セレネは頭を振ることで、頭に浮かびそうになった光景を振り払った。残酷な光景が消えたところで、セレネの頭に一つの疑問が残った。

「ねえ。それって実戦を経験しているってことよね？」

「うん、まあ」

「……それも鍛錬の一環？」

ルッツはあっさりと肯定したが、それは人殺しの経験を認めたことになる。この年で、そんな経験を必要とする理由がセレネには分からなかった。

「そう。俺らの師匠のモットーは『命の危険を感じない鍛錬は鍛錬じゃない』だから」

「なんか、凄いのね？」

「凄いなんてもんじゃないね。最初の実戦なんて、本当に死んだと思ったから。ちょっと剣を使えるようになって、すぐだよ？　ウォーウルフの牙が正面から向かってきたときは、今だから言えるけど、ちょっと小便ちびった」

「ちょっと!?」

「ああ、俺も。大の方を堪《こら》えた自分を褒めてやりてえな」

ルッツの話にアルトも乗っかってきた。

「もう、二人とも下品よ。そうやって、すぐ、からかうんだから」

下品ではあるが、おかげでセレネは少し気持ちが軽くなっている。

「冗談じゃなくて、ホントそれくらいの恐怖だから。それだけじゃない。肉を切る感触って、最初は本当に気持ち悪いから。そうだよ、最初のときは三人で終わったあと、吐きまくったよな？」

「ああ、まあ、最初だけじゃねえけどな」

顔をしかめながらアルトも同意する。その態度が二人が冗談を話しているわけではないと、セレネに分からせた。

「そんなに気持ち悪いの？」

「口では説明できない。実際に経験しないとね」

「そう。今はもう平気？」

剣を持つ以上は、いつかはセレネも経験するかもしれない。望んではいないが、覚悟として聞いておくべきだとセレネは考えた。

「戦いの最中は。終わったあとはやっぱりね」

「簡単には慣れないのね？」

「慣れてはいけないいってさ」

「えっ？」

「これは師匠たちに、それこそ口を酸っぱくして言われてる。戦いとなれば相手を殺さなければいけない。でも決してそれに慣れるなって。殺した相手への慈悲と命を奪うことへの恐怖の気持ちは持ち続けろと言われてる。それがどんな相手でも」

「そう。優しい師匠たちなのね？」

人の命に憐《あわ》れみの心を持つ。これはセレネにもよく理解できる話だ。ただカムイたちの師匠は、そんな甘いだけの者たちではない。

「それはちょっと違うと思う」

「でも」

「そういう気持ちを持つのはあくまでも決着がついてから、というか相手を殺したあとだね。敵に対して一切容赦はするな。生かさなければならない場合でも再起不能になるまで、二度とこちらに敵対しようなんて気持ちを持てなくなるまで、相手を叩《たた》きのめさなくてはいけない。こうも言われてる。師匠たちの標準は、敵は殺せなんだよね」

命の尊さは大事にしても、敵に対しては容赦はしない。容赦をすれば、自分の尊い命が失われてしまうだけだ。

「……確かに優しくはないわね」

死に直面する予定がないセレネにとっては、答えを得るにはまだ早い問題だ。

「さてと、カムイがああなったら、しばらくは終わらないからな。俺たちは俺たちで、鍛錬するか」

「そうなの？」

「カムイは集中すると時間を忘れるからな。放っておけば、ずっと続けてる」

「カムイって、努力の人なのね」

「いや。天才だよ」

セレネのカムイ評を、すぐにルッツが否定してきた。

「努力の天才ってこと？」

「それもある。でも、カムイは天賦《てんぷ》の才を持っていると俺は思う」

「でも、元々は魔法を使えなかったのよ？」

セレネが、カムイを努力の人と評するのは、これが理由だ。魔法が使えないというハンデを、努力で乗り越えていると思っている。

「それがハンデにならないくらいの才能だってこと。でもカムイは、それを認めようとしない。与えられた才能は、あくまでも借りものだって意識がある。だから人一倍努力して自分を納得させようとしているんだ」

「なんだか、カムイが、とんでもない人物に思えてきたわ」

「……そうだよ。あいつは」

「ほら、無駄口叩いていねえで、鍛錬始めるぞ」

どこか遠くを見つめるような目で、カムイの話を続けようとしたルッツ。それを遮るように、アルトが鍛錬の開始を催促してきた。そのアルトの態度に少し引っかかるものを感じたセレネだったが、カムイたちと一緒にいるとよくあることだ。

カムイが、彼らが、自分に真実の姿を見せてくれるときが来るのだろうか。セレネは、カムイたちに近づけば近づくほど、こう思ってしまう。

3

放課後になっても、カムイのクラスの生徒たちは教室から一向に去ろうとしない。別に友達との談義に花を咲かせているというわけではない。教室のあちこちに集まって、それらしい雰囲気を作っているのだが、どのグループも話を弾ませるどころか、じっと黙って耳をすましている。

ほとんど喋《しゃべ》る者のいない教室では、このような状況を作った張本人の声だけが響いている。カムイに話しかけているヒルデガンドの声だ。

「ねえ、カムイ。カムイは孤児院で生活しているのよね？」

「は、はい」

「孤児院ってどういうところなのかしら？　私は行ったことがないから分からないの」

「まあ、そうですよね？　ヒルデガンドさんが行くようなところではありません」

「…………」

カムイの言葉にヒルデガンドは子供みたいに頬を膨らませて黙ってしまった。そのヒルデガンドの態度を見て、アルトなどは頭を抱えてしまっている。これでは、せっかく流したカムイとセレネの噂など、呆気《あっけ》なく吹き飛んでしまう。

「えっと」

「ヒルダと呼ぶ約束ですよ？」

「個人的な会話のときという約束です」

「あら、今は個人的な会話だわ」

「そうでした……」

周りに誰もいないという条件も付けるべきだったと、カムイは大いに後悔している。

「今度行ってみたいわ」

「それは難しいかと」

「駄目なの？」

今度は子供みたいに拗《す》ねた表情を見せるヒルデガンド。ヒルデガンドがこんな仕草を見せるたびに、周りの生徒たちからざわめきが起こる。常のヒルデガンドからは想像できない態度なのだ。

「嫌とかではなくて、司教様が驚いてしまいます。ヒルダはこう言われると嫌だと思いますけど、東方伯家のご令嬢の来訪ってことになりますからね」

「……そうね」

方伯家の令嬢となると、本人の気持ちに関係なく相手の方が気を遣ってしまう。そういう経験をヒルデガンドは何度も経験して分かっている。

「まあ機会があれば。あらかじめ司教様に話しておけば大丈夫かもしれません」

ヒルデガンドのがっかりした顔を見て、すぐにフォローしてしまうカムイだった。

「そう!? じゃあ、楽しみにしているわ！」

途端にヒルデガンドの顔がパッと明るくなる。カムイはそれを見てホッとした様子だが、横で見ているアルトは堪《たま》らない。落ち着かない様子で眼鏡をいじっている。

カムイの言葉に一喜一憂しているヒルデガンドの話など、学院に広まっては困るのだ。

「カムイ……」

囁《ささや》くような声でアルトが、そっとカムイの名を呼ぶ。

「何？」

「周り」

「……あっ」

さりげなく周囲を見渡せば、ほとんどの生徒が二人の会話の内容を、少しでも聞き漏らすまいと耳を傾けているのが分かる。

「どうしたのですか？」

「えっとですね……そうだ、ヒルデガンドさん、この間の話の続きですね？」

「い、ヒルダ」

「ああ、えっと……とりあえず、その話はここではアレですので外で話をしましょう」

「あっ」

とにかく周りの生徒が聞き耳を立てている中で、これ以上話をするのは拙いと考えたカムイは、ヒルデガンドの手を取って、強引に教室の外に連れ出した。

それはそれで、後ろでアルトが頭を抱えているのだが、それにカムイは気が付いていない。

教室を出たカムイは、ヒルデガンドの手を握ったまま、足早に廊下を進んでいく。

「あ、あの？」

躊躇《ためら》いがちにヒルデガンドは前を歩くカムイに声を掛けた。

「何ですか？」

「人前で手を繋《つな》いで歩くのは、少し……」

「あっ！」

慌てて手を離して、辺りを見渡すカムイ。人影が少ないことに安心して、ヒルデガンドに向き直った。

「……すみません」

自分のしでかしたことに気付いて、カムイは謝罪を口にした。

「謝らなくても平気です。ただ少し恥ずかしかっただけです」

ヒルデガンドは俯《うつむ》いたままカムイに答えた。顔にかかる金髪の隙間から覗くヒルデガンドの白

い肌は、今は羞恥で赤く染まっている

「そうですよね……」

舞踏会などの場であればともかく、普段、未婚の男女が手を繋いで人前で歩くなどあり得ない。そのあり得ないことをカムイとヒルデガンドはしてしまった。

「……もう大丈夫です。教室を出て、どうするのですか？」

いつまでも恥ずかしがっていても仕方がないと、ヒルデガンドは顔をあげてカムイに尋ねた。

「何も考えていませんでした」

「あの……もう少しお話をしたいのです」

「ああ、それは構いません。でも、どうしましょうか？　あまり人目につく場所で話すのもアレだし」

「それは……迷惑ですか？」

教室を出た理由が、ようやくヒルデガンドにも分かった。

「へっ？　そんなことないですよ。でもヒルダと話していると周りの注目を集めてしまうので、それが少し煩わしいだけです」

「やっぱり、私のせいですね」

カムイの話を聞いて、ヒルデガンドは落ちこんだ様子を見せる。

自由に友人と話すこともできない。ずっと前から分かっていたことだが、こうした思いをするのは久しぶりだった。

「俺の言い方が悪かったですね。ヒルダが悪いのではなくて、俺があまり目立ちたくないだけですから、気にしないでください」

「でも」

「そうだ。良い場所があります。滅多に人が訪れることがない場所ですから、そこで話をしましょう。俺に付いて来てください。学院の中ですから、すぐですよ」

「……はい」

またヒルデガンドの頬がほんのりと赤くなる。カムイが自分に見せる意外な優しさに触れるたびに、ヒルデガンドの気持ちは揺れ動いてしまっていた。

4

カムイがヒルデガンドと話をするのに選んだ場所は、鍛錬に使っている学院の端にある林の中だった。滅多に人が来ないということで鍛錬に使っている、二人きりで話すには格好の場所だった。

「ここは初めて来ました。カムイはよく来るのですか？」

木々が生い茂る周囲の様子を眺めながら、ヒルデガンドはカムイに尋ねる。

「そうですね。割と頻繁に」

毎日だが、これを言うと鍛錬していることを説明しなければならなくなる。面倒なので曖昧な言い方にしておいた。

「静かなところですね？」

自分たちの声以外に聞こえてくるのは、鳥のさえずりくらい。学院の中であることを忘れてしまうような自然豊かな環境だ。

「さっきも言った通り、あまり人が訪れる場所じゃありませんから」

「カムイは、どうしてこの場所に？」

「昔からたまに来ていました」

「昔？」

入学してまだ半年程度。昔といえる時間ではない。これはヒルデガンドが編入組だから思うことだ。

「初等部の頃からです。俺にとっては思い出の場所ですね。良くも悪くもですけど」

「そう……」

良くも悪くもの意味が気になるヒルデガンドだが、問いにはできなかった。初等部時代のカムイの境遇をヒルデガンドは知っているのだ。

「ああ、この辺でいいですね」

普段、鍛錬を行っている場所から少し手前で足を止めると、カムイは自分の制服の上着を脱いで、さっと地面に置いた。

「どうぞ」

「上着が汚れるわ」

「気にしないでください。ヒルダの服が汚れるよりはマシです」

「あ、ありがとう」

「どういたしまして」

少し躊躇いながらも、カムイの上着の上に腰を下ろすヒルデガンド。そのヒルデガンドのすぐ隣にカムイも座った。

「カムイは優しいですね？」

「そうですか？　普通だと思いますけど」

「優しいわ」

優しくされることには慣れているヒルデガンドだが、それでもカムイの気遣いは、特別だと思える。

「そうだとすれば、女性には優しくしろと小さい頃から言われていますので、そのせいですね」

「それは誰から?」

「母親からです。女性への接し方については、やけにうるさい人でした」

躾《しつけ》らしい躾など、一切しようとしなかったカムイの母親が唯一厳しく言っていたのが、これだった。

「どうしてかしら?」

「父親がそういう人だったそうです。とにかく母に対して優しくて、そういう父が大好きだったと言っていました。だから俺にも父と同じようになれと」

カムイが母親から聞いた数少ない父親の話題だ。これがカムイが母親の教えを忠実に守っている理由でもある。顔も知らない父親に少しでも近づきたかったのだ。

「カムイのお父様って、誰だか分からないのよね?」

「はい」

「勇者だって噂もあったと聞いたわ?」

「そうですね。でも、それはあり得ません」

カムイの父は勇者。これは今も一部では噂されている話だ。だがカムイは、きっぱりと否定した。

「それは自分に魔力が……ごめんなさい」

「謝らなくていいですよ。今は気にしてませんから。勇者が父親でないことは母から聞きました。

そう噂されるのが母には我慢ならなかったみたいで、父の素性については何も語らない母が、それだけは、はっきりと教えてくれましたね」

「我慢がならないって？」

勇者との噂は、どちらかといえば光栄なことだと思うヒルデガンドは、我慢ならないというカムイの母親の言葉を不思議に思った。

「嫌いだったみたいです」

「勇者を？」

「はい。母の一方的な話ですから、どこまで真実かは分かりませんが、勇者であることを利用して随分と酷《ひど》いことをしたそうです。そういう意味では勇者の隠し子はどこかにいるかもしれませんね。それも何人も」

「あの、それは……」

初心《うぶ》なヒルデガンドでも、カムイの話の意味は分かる。勇者があちこちで女性と関係を持った。それも強引な手段でだ。ヒルデガンドの中の勇者のイメージが崩れ去っていく。

「あっ、すみません。女性に話すことではありませんね」

「そうですね。でも、勇者が……ちょっと驚きです」

「神教の都合の良い人が選ばれただけのようですからね？　はっきりと言えば、ちょっと力があるだけで、神教に媚《こび》を売るような卑屈な人物です。同行したルースア王国の王子こそ、勇者に相応《ふさわ》しい人だったそうで、勇者の美談は全てその王子がしたことと母に聞きました。謙虚な人でもあったそうで、自分が誰であるかを言わなくて、周りが勝手に勇者だと思い込んだそうです」

勇者に同行したのは、カムイの母親だけではない。皇国の隣国、ルースア王国の王子も同行していた。

「もしかして、その王子が？」

隣国の、それも敵対的な国の王子との子供ということであれば、父親の素性を隠す理由にはなる。ヒルデガンドはこう考えたが。

「正直、そうであったらと思ったことはありましたね」

「そうだったら、カムイは王国の王位継承の一位になってしまうかも。噂では亡くなられた王子のことを、今もルースア国王は嘆いているらしいから」

「でも、それも違います」

ルースア王国の王子もカムイの父親ではない。

「それもお母様が？」

「まあ、そうですね」

「残念ね？」

「そうですね。もし俺が王族であったらヒルダとも釣り合うのに」

「……そ、そうね」

カムイの言葉でヒルダの顔はあっという間に真っ赤になってしまった。

「冗談ですよ。ヒルダは本当に初心ですね？　すぐに反応してくれるので、からかい甲斐《がい》があります」

そして話を逸《そ》らすにも、こういう話が有効なようだ。

「酷いわ」

また子供みたいにヒルデガンドは頬を膨らませて、むくれている。それがまた面白くてカムイは教室ではできなかったことを遠慮なく行動に移すことにした。

指を伸ばして、その膨れている頬をつつく。

「プッ」

「あっ」

ヒルデガンドの口から、可愛《かわい》らしい音が漏れた。

「…………」

顔を赤く染めたまま、目を見開いてカムイを見つめるヒルデガンド。

「あの、すみません。孤児院には小さな子が多いので、よくこんなことをして遊んでいて。それで、つい」

さすがにやり過ぎたと感じて、カムイは本気で謝罪を口にした。

「い、いいえ」

「ちょっと調子に乗り過ぎました」

気まずそうにカムイは自分の髪を乱暴にかき回している。

「そうじゃないの。昔を思い出して」

「昔？」

今度は、ヒルデガンドが昔話を語る番だ。

「小さい頃、お兄様がよく同じような真似《まね》をして。私もそうされるのが楽しくて。それを思い出しました」

ヒルデガンドが頬を膨らませるのは、そのときの癖だ。普段は表に出すことのない癖だが。

「兄上がいるのですね？」

「いえ、今はいません。随分前に亡くなりました」

「えっ？」

「実は私も肉親を亡くした経験があるのです。私の場合は、両親も弟もいますから、カムイとは少し違いますけど」

「いえ、亡くした悲しみは変わらないと思います。仲が良かったのですね？」

ヒルデガンドの悲しげな表情は、亡くなった兄への強い想いを物語っている。

「ええ。お兄様は私の憧れだったのです。頭が良くて、強くて、優しくて。東方伯家は安泰だと、さらに栄えると周りから言われていました……」

少し遠い目をしてヒルデガンドは亡き兄について語った。

「それでですか？」

「それでって？」

「ヒルダが頑張っているのは。その兄上に負けないような自分になろうとしているのではないですか？　それも周りのために」

「……はい」

本来は娘であるヒルデガンドが頑張る必要はない。だが幸か不幸か、ヒルデガンドは有り余る才能を持っていた。女の子だからと周囲が放っておけないくらいの才能だ。

「その気持ちは分からなくはないです。そうなのですけど……」

「けど？」

言葉にするのを躊躇うカムイにヒルデガンドは先を促してきた。

「勝手なことを言いますけど、それで亡くなられた兄上は喜ばれるでしょうか？　それでヒルダが幸せなら喜んでくれるとは思います。でも、無理をしているのであれば。いえ、無理をしていても、それがヒルダ自身のためであればいいのですが」

「…………」

カムイの言葉に、ヒルデガンドは黙り込んでしまった。

「やっぱり無責任な言葉ですね。俺はヒルダの兄上じゃない。その気持ちが分かるわけがありません」

ヒルデガンドの反応に、カムイは自分の発言を後悔してしまう。亡くなった人の想いを語るなど、僭越《せんえつ》だと感じていた。

「いえ。カムイは、この間言ってくれました。実家は関係なしに私自身は何をしたいのかと」

「はい。それは言いました」

「お兄様にも似たようなことを言われていたのです。家のことは俺に任せて、ヒルダは自分の生きたいように生きればいいんだよって。あのとき、それを思い出しました」

「そうでしたか」

「でも、もうお兄様はいないのです。だから私は……」

代わりに東方伯家を背負う覚悟をした。そうすることで兄を忘れないでいようと考えていたのだ。

ヒルデガンドは充分にその役目を果たしている。結果、本人がそれを重荷に感じても、下ろすことは許されなくなった。

「背負ってしまったものは簡単には下ろせません。それは俺にも少し分かります。でも、それでも、自分らしさは失わない方がよいと思います」

「え、ええ」

「偉そうなことばかり言っていますね。そんな立場じゃないのに」

「そんなことない……。ねえ、少しだけ背中を貸して」

ヒルデガンドの瞳からは、涙が溢《あふ》れそうになっている。それを見れば、ヒルデガンドが何をしたいのかは明らかだ。

「……胸でもいいですよ」

「じゃあ、胸貸して」

そのままヒルデガンドは、カムイの胸に顔を埋《うず》めて声を殺して泣きだした。

「ここには誰も来ません。泣き声は聞かれないと思う」

「……うん」

カムイの言葉に小さく頷《うなず》くとヒルデガンドは声を殺すことをやめて、大声で泣き始めた。

そんなヒルデガンドの背中に、躊躇いながらもカムイは手を回すと、泣きやむまでずっと背中を撫《な》で続けた――。


「……ごめんなさい。私、まるで子供みたいですね？」

どれだけの時間、そうしていたのか。不意にヒルデガンドが顔を上げて、恥ずかしそうにつぶやいた。

「まあ、こんなヒルダも可愛いと思いますよ」

「また」

「余計なことを言いました？」

「やっぱり、カムイはお兄様に似ているのね。お兄様もそうやって照れることもなく、可愛いって言うの。カムイに可愛いって言われると、私は幼い頃に戻ったように感じるわ。だから私は、カムイに甘えてしまうのね」

ヒルデガンドはカムイに亡き兄を重ねている。それがヒルデガンドにカムイへの甘えを生んでいるのだ。

「それは光栄ですね」

「ねえ、これからも時々、話をしてくれるかしら？」

「えっと……人目につかない場所でいいですか？」

「えっ？」

「変な意味じゃないですよ？　さっきも言った通り、目立つことが嫌なだけです」

目立つことは嫌がっていても話すことは受け入れている。カムイのヒルデガンドに対する感情も明らかに変化している。

「ええ、私はカムイと話ができるなら、どこでもいいわ」

「じゃあ、そういうことで」

「あっ、猫」

「げっ!?」

突然目の前に現れた黒猫。カムイにはその目が自分を批判しているように見えてしまう。

実際に批判されているのだ。

「どうしたの?」

驚きの声を上げたカムイに、ヒルデガンドが不思議そうに問いかけてくる。

「あっ、ああ。その猫は俺の知り合い」

「知り合い?　猫が?」

「ああ、そうじゃなくて、飼っている、いや、違うな。前から知っている猫なんだ」

「そう。名前はなんて付けているのかしら?」

「……アウル」

「まあ、素敵な名前ね。アウル、おいで」

黒猫の、アウルの目はますます批判の色が強くなる。そんなことはヒルデガンドには分からない。普通の猫だと思って、手を前に出して近くに来るように誘っている。

当然、アウルがそれに応えるはずがない。

「……来てくれないわ」

「人見知りだから」

「猫が人見知り?　なんだかカムイは人みたいに話すのね」

「えっと……長い付き合いだからね」

付き合いの長さと人のように話すことは全く繋がらないのだが、ヒルデガンドはそれに気が付かなかったようだ。それよりも長い付き合いという言葉だけが気になった。

「えっと？　どれくらい？」

「初めて会ったのは、初等部を退学する直前だから」

「そんな前から……久しぶりの再会ってことかしら？」

初等部を退学する直前であれば、すぐにカムイは学院に来れなくなっているはずだ。これにヒルデガンドは気が付いてしまう。

「いや、あっ、そうかな？」

再会したのは二年前だとは言えない。

「それを長い付き合いと言うの？」

「孤児院でも一緒だった。そう、そういうことなんだ」

かなり苦しい言い訳である。カムイも分かっているのだが、惚けきるしかない。

「それは飼っているというのではなくて？」

「でも、ほら。自由にさせているから飼っているのとはちょっと違う」

「……そうね」

カムイらしくないしどろもどろな説明をヒルデガンドは疑問に感じている。

「さてと、そろそろ行きませんか？　大分時間がたっていると思います」

この状況から逃げ出したいカムイは強引に話を切り上げにかかった。

「そうね……」

まだカムイと話していたいヒルデガンドは、帰ることを渋る様子を見せている。だがカムイとしては一刻も早くこの場を立ち去りたいのだ。

「話す機会は何度でもあります」

「そうよね」

また会うことを改めて約束できたことでヒルデガンドは納得して立ち上がった。

「……顔、変じゃない？」

帰るとなると、ヒルデガンドは泣き顔が気になってしまう。

「変ではないですね。ヒルダはどんなときも可愛いですよ」

「……ありがと」

「でも、ちょっと涙の跡だけは拭いておいた方がいいですね」

ポケットからハンカチを取り出すと、何の遠慮もなくヒルダの髪を掻《か》きあげて、涙の跡を軽く拭っていくカムイ。ヒルデガンドもそんなカムイに任せっきりだ。

ヒルデガンドが亡くなった兄に重ねてカムイに甘えているとしたら、カムイは孤児院の子供たちの面倒を見ている感覚なのだが、そうであっても二人の距離が縮まっていることに変わりはない。

「平気？」

「ああ、もう大丈夫」

「おかしくない？」

「大丈夫だって。ちゃんと綺麗にしたから」

「髪は？」

「ちょっと待って。うん、大丈夫」

「ん。ありがと」

「どういたしまして」

兄妹か、恋人同士のように接している二人を見つめるアウルの目からは批判の色が消え、呆《あき》れたような、それでいて、どこか温かく見守っているような雰囲気に変わっていた。


そして、少し離れた場所では、また違った目で見ている者たちがいる。

「誰がどう見ても恋人同士だな」

「滅多なこと言うんじゃねえよ。俺の苦労はどうなる？」

ルッツのつぶやきを聞いたアルトが文句を言っている。

「確かに。しかし、どうする？　カムイも分かっているのか、分かっていないのか」

「でも、人目を避けているのだから、一応は分かっているわよね」

二人の様子を覗いているのはルッツとアルトだけではない。セレネも一緒だ。

「セレネさん、俺が言っているのはそういうことじゃねえ」

「どういうこと？」

「人目を避けても、本人をその気にさせてどうする？」

「……そうね」

ヒルデガンドの内心までは、セレネたちには分からない。

分かるのは、ヒルデガンドがカムイの胸に顔を埋めて泣いたという事実だけだ。そして学院の生徒で、ほかにそんなことをされた男子生徒はいないという確信がある。

「とにかく、噂が広まるのは抑えなきゃならねえ」

「どうやって？」

「それは、これまでと同じだ」

「ええ？　私、またカムイとの噂を広められるの？」

「セレネさん、それは違う」

真剣な表情でアルトはセレネを見つめている。

「……何だか嫌な予感がする」

セレネの勘は鋭い。この場合、セレネでなくても察しがつくだろうが。

「鋭い。広められるんじゃねえ。自分で広めるんだ」

「冗談じゃないわよ。自分で、私、カムイと付き合ってるの、なんて言うの？」

自由恋愛は、貴族の令嬢には認められていないのだ。実際には存在していても、それを公言する女生徒などいない。

「そこまでは言ってない。ちょっと、イチャイチャしてくればいいだけさ」

「イチャイチャ？」

「腕を組んで歩いたり、あっ、いっそのこと人目を忍んでキスしたり。何げに見える場所で」

「……死ねっ！」

一言、アルトにこう告げると、セレネは立ち上がって林の出口に向かって、大股で歩き始める。

「あっ、セレネさん、ねえ、セレネさん。俺の話を聞いてくれねえかな？　セレネさん！」

このアルトの声は、離れた場所にいるカムイたちにも届いてしまっている。

「……カムイ、誰か来たみたいですよ？」

「ん、空耳じゃないですか？」

5

その気配を感じるようになったのはもう随分前からだ。初めはてっきりヒルデガンドの実家である東方伯家あたりから探られているのだと思っていた。

だが、すぐにそうではないと分かった。尾行があまりに拙《つたな》いからだ。

東方伯家ともなれば、もっと優秀な間者を抱えているはずだ。気配を感じる、その逆の隠すという技量については、そこそこ自信のあるカムイだが、尾行者はそんな技量がなくても気付くくらいに気配を露《あら》わにしている。正確には自分たちの気配は完璧に消しているのだが、それを隠すための魔道の気配がカムイには丸見えだった。

東方伯家の線は消えたがそうなると誰がという疑問が残ることになる。

カムイには全く心当たりがないわけではない。だが、その心当たりであっても、やはり尾行が拙なすぎる。

相手が何者か分からないという状況は気分が良いものではない。そうそうに相手の正体を突き止めることにして、そのための罠《わな》を張ることにした。

繁華街の喧騒《けんそう》もすっかり遠ざかり、辺りはより一層、薄汚れた佇《たたず》まいを見せている。貧民街をやや深く入った路地。そこを抜けると、少し広がった空き地がある。

カムイが目指しているのは、そこだ。

尾行者の気配はまだ残っている。貧民街の奥に来ることを恐れていないようだ。逆に奥に入ることの恐ろしさを知らないだけかもしれない。

これもうすぐ分かる。カムイをつけている尾行者の後ろには、それを尾行する者がいるはずだ。敵は罠に嵌《はま》った。あとは網を絞って捕らえるだけだ。

やがて目的地が見えてきた。路地を抜けた先には貧民街の中でも、もっとも貧しい者たちが住むエリアがある。皇都のゴミ捨て場。大量のゴミが山と積まれた、そのすぐ脇にいくつもの掘っ立て小屋というのも憚《はばか》られる、板を組んだだけの寝床が並んでいる。

その少し手前でカムイは足を止める。

この場所に続く路地は途中から一本道になる。あとをつけて来ていれば、知らないうちに逃げ道は塞《ふさ》がれているはずだ。

（来たかな？）

闇の中にぼんやりと魔道の気配が感じられる。尾行者はきちんとカムイのあとをつけて来たようだ。これが罠だと知りもしないで。

一応は警戒をしているようで路地から出て姿を現すことはしない。特に問題はない。ここまで引き込めば、それなりの手練《てだ》れでなければ逃げることはできないはずだ。

カムイが空き地に着いたときには、既に待ち合わせの相手はそこにいた。暗闇に立つカムイに近づいてくる影。シルエットだけでカムイにはそれが誰だが分かる。

「どうだった?」

話しかけてきたのはダークだ。

「俺が見たところ、三人ってところかな?」

ダークに告げた数はカムイのあとをつけて来ている者の数だ。

「こっちで確認した数と同じだね。間違いないかな?」

尾行者のあとをつけているのはダークの仲間たちだ。

「まず大丈夫だと思う」

伏兵の存在を気にしているのだが、ここまでそういった者の気配は感じていない。

「一応、辺りには満遍なく人を配置してある。逃がす心配はないと思うよ」

「大丈夫か?」

相手の素性は完全には分かっていない。実戦経験がほぼないに等しいダークの仲間がカムイは心配だった。

「ここをどこだと思ってるんだい？　僕たちの縄張りだ」

自分たちの縄張りで好き勝手は許さない。ダークたちはこの意地で今回、それなりの人数を投入していた。

「ここまでばか正直に付いて来たところを見ると、頭の方は大したことないと思う。でも力の方は分からないぞ」

「たった三人に後れを取るようじゃ、この先が思いやられる。まあ見てて」

「それもそうか。ああ、念のためこれ渡しておく」

こう言って、カムイはポケットから取り出した短刀をダークに渡した。黒光りする鞘《さや》に複雑な紋様が描かれた、一目見て特別な物であると分かる短刀だ。

「これは？」

「低級の魔法程度なら防げるはずだ。そっちに攻撃が回る可能性もあるからな。身に着けておけよ」

ダークに渡した短刀は魔道具だ。魔法防御系の魔道が施されている。

「高いんじゃないの？」

「さあな？　親父の遺品の中にあった物だ」

「それって形見じゃないか。そんな物、預かれないよ」

「預けるんじゃない。やるんだよ。俺には必要ない。それに親父の形見なら、もっと大切な物を持ってる」

「でも……」

ダークも孤児だ。親の思い出に類するものへの感情は、普通より強いものがある。

「これから先、ダークも命を狙われることがあるかもしれないだろ？　そんな物でダークの命が守れるなら安いものだ」

ここまで言われては拒む方が悪いように思える。少し照れた様子で、カムイに礼を告げてダークは短刀を懐《ふところ》にしまった。

「さて、どうやら出てくる気はなさそうだ。こちらから炙《あぶ》り出すしかないな」

「そうだね。じゃあ、始めようか」

「俺が誘ってみる。それで敵の位置が分かったらあとは任せる」

「……気を付けて」

「楽勝。ただ倒すだけならな」

倒すことが目的ではない。捕まえて正体を暴くことが目的だ。そうであるから、わざわざこんな罠を仕掛けたのだ。

「そうだね。じゃあ、あとでまた」

その場を去っていくダーク。その背中が見えなくなるまで見送ったところで、カムイもまた、ゆっくりとした足取りで来た道を戻っていく。

もうすぐ路地の入り口まで戻ってしまうと思ったとき、それは起こった。

いきなり斜め両脇から火の玉が飛んできた。軌道を見極めて、すばやくそれを避けるカムイ。

「嘘《うそ》だろ？　ここでいきなり魔法を放つか？」

相手はカムイが思っていた以上に素人だった。もしくは思っていた以上に力のある組織だった。

「このばか！　ここがどこか分かっていないのか⁉」

さらに魔法の火の玉が飛んでくる。

今度は避けることをしないで、剣で切ることを選んだ。完全に消せるわけではないが、それでも勢いは衰えるはずだ。

「動け！　殺してもかまわない！」

飛んでくる魔法に向かって剣を振るいながらカムイは大声で叫んだ。ダークの仲間たちに向かっての指示だ。

だがこれは失敗だった。

カムイ以外に誰かがいること、その者たちが自分たちを殺そうとしていることを知った襲撃者は、これまで以上に派手に、というかデタラメに攻撃を仕掛けてきた。これまでとは比べものにならない巨大な炎がカムイに襲い掛かる。少なくとも魔法の技量はそれなりのものだ。

「ちっ、なにも火である必要はないだろ？」

文句を言いながら向かってくる炎に立ち向かうカムイ。剣で防ぎきれるとは思っていない。それでも何もしないではいられなかった。

頭上に剣を振りかぶり、巨大な炎に向かって一閃《いっせん》。

真っ二つに割れた炎がカムイの髪を、服を焦がしながら両脇をすり抜けていく。

「……ばかが」

一瞬のあと、カムイの背後で爆裂音が響き、炎が立ち上がった。

廃材を組んだだけの寝床。山と積まれたゴミ。燃えるものは、それこそ腐るほどあった。

事態に気が付いた住人が叫び声を上げて飛び出してくる。こういった者はまだ幸いだ。少しあとには、逃げ遅れた住人が炎に身を焼かれながら転がり出てきた。

「逃げろ！　火はまだ広がる！」

懸命に叫びながら助けられる者はいないかと駆け回るカムイ。

そうしている間にも、炎は勢いを増し、周囲を火の海に変えていく。

「……ちきしょう」

炎に巻かれ、断末魔の叫びを上げながら地面を転がる人々。家族を、知り合いを救おうと泣き叫びながら動き回る人々。そして、いきなり襲ってきた脅威を前に、呆然《ぼうぜん》と立ち尽くしているしかできない人々。

貧民街のさらに最下層の人々が住むこの場所は、阿鼻叫喚《あびきょうかん》の地獄絵図と化している。

「カムイ!!」

カムイの名を叫びながら駆け寄ってきたのはダークだ。

「人手を回せ！　何とかして火を……いや、一人でも多くの人を助けろ！」

燃え盛る炎は周囲一帯に広がっている。火を消すのは不可能だとカムイは判断した。

「分かった！　でも、どこへ……？」

炎は衰えるどころか、ますますその勢いを増している。このままでは貧民街全体に広がってしまいそうな勢いだ。

「……計画変更だ。まずは火がこれ以上、広がるのを防ぐ」

悔しそうな表情を見せて、カムイは対応の変更を告げる。貧民街全体に火が広がるのを防ぐのは正しい判断だと思っているが、それはこの区画を諦めることでもあった。

「どう動けばいい？」

「……俺があの一角の建物を吹き飛ばす。仲間を使って、その周囲の建物を全て壊せ。火が燃え移らないように思い切ってぶち壊すんだ。あとは繁華街側の建物に火が移らないように、移ってもすぐに消せるように人を配置しろ！」

カムイは建物が密集している場所を指さしてダークに指示を出す。建物が連なるその場所から火が貧民街の中心部に広がっていくのを防ぐためだ。

「分かった、って、吹き飛ばす!?」

掘っ立て小屋とはいえ、それなりの数がある。それをどうやって吹き飛ばすつもりかと不思議に思ったダークだったが――。


「夜の闇よ。我は闇を統《す》べる者也。今、このとき、その力もて我に従え」

炎に照らされているカムイの口から紡がれる詠唱。

「……カムイ？」

魔法を知らないダークでも分かる。その詠唱の不気味さが。

夜空に、その夜の闇より深い漆黒の満月のように丸い空間が生まれる。

「滅せよっ！」

頭上に振り上げた両腕を真っ直ぐに振り下ろすカムイ。

それと同時に宙に浮いていた闇が宙を走った。

「……嘘？」

建物の密集地だったはずの場所にぽっかりと空間ができていた。燃えたわけでも、吹き飛ばされたわけでもない。ただ無となった空間が出来上がっていた。

「……あとは……頼む」

こうつぶやいて、カムイはゆっくりと仰向けに倒れていった――。

6

目が覚めると殺風景な天井が目の前にあった。

「大丈夫ですか？」

掛けられた声に目を向けてみれば、見たことのない顔があった。黒髪の少女の顔半分は長い前髪で隠れている。見えている方の紅い瞳が、カムイを心配そうに見つめていた。

「……誰？」

「ミトといいます。ダークさんの仲間です」

「ダークは？」

「別の部屋でカムイ様のお友達と話を」

アルトとルッツが来ているのだと分かった。

「……それで貧民街は？」

カムイの問いを受けてミトと名乗った少女の顔が曇る。あまり良くない反応だ。

「……俺が倒れたあと、どうなった？」

悪い結果であっても聞かないわけにはいかない。惨事の責任は自分にもあるとカムイは思っている。

「火は奥街で何とか食い止められました」

奥街というのは火事が起こった地区のことだ。火をあの場所で食い止めるという目的は何とか果たすことができたと分かった。

「……その奥街は？」

「ほとんど燃え尽きました。何人死んだかも分かりません」

「そうか……」

奥街はほぼ全焼。住人の犠牲がどの程度か正確に分かることは、まずないだろう。そもそも、どれだけの人が住んでいたかも分かっていないのだ。

かなりの人が亡くなったのは間違いない。数え切れないほど多くの人々が火に焼かれて苦しんでいる姿をカムイは現場で見ているのだ。これを思い出すと胸が苦しくなる。

「……襲ってきた奴らは何者だった？」

感傷はあと。今は状況を確認することを優先するべきだとカムイは考えた。

「皇国学院の生徒です」

「学院の生徒だって？」

尾行の拙さからプロでないことは分かっていた。だが、学院の生徒とは予想外だった。ホンフリートの生き残りか縁者がしつこくちょっかいを出してきたくらいに思っていたのだ。

「まず嘘はついていないと思います。身分を証明するものも持っていました」

「……学院の生徒がなぜ？」

学院の生徒であることは間違いない。だが、カムイには学院の生徒にここまでされる覚えがない。

「カムイ様の実力を見極めようとしたようです。魔法を使えるのか、使えるとすればどの程度か？」

「そんなこと調べてどうするつもりだ？」

魔法を使えるかどうか確かめるためだけに、こんな大事を引き起こすなどカムイには理解できない。

「魔法を使えないはずのカムイ様が、どうやって使えるようになったのか。簡単に申し上げれば実験材料です」

「それを学院の生徒が……」

あまりに異常な考え。同世代で、自分たちと同じようにいかれた考えを持っている者がいることにカムイは驚いている。

「命じたのはマリーという女のようです」

「……名前は知っている。魔道士団長の娘だ。なるほどね。高度な魔道具はその伝手《つて》で入手したのか」

尾行者は気配を完全にくらませていた。《隠蔽》という魔道の作用だ。軍事利用されるような魔道具を学生が作れるはずがない。入手するのも困難だ。

だが皇国魔道士団長の娘であれば話は別。そういった魔道具を開発しているのが皇国魔道士団なのだ。

「一人、生かしてます。どうしますか?」

つまり残りの二人は殺したということだ。これをさらりと言えるミトはただの女の子ではない。だからこそダークに信頼され、カムイの看病につけられたのだ。

「いらない。一人だけ残しても面倒事が増えるだけだ」

「では、こちらで処分を」

「ああ、頼む」

非情さにおいてはカムイも同様。同じ学院の生徒であろうと容赦はない。

「一応、これを渡しておきます」

「何?」

「誰に指示されてやったかを書かせました」

「えっ?」

さすがに、これにはカムイも驚いた。よほど素直に白状したのか、それをさせる方法があったのか。

「……ありがとう。協力してくれたほかの人にも礼を伝えておいてくれ。そういえば怪我人《けが》とかは出なかったのか？」

住民の犠牲のことで動揺していて、ダークの仲間たちについて聞くのを忘れていた。

「かすり傷程度です」

「では、そのかすり傷を負った人にはお大事にも」

「分かりました」

「あっ、ミトには看病のお礼も言わないと。ありがとう」

「あっ、はい……」

カムイのお礼の言葉を聞いて、ずっと冷静だったミトが急に上気したような顔をしている。

ミトの反応に少し戸惑いながら、カムイは寝かされていたベッドから起き上がった。

軽く頭を振って状態を確かめる。

「うん、平気だ。じゃあ、ダークたちがいる部屋に案内してくれる？」

「あっ、あの」

部屋を出ようとしたカムイにミトは上ずった調子で声を掛けてきた。

「何？」

「カムイ様は……あの……」

呼びかけておきながらミトは問いを躊躇っている。何を聞きたいのかは、何となく分かった。ミトはずっとカムイを様付けで呼んでいるのだ。

「ミトは人族風に言うとハーフだよな？」

「はい。ヴァンパイオ族と人族のハーフです」

「そうだとしても俺が何者なのかなんてミトには関係ない。俺のことはどうでもいいから、ダークを支えてやって欲しいな。ダークと俺は方法は違っても、目指すものは同じはずだから」

「はい！　カムイ様のご命令通りに！」

カムイの言葉に元気良く返事をするミト。その反応に苦笑いを浮かべながら、カムイはこの部屋を出るために早足で歩き始めた。

この場所はカムイの思い違いでなければ、可愛い女の子と二人きりでいるには刺激が強すぎる場所。売春宿の一室、それも接客するための部屋だ——。

7

ミトに案内されてカムイが部屋に入るとアルトたちが待ち構えていた。

「なぜここ？」

苦笑いを浮かべながらカムイは、ダークに向かって売春宿で寝かされていた理由を尋ねた。

「組織が処理に動きだした。そうなると僕たちは目立たない方がいいからね」

何の稼ぎにもならない奥街のこととはいえ、さすがに知らんぷりはできないようで、貧民街の組織も後始末に動きだしていた。

そうなればダークたちは撤収するしかない。ダークたちの世代が纏まって行動していることは組織に知られてよい情報ではないのだ。

「もしかして隠れ家として使っているのか？」

「まあ、そんな感じ」

裏社会の組織に気付かれないように集まる場所としてダークたちはこの売春宿を使っている。

「なるほどね。それでどこまで話した？」

ダークたちは今回の件を話し合っていたはず。その内容をカムイは尋ねた。

「カムイの方こそ、どこまで聞いた？　こっちはおおよそは聞いたつもりだ」

アルトたちはダークからすでにおおよその話は聞いていた。

「俺はミトって子に話を聞いた。それ以上の情報はあるのか？」

アルトに聞かれたカムイは質問をダークに向けた。

「ないね」

「じゃあ、同じだ」

お互いの知っている情報が同じなのを確認したところで、カムイも席につく。テーブルに両肘をつき両手を組んでその上に額をのせると、そのまま動かなくなった。

そんなカムイを、アルトたちは無言のまま見つめていた——。


「……俺の失敗だ」

少しして、カムイは暗い声音でつぶやいた。

「そりゃあ、考え過ぎだ。状況はダークから聞いた。街中で魔法を、それも火属性魔法をぶっ放す方がいかれてる」

落ち込んだままのカムイに対し、アルトが慰めの言葉を口にした。

「そのいかれている可能性を考えなかった。甘く考えていたってことだ」

大した相手ではない。こういう気持ちがカムイにあったのは事実だ。だから安易に貧民街に誘い、罠に掛けようとした。

「……まあ、カムイがそう思うんじゃや、無理して否定しても仕方ねえ。敵を甘くみて失敗した。じゃあ、次はどうする？」

「絶対に失敗しない方法を考える」

カムイの口からは当たり前の言葉が出てきた。だが、この絶対失敗しない方法が難しいのだ。

「敵は明らか。ただ消しちまうじゃあ、駄目なのか？」

「絶対に足が付かないなら、それもありだ」

「……なるほどな。絶対じゃやねえな」

マリーはカムイについて手の者に調べさせている。今回の三人が全員であるとは限らない。そうであれば、マリーを殺せばカムイたちが疑われる可能性が出てくる。

相手は魔道士団長の娘。正面から敵に回すには厄介な相手だ。

「正攻法で法に裁かせるか？　放火は大罪だ。上手くすれば国が殺してくれる」

「動くか？　相手は皇国魔道士団長の娘だぞ」

「……絶対じゃやない。まあ、分かってる。そもそも証拠がない」

カムイを襲撃した生徒たちの黒幕はマリーだという証拠は、生徒に書かせた紙だけだ。証拠にならないわけではないが、それを証拠として提出すると、どうやってそれを入手したのか。それを書いた生徒はどこに行ったのかということを調べられかねない。

「貧民街を使えば？　ダークたちじゃやねえ。上の組織だ」

「それもまた動くか？　貧民街で火事を起こしたからって、皇国魔道士団長と敵対するとは思えない」

今度はアルトの案をカムイが否定する。貧民街の裏社会とはいえ、皇国魔道士団長相手では分が悪すぎる。

「まともにやり合えばだろ？　貧民街の元締めくらいなら、何か伝手は持ってねえのかよ？」

「魔道士団が対立する相手……それこそ騎士団しか思いつかない」

「騎士団と貧民街の元締め。ねえな、それこそ対立してる相手だ」

「……いや、そうでもないかもよ」

　少し考えてダークが、アルトの言葉を否定してきた。貧民街に詳しいダークにはアルトたちが知らない心当たりがあった。

「どうしてだ？　貧民街にいるような悪党の取り締まりは警備隊の役目。その警備隊は騎士団の所属じゃねえか」

「そう。でも何度、警備隊が取り締まりに入っても、すぐに貧民街は元通り。上層部が捕まったって話は、僕が知る限り聞いたことがないね」

「……密約があると？」

「可能性はないわけじゃないよね？　貧民街があるから、皇都の騎士団は大した危険もなく、定期的にちょっとした功績を挙げられるわけだ。あとは、それこそ戦争か大規模な魔獣討伐くらいしか出番はないからね」

「へえ、冴《さ》えてるじゃねえか。それが事実としてあとは証拠か」

　ダークの推測は、アルトにもあり得そうだと思わせるものがあった。皇国の官僚の腐敗は一般の民でも知るところ。そうであれば騎士団にも、こういう闇の部分があってもおかしくない。

「それであれば、これが少しは役に立つな」

こう言ってカムイは懐からミトにもらった証拠となる紙を取り出した。

「何だそれ？」

「殺したうちの一人に指示した奴の名を書かせた紙」

「……拷問にでもかけたか？」

「多分、《魅了》の魔法じゃないか？　ヴァンパイオ族の血を引いているから」

《魅了》はヴァンパイオ族が持つ特殊能力だ。相手の心を麻痺させて、言うことを聞かせることができる。

「《魅了》ね。若いのに優秀なヴァンパイオのようだ」

カムイの話を聞いて、アルトが感心している。《魅了》は誰にでも簡単にかけられる魔法ではない。相手の精神耐性が強ければ通用しないことをアルトは知っている。

「《魅了》を使わなくても魅了できるような子だからね」

仲間の話となってダークが口を挟んできた。

「そうだな……」

ダークはミトを褒めているのだが、貧民街で、それも売春婦の娘で美形に生まれることは不幸の元にしかならない。

「いざとなったらミトはカムイが引き取ってくれないかな？　戦力としては貴重だけど、僕たちが力をつけるまでは、貧民街はミトにとって危険な場所だ。それに少々力をつけても、母親を人質に取られているようなものだからね」

「それって……何も聞かないんだな？」

なぜ仲間であるミトを、ダークは自分に引き取らせようとするのか。この意味をカムイは考えた。

「……魔法を見ていた人が教えてくれた。相手の方から使ったのは誰か聞いてきたのだけど」

カムイが裏町で使った魔法。貧民街であれば知っている人がいてもおかしくない。ダークはそういった人から話を聞いていたのだ。

「そうか……それで？」

「別に。カムイはカムイだからね」

笑みを浮かべてダークは答える。

「まあな」

カムイもまたダークに対して、少し照れた様子で笑みを向けた。

「そんな話、どうでもいいじゃねえか。話を先に進めようぜ」

そこにアルトが割って入ってきた。口では文句を言っているが、その顔にはやはり笑みが浮かんでいる。

「もう少し決定的な何かが必要だな。それを引き出す」

「また罠にかけるのか？」

「もう失敗しない。今回の件で、敵だとはっきりと認識した」

「マリーね。敵らしい敵が出てきたのはこれが初めてじゃねえか」

眼鏡の奥の瞳には笑みが浮かんでいる。だが、その笑みはつい先ほどの笑みとは明らかに違う冷たい光が混じっている。

「ああ、マリー派は俺たちの敵だ、敵は？」

「「叩き潰《つぶ》す！」」

こうなれば師匠たちの教えに忠実にカムイたちは行動するだけ。学生だろうと何であろうと関係ない。

決して負けない。たとえ勝てなくても。これがカムイたちの誓い。

8

貧民街の事件から数日後。カムイたちに敵認定されたマリーの方は、事態が分からずに困惑している。

カムイを尾行させていた者たちの行方が分からなくなったのだ。

貧民街で巻き起こった火事に関係しているのは、おおよそ分かっている。カムイが貧民街を頻繁に訪れていることは報告を受けており、貧民街であれば少々揉《も》め事を起こしても平気だろうと考えて、襲撃を命じたのはマリーなのだ。

もっとも指示は襲撃などという物騒な言葉ではなく、どんな手を使ってでもカムイに魔法を使わせろというものだ。

「まだ行方はしれないと言うの？」

「はい。誰も戻ってきません。連絡も何も……」

報告をしている男子学生は、捜索を半ば諦めている。

「……カムイ・クロイツはどうしてるんだい？」

「普通に学院に通っています」

「変わった様子は？」

「ありません」

「……きっと奴が何かしたに違いないね。別の奴に見張らせるんだ。必ず、何か動きがあるはずだよ」

カムイを尾行させて、この結果だ。マリーでなくても、こう考える。

「しかし……」

だが、実際に行動を起こすとなると話は別だ。言われた男子生徒は戸惑いを見せている。

「なんだい？」

「本当にカムイが何かしたのであれば、新しい見張りをつけても、その者まで……」

それは自分かもしれない。男子生徒は、完全に腰が引けている。

「はあ？　何をびびってるんだよ？　何も命を取られるわけじゃあるまいし。とっ捕まっている奴らを助けるには、野郎の動きを探るしかないだろ？」

「学院か、もしくは警備隊に届けるという手もあります。監禁は立派な犯罪です」

殺された。こう思わないところが、学生の遊びにすぎないということだ。実際にマリーもその部下も、大人の真似事をしている程度の感覚しかない。そして、その程度の感覚で魔法攻撃を仕掛けるのだから質が悪い。

「なんて言って届けるっていうのさ？　カムイを見張らせていた奴が捕まって監禁されています、なんて言えるわけないだろ？」

「しかし……」

「そんなことすれば、カムイを襲わせたことも公になるよ。それだけじゃない。放火は大罪だ。ばれたら、あたしらだけじゃない、あたしらの親まで罪に問われることになる。お前、自分の家が取り潰しになってもいいのかい？」

貧民街で引き起こした火事。これを知られて困るのはマリーも同じなのだが、それを男子生徒に感じさせることなく、マリーは脅しに使っている。

「そんな……あれはマリー様のご命令で」

「へえ、何かい？　お前は、あたし一人で罪を被《かぶ》れとでも言うのかい？」

「そういうわけでは……」

本音はそうしてもらいたいが、まさか、本人には言えない。

「じゃあ、新しい者をつけな。別にお前にやれって言っているわけじゃない」

男子生徒を説き伏せることができたと思ったマリーだったが。

「……誰も引き受けません」

「何だって？」

「正直に言います。皆、恐れているのです。カムイのことだけではありません。それこそマリー様が言われた件についても。火事の原因の調査はまだ行われているのですよ？」

火事が魔法によるものと分かれば、今度は放火として捜査が始まる。本格的な捜査となっては、必ず自分たちの繋がりが分かってしまうと男子生徒は考えている。

「そんなの形だけさ。貧民街がどうなろうが、別に警備隊は気にしてないさ」

「そうは言いますが」

「分かったよ！　頼りにならない奴ばっかりだ。あたしが直接、カムイに問いただしてやる。それでいいんだろ？」

「……お任せします」

9

――ということで、また放課後のE組は、ざわつくことになる。

黒いローブを纏った女生徒。顔を知らなくても、それが誰か全員が分かる。制服を無視して、こんな格好でいる女生徒など学院には一人しかいないのだから。

学院四派閥、今は王女派も加えて五派閥といわれているが、その派閥の長がまた一人、クラスに現れたのだ。それも部室に籠《こ》もりきりで滅多に見ることのないマリーが。

「その髪の色。お前がクロイツ・カムイだね？」

「はあ、そうですけど」

違うだろ――という声は生徒たちの胸の中だけに留められた。

「……カムイ・クロイツだね？」

「はあ、そうですけど」

「お前、あたしを馬鹿にしてるのかい!?」

挑発したつもりのマリーだったが、逆にカムイの態度に切れて、声を荒らげている。この手のやりとりで、カムイに勝てる者はそうはいない。

「どこがでしょうか？」

「クロイツ・カムイと呼ばれて、何でそれを認めるんだよ!?」

「自分を指していることは分かりますから。クロイツ・カムイという生徒がほかにいれば、話は別ですけど。それとも本当に人違いを？」

「してない！　カムイ・クロイツって言い直しただろっ！」

「ああ、そうでした。それで貴女《あなた》は誰ですか？」

今度はカムイからマリーを挑発している。とても、そうしているとは思えない、本当に不思議に思っているような顔をして。

「はあ!?　あたしを知らないって言うのかい!?」

まんまと挑発に乗ってしまうところが、マリーの甘さだ。

「……どこかでお会いしたことが？」

さらにカムイの挑発は続く。

「初めてだよ！」

「じゃあ、知らなくて当然ですよね？」

「マリーだ！　皇国魔道士団長の娘のマリー・コストルだよ！」

わざわざ父親の役職を付けるところに、マリーの幼さがある。これでカムイに太刀打ちできるはずがない。

「はい。そのマリーさんが何の用でしょうか？」

「お前……本当にあたしのことを知らないのか？」

名乗っても何の反応も見せないカムイに、マリーは戸惑ってしまう。

「すみません。学院のことには疎《うと》くて。マリーさんは有名人なのですか？」

「そんなことはない……」

有名人なのかと問われて、そうだと答えるのはさすがに恥ずかしい。マリーはカムイの問いを否定した。

「では知らなくても仕方ありませんね？」

「ああ、そうだね」

結局、マリーは、ただ単に自分の態度を恥じるだけに終わる。

「やっと落ち着きましたね。初めて会う人にいきなり怒鳴られたので、ちょっと驚きました。では改めて、用件を教えてもらえますか？」

「ここでは話せない」

「……まさか二人っきりで、なんて言わないですよね？」

「だとしたら何だ？」

「前にも同じようなことがあって。変な噂が立って困ったことがあるのです」

これはヒルデガンドとの一件だ。二人きりで話したい、そう言って一緒に帰った二人が、片や愛称、片や呼び捨てで相手を呼ぶ仲になっていた。周りが騒がない方がおかしい。

カムイの彼女はセレネという噂を再び広め、それだけではなくヒルデガンドは、仲の良いセレネのことをカムイが悲しませないようにと言い聞かせたのだというオマケ付き。

これでようやく少しは収まっている状況だ。

「あたし相手に心配するような噂は立たない」

マリーもカムイとヒルデガンドの噂を知っていた。カムイを調べさせていた中で知ったことだ。

「前回もそう思ってたのですよ。ヒルデガンドさんが相手で、まさか噂になるはずがないと」

「だから？」

「話があるのでしたら、ここでどうぞ」

「いいのかい？　お前が困ることになるよ」

実際には自分も困ることになるのだが、駆け引きとしてマリーはこう言った。だが残念ながら、この程度の駆け引きでカムイが動じるはずがない。

「それはないですね。マリーさんと会うのは初めてです。マリーさんが俺が話されて困るような話を知っているわけがありませんね」

「……では話そう」

「どうぞ」

「貧民街に通っているらしいね？」

遠まわしな問い。これであれば周囲に聞かれてもマリーは困らない。

「ええ、たまにですけどね。……別に歓楽街で遊んでいるわけじゃないですよ？　まさか、それを勘違いしてですか？」

マリーの問いにカムイはあっさりと肯定の言葉を返す。貧民街に出入りしていることを隠す必要がカムイにはない。

「じゃあ、何をしてるんだよ？」

「孤児院時代の知り合いがいるんですよ。貧民街にいるくらいですからね。あまり良い生活は送ってません。せめて学院にいる間は、少しでも手助けができないかと思って通ってます」

「それを信じろと？」

「信じるも何も、事実ですから」

実際にカムイの話は事実だ。知り合いであるダークへの手助けの内容が、ちょっと人には言えないものであるだけで。

「……貧民街でほかの生徒を見なかったか？」

「あそこで学院の生徒の姿なんて見ませんね。ほかの生徒というのはマリーさんの知り合いか何かですか？」

「いや、知り合いというほど親しくはないね」

マリーの方が嘘をつく羽目になっている。そして、こうして惚けたことが、殺された生徒の証言を裏付けることになる。カムイを襲った生徒たちが、魔道研究会に所属しているなんてことは、とっくにカムイたちは調べ終えている。

「そうですか。でも危ないですね、貧民街をうろつくなんて」

「お前もだろ?」

「俺の場合は、知り合いがいますからね。それでも裏路地は知っている道しか歩けません。気が付いたときには死んでいた、じゃあ、笑い話にもなりませんからね?」

物騒な台詞を、平気な顔でカムイは口にする。

「死んでいた?」

それに見事にマリーは反応してしまう。カムイの思い通りの展開だ。

「貧民街がどういうところかなんて、マリーさんには分からないですよね? 知り合いや客に見せる顔と、それ以外に見せる顔は全く別物です。ましてや皇国学院の生徒なんて、格好の獲物でしょうね? ただでさえ余所《よそ》者の子供は狙われる。まして高価な物を身に着けていたら、あっという間に、身ぐるみ剝がされてってとこでしょう」

「……身ぐるみ剝がされたあとは?」

自分の部下が、その目に合った可能性をマリーは考えた。そう考えるようにカムイが話しているなんて少しも疑っていない。

「女であれば売春宿か、それ以外は奴隷として売り飛ばすってとこですかね？」

「……男は？」

「売れない人に用はないのでは？」

「…………」

カムイの言葉の意味を考えたマリーは、何も言えなくなってしまう。

「あっ、聞いた話ですからね。真実かどうかも分かりませんよ」

急にカムイが焦《あせ》った様子で話を始める。

「何だい、急に？」

「真っ当な生き方をしていないとはいえ、知り合いですから。俺の話だけで捕まるようなことになったら困ります。だから今のは事実とは違う、ただの噂です」

知り合いを庇《かば》うための言葉にしか聞こえない。否定しているようで真実だと訴えているようなものだ。

「……ちなみに用のない奴らは、どこに捨てられるかなんて噂を聞いたことはあるかい？」

「さあ、どこかの誰かの腹の中ですかね？」

「…………」

マリーは大きく目を見開いたまま、固まってしまった。

「冗談ですよ。まだ何かありますか？」

カムイは笑みを浮かべてマリーに冗談だと告げた。これまでの惚けた笑みではない。相手をばかにするような、挑発的な笑みだ。

「……いや、ない。邪魔したね」

カムイに返事をすると、マリーは急いで教室の外に出た。

三人は殺された。カムイが言った通り、貧民街で襲われたのか、カムイ自身がやったことなのかは分からないが、どちらにしても死んだのは間違いないとマリーは確信した。

なんとかカムイの前では、心の中の動揺を見せないように我慢したが、それも教室を出るまで。

扉を閉めた途端にふらついて、壁にもたれかかった。

「……ちきしょう」

何に対する悔しさか分からないままに、この言葉がマリーの口からこぼれる。

「諦めない。絶対に諦めないからね。覚えてやがれ」

真実がどこにあるかはマリーには分からない。こうなると怒りの向け先はカムイしかいない。

それがどんな危険なことなのかも分からずに、マリーは決意を新たにした。

これさえもカムイの挑発であることに気付きもしないで。

登場人物紹介

たとえ行きつく先が
修羅の世界だとしても、
それが運命なら
迷わず進もう。

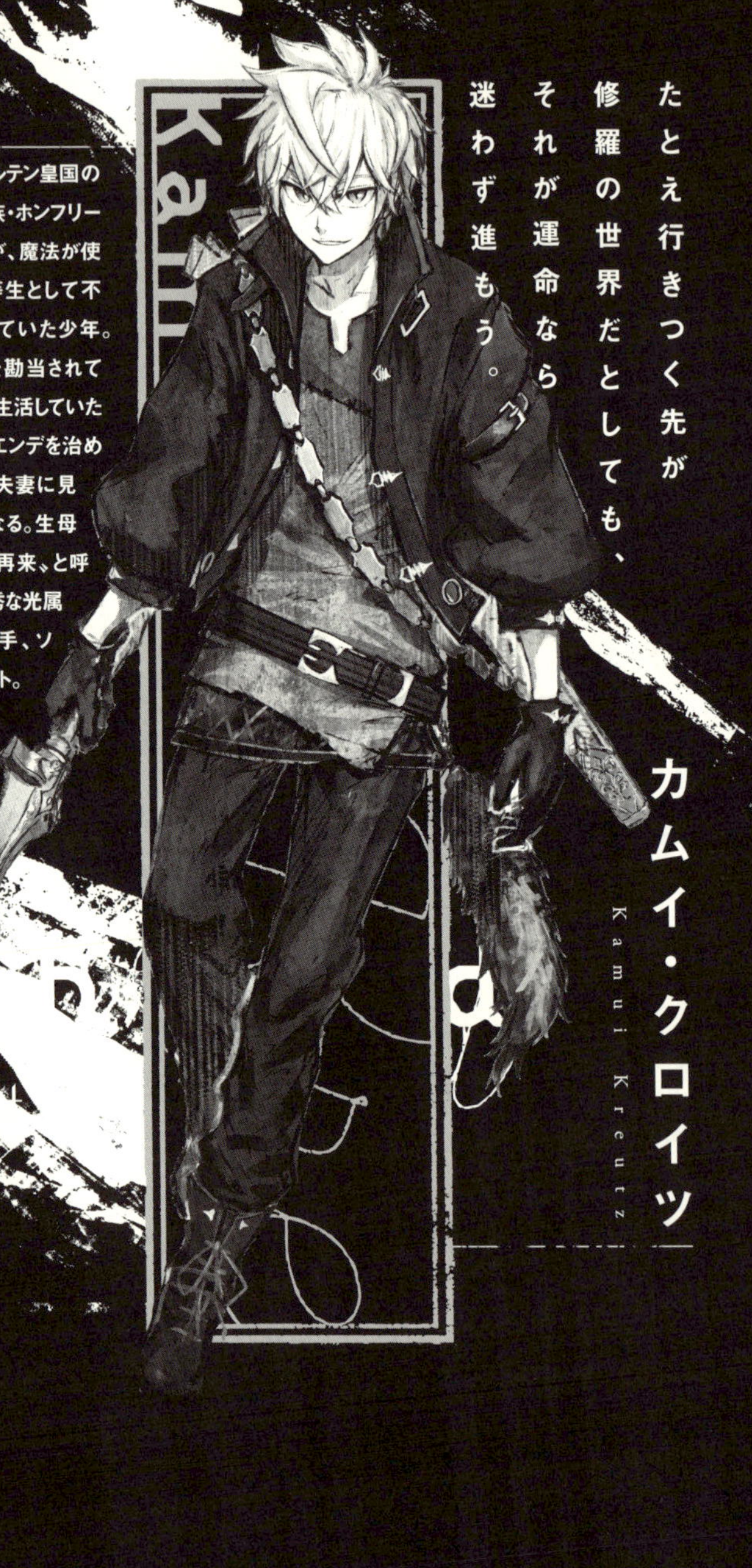

シュッツアルテン皇国の名門貴族・ホンフリート家に生まれたが、魔法が使えないことで劣等生として不遇の日々を送っていた少年。ホンフリート家を勘当されてからは孤児院で生活していたが、辺境領ノルトエンデを治めるクロイツ子爵夫妻に見出され、養子となる。生母は〝光の聖女の再来〟と呼ばれるほどの優秀な光属性魔法の使い手、ソフィア・ホンフリート。

カムイ・クロイツ
Kamui Kreutz

光を生かすためなら
影であることは厭わねえ。
それが俺の生きる意味だ。

アルト

Alto

のちに四柱臣と呼ばれるようになる、カムイを支える中心的な臣下の一人。父親の暴力から守るため、母親によって孤児院に預けられ、そこでカムイと出会った。カムイがクロイツ子爵の養子になる際に同行を希望して以降、行動を共にしている。四柱臣の策略家担当。カムイ曰く「悪知恵にかけては天才。悪辣さ、えげつなさでは俺は到底アルトには及ばない」らしい。

光を追い続ければ、
俺はきっと
どこまででも行ける。

ルッツ

Lutz

のちに四柱臣と呼ばれるようになる、カムイを支える中心的な臣下の一人。孤児院の前に捨てられていたところを司教に拾われ、以来幼少期を孤児院で過ごす。そこで出会ったカムイとはすぐに仲良くなり、彼がクロイツ子爵の養子として辺境領に行くことになると迷わず同行を決めた。四柱臣の戦闘担当。普段はのんびりとした性格だが、本気の戦闘になると人が変わる。

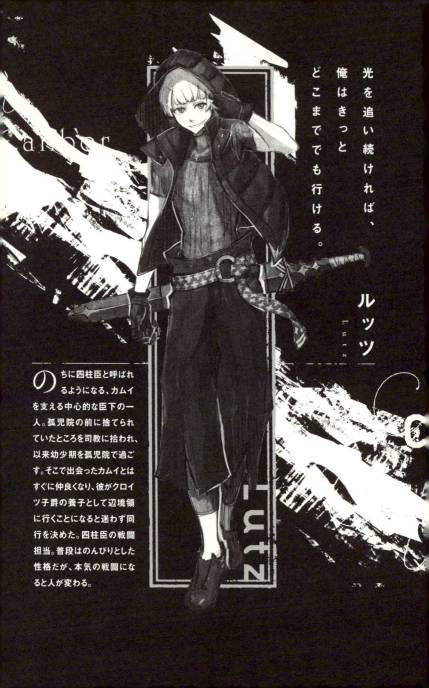

同じ思いはしたくない。
だから僕たちは、
僕たちが生きる場所を作るのさ。

ダーク
Dierk

のちに闇社会の帝王とまで呼ばれるようになる少年。カムイと同じく孤児院で幼少期を過ごし、カムイとも仲が良かったが、片思いをしていた女の子との別れを惜しみ、孤児院に残った。その子が自殺したことを契機に、貧民街で力を持つことを決意。以来、仲間と共に活動をしている。カムイに直接仕えているわけではないが、アルトたちと同様にカムイに忠誠を誓っている。

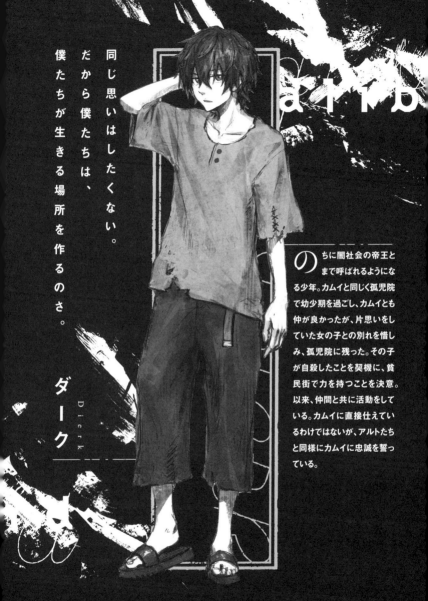

f the Lord

あっ、あの……
私とお友達に
なりませんか？

クラウディア・ヴァイルブルク

Claudia Weilburg

シュッツアルテン皇国の皇女。カムイの皇国学院の同級生。「皇族の力を強めるために信頼できる仲間をつくる」という目的で、お忍びで学院に入学したものの、カムイに素性を暴露される。お人好しで無邪気、天然な性格と周囲からは見られているが、本人は不満に思っているようだ。カムイのことが気になっていて、何度も距離を縮める機会をうかがうのだが、いつもすれ違ってしまう。

バァーカッ！
カムイなんて
死んじゃえっ！

セレネ・エリクソン
Selene Ericsson

南部辺境領主エリクソン辺境伯爵家の一人娘。カムイの皇国学院での同級生で同じグループ。裏表がほとんどないさっぱりとした性格で、誰とでもすぐに仲良くなれる。カムイとはいつも口喧嘩ばかりだが、お互いにそれを楽しんでいる面もあり、気が合う関係。辺境伯爵家の一人娘として故国再興の期待を背負っているが、本人は少し重荷に感じている。

あとがき

『魔王の器』第一巻を手に取っていただいた皆様、本当にありがとうございます。作者の月野文人と申します。

本書はネット小説投稿サイト『小説家になろう』に投稿していた作品をもとに、これまでいただいた多くの読者の方々のご指摘やご助言を参考に改稿をしたものです。『魔王の器』は私の処女作といえる作品です。書き始めた当初は、ただ自分が読みたい小説を書こうという欲求だけで、頭に浮かんだ妄想を書き殴っただけのものでした。今、当時のものを読み返すと、ただ台詞だけが延々と並ぶだけで小説の体をなしていない、それどころか文章ともいえない出来で、よくもまあ、こんなものを人目に晒す度胸があったなと感心してしまいます。実際は度胸などあったわけではなく、自分の書いた小説など読む人はいないと思っていたからできたことでした。

そんな作品が、読者の皆様のご指摘やご意見を受けて、少しずつ小説らしくなろうとしていた頃、自分にも少々知識がついて、これはさすがに他人様に読んでいただくにはマズイだろう、と思い始めた矢先、まさかの書籍化のお話をいただきました。「狐につままれたような思い」というのが、そのときの私の心境そのものです。「こんな拙い文章がどうして書籍に?」「もしかして、もの凄い多くの修正を要求されるのだろうか?」等々、思うところはたくさんあって、その全てがネガティブなものでした。それでも最後に生まれた一つの前向きな思い。それは自分の小説が書店に並んだ光景を想像したときの感動でした。

本を読むことが大好きで、何か面白い本はないかと好きな先生やジャンルの売り場を探すのが日課になっていた私。気になる表紙を見つけると、とりあえず買ってみていた私。初めて見る作者の小説が出ていれば、どんな作品なのかとチェック(申し訳ございません。多くの場合、立ち読みだったりしたのですが……あっ、でも面白いと思えば買っていましたので、あくまでもチェックです)していた私。こんな人は、きっと私だけではないはずです。

願わくばこの小説が、そんな本好きの皆様に新たな発見の喜びを感じてもらえるものになれば嬉しいです。

最後に、私に小説を書くきっかけと喜び(と苦労もありますが)を与えてくれた『小説家になろう』と読者の皆様に心からの感謝を。そして、書籍化にあたってイラストを創作してくださったttl様、デザインで彩ってくださったアルコインク様、多くのご助言をくださった株式会社KADOKAWAの編集ご担当者様に感謝致します。

また、次の巻でお会いできますように――。

――月野文人

みんな、魅力的で
カッコいい！
どんどん面白くなっていくので
今後が楽しみです！

月《つき》野《の》文人《あやと》

東京都在住。趣味は小説を読むこと書くこと。
ぼんやりと夜空を眺めること。
好きな本は『愚者と愚者』
（打海 文三／著　KADOKAWA／刊）、
『死ぬことと見つけたり』
（隆 慶一郎／著　新潮社／刊）。

ttl《とたる》

イラストレーター。九つ目の惑星で、
喉の奥のコーラを燃やして、
絵を描いています。

魔王の器 Caliber of the Lord I

2017年1月31日　初版発行

著
月野文人
画
ttl
発行人
青柳昌行
編集長
藤田明子
担当
清水速登
装丁
arcoinc
編集
ホビー書籍編集部
発行
株式会社KADOKAWA
〒102-8177 東京都千代田区富士見2-13-3
電話:0570-060-555（ナビダイヤル）
http://www.kadokawa.co.jp/
印刷所
図書印刷株式会社

ISBN 978-4-04-734460-0　C0093　Printed in Japan

［本書の内容・不良交換についてのお問い合わせ先］
エンターブレイン・カスタマーサポート
電話:0570-060-555
［受付時間:土日祝日を除く　12:00〜17:00］
メールアドレス:support@ml.enterbrain.co.jp
※メールの場合は商品名をご明記ください。

「何もせず、
ただ殺されるのを待つ。
そんな死に方が
お前らの望みか？」

魔｜王｜の｜器｜II

Caliber of the Lord

著――月野文人　画――ttl

2017年春・発売予定

予価／本体1,200円＋税

be
Lord
the Lor
of the

I
魔王の器
Caliber of the Lord
Presented by Ayato Tsukino　Illustrated by tt1
著 月野文人
画 tt1
メロンブックス限定 書き下ろしショートストーリー

「入学式の裏側」

桜舞い散る中、帝立シュッツレーレン皇国学院は入学式の日を迎えていた。敷地内にある講堂には新入生の入場を待つ在校生たちが並んでいる。どの顔もかなり緊張した様子だ。

それもそのはず。来賓席に並ぶシュッツアルテン皇国のお歴々。その中で一際大きな椅子に座しているのは皇国の頂点に立つ皇帝アルブレヒト五世・レイ・ヴァイルブルクその人なのだ。

オールバックに整えられた白く染まった髪、口周りにたくわえられた白い髭、深く刻まれた皺は年齢を感じさせるが、鋭い目つきと頑強そうな体、そして何よりその体から発せられる覇気が『皇国の武』と称されるアルブレヒト五世帝の威厳を人々に感じさせ、まだ子供である在校生たちでさえ自然と背筋が伸びてしまう。

緊張感が漂う沈黙の講堂。その静けさを破ったのは、開いた扉から入場してきた新入生だった。先頭を歩くのは男子用の制服を着た女子生徒。金髪を靡かせて、意思の強そうな青い瞳をまっすぐに前に向けて颯爽と歩くその姿に自然と会場からどよめきの声があがる。

「皇帝陛下。あれがヒルデガンド・イーゼンベルク。東方伯家の長女でございます」

皇帝の横に立つ侍従が先頭を歩いている女子生徒が何者かを告げた。

「ふむ……美人ではあるが」

「……何か問題がございましたか?」

皇帝の不満そうな声を聞いて、やや侍従は心配そうな顔をしている。

「問題というか、テーレイズはああいうタイプは苦手ではないかと思ってな」

「るようになるものです」

侍従は曖昧な言葉で皇帝の心配を取り除こうとする。曖昧な言葉を使っているのはまだ会話の内容が正式なものではないからだ。

「それもそうだな。もう少し先の話だ」

「ああ。西方伯家のディーフリート・オッペンハイムの姿も見えます」

A組に続いてB組の入場。その先頭を歩くのは金髪を肩まで伸ばした青い瞳の男子生徒。在校生たちの緊張もかなり解けてしまっているようで、その美形の男子生徒の登場に、女子生徒たちがざわめいている。

「……なんだか柔い男であるな」

「そうでありますか。私などは美男美女で実にお似合いの御二人ではないかと思えます」

また不満そうな皇帝。すぐに侍従はまた取り繕う言葉を吐く。皇帝の側付きとして長年務めている身。慣れたものだ。

「おお。騎士団長のご子息は凛々しいお姿でありますな」

次に入場してきたのはC組。先頭を歩くのは皇国騎士団長の長男であるオスカー・フルハイムだ。短く刈った髪、太い眉、意志の強そうな瞳は侍従の言う通り、男らしさを感じさせる。

「外見だけではな。腕の方はどうなのだ?」

「もちろん、かなり優れた腕前のようでございます。入学前から学年の一、二を争うのではないかと言われているそうでございます」

「……争う相手は?」

侍従は褒めたつもりだったのだが、皇帝は騎士団長の息子に並ぶ者がいるのが不満そうだ。

「それが……ヒルデガンド嬢と」

言い辛そうに侍従は皇帝の問いに答えを返した。

「まあ良い。それはそれで面白くもある」

皇帝の顔に笑みが浮かぶ。それを見て、侍従は心底ほっとした。これで皇帝がヒルデガンドに対して不満を抱くようなことがあれば、東方伯家に恨まれることになってしまう。

「そうなるとアレが魔道士団長のところの娘か」

侍従の説明を聞く前に皇帝はD組の先頭を歩く女子生徒が誰かを言い当てた。ずっとクラスの先頭は有力家の子弟が歩いている。それに魔道士団長の娘マリー・コストルは学院の制服ではなく魔道士服を着ている上に、髪の色は魔力に優れると言われる黒髪という特徴的な容姿をしていた。

「……次の組が入ってこないな」

「そうでありますね」

D組のあとはE組のはずだが、そのE組が入場してこない。教師が何人か慌てた様子で入場口に向かう姿が見られることから、何かあったのだと会場にいる人たちに分かってしまった。

少し経って、何事もなかったように入場してくるE組の生徒たち。

「……少し緊張しておるようだな」

その中の一人。金髪の、大きな青い瞳をさらに大きく見開いてややぎこちなく歩いている小柄な女子生徒に視線を向けて皇帝は笑みを浮かべている。

「大勢の前に出るのは初めてのご経験でありますから」

「せっかくなのだからクラウには実りある学院生活を送ってもらいたいものだ」

新入生の入場が終わり、式次第に沿って入学式が進められていく。

正門に向かって歩いていた。

「止まれ！　陛下の御前であるぞ！」

護衛の騎士の怒鳴り声が聞こえる。見れば一人の男子生徒が護衛の騎士に止められていた

入学式に参加しているはずの生徒が外にいることを訝しく思いながら、皇帝は馬車に乗り込んだ。

「失礼いたしました。どうやら遅刻した生徒であったようで」

遅れて馬車に乗ってきた近衛騎士が事情を告げてきた。

「入学式に遅刻とは。それはまた今時珍しい図太い神経の生徒だな」

「カムイ・クロイツと名乗りました。クロイツ子爵家の子弟かと」

「なんと!?　あの子がケイオスの養子だったか」

ケイオス・クロイツ子爵は皇帝にとってもっとも信頼厚い臣下の一人だ。そのクロイツ子爵が養子をとったことは当然、皇帝も知っていた。クロイツ子爵と共に戦場を駆けまわっていた時の記憶がよみがえる。その懐かしい記憶の中からある一人の人物が浮かび上がってきた。

「……いや、まさかな」

記憶の中にある銀色の髪。珍しい髪色とはいえ、それだけで頭に浮かんだ人物と男子生徒を結びつけるのは早計だと考えて、皇帝はそれを否定する。

そんな運命的な偶然などあり得るはずがないと。

『魔王の器Ⅰ』

メロンブックス限定購入特典
NOT FOR SALE